霜雪满弓刀

辛建民——著

百花洲文艺出版社
BAIHUAZHOU LITERATURE AND ART PRESS

图书在版编目（CIP）数据

霜雪满弓刀 / 辛建民著. –– 南昌：百花洲文艺出版社，2023.10
ISBN 978–7–5500–5241–3

Ⅰ.①霜… Ⅱ.①辛… Ⅲ.①长篇小说－中国－当代 Ⅳ.①I247.5

中国国家版本馆CIP数据核字（2023）第138829号

霜雪满弓刀

辛建民　著

出 版 人	陈　波	
策划编辑	胡青松	
责任编辑	杨　洁	
书籍设计	黄敏俊	
制　　作	何　丹	
出版发行	百花洲文艺出版社	
社　　址	南昌市红谷滩区世贸路898号博能中心一期A座20楼	
邮　　编	330038	
经　　销	全国新华书店	
印　　刷	江西千叶彩印有限公司	
开　　本	720mm×1000mm　1/32　印张 8	
版　　次	2023年10月第1版	
印　　次	2023年10月第1次印刷	
字　　数	140千字	
书　　号	ISBN 978–7–5500–5241–3	
定　　价	52.00元	

赣版权登字：05–2023–195

邮购联系　0791–86895108
网　　址　http://www.bhzwy.com
图书若有印装错误，影响阅读，可向承印厂联系调换。

闯荡莽昆仑，七载冰山客，指点边关星斗，阅尽汉唐英雄。

荡舟九天银河，脚踏万里风涛，立马天地中。

目　录

壮志难酬走边关，妻小竟隔万重山。

夜阑犹闻琴声起，柳絮拂窗报平安。

第一章

确切地说，在帕米尔高原的第一个夜晚，高昕被一根琴弦拨动的声音惊醒了。

像被冷水激了一下，他猛地睁开眼睛，意识瞬间从混沌变得清醒。然后用了几秒钟的时间，确认自己是做了一个梦。他想起来了，就在前一分钟，他看见了站在对面的妻子。他们两个人被一条干涸的河谷隔开，碎石杂乱地堆积在谷底。女人面无表情，用手拨开额头上的发丝，露出一道月牙形伤疤。她缓缓地一字一句地说，你看到这个伤口了吗？高昕伸出去的手僵在了半空，脱口而出，求求你，别走好吗。风很大，是那种冷硬狂暴的山风，铁板一样狠狠砸过来，把他的声音瞬间卷走。女人瘦削的肩膀笼罩在一片温润的光中，她蹲下身子开始啜泣，细碎的水珠不断地滴落，在脚下很快形成一条弯弯曲曲的小河，一直流淌到高昕光裸的脚背，他恍然觉得那里像是被小猫长满倒刺的舌头舔过，爆发出一阵阵细密的痛楚。

然而这并不是最可怕的，很快高昕就发现自己的脚趾开始慢慢扎进粗糙的沙砾地中，以惊人的速度刺破地层向下肆意延伸，全身的关节"咔咔"作响。他大声呼喊，快，快，拉我一把！女人停止哭泣，茫然地望着他，愣了一会儿，急忙冲过来抱住他的腰。这时，高昕又赫然发现无数枝条从自己的皮肤里钻出一个个小小的伤口，枝条争先恐后地钻出来，肆意地抽条生长。他无力地垂下头，发现抱住自己的不是梅华，而是另一张熟悉的脸。这是一个女孩的圆脸，腮帮子鼓鼓的，有两坨红，嘴角残留着风干的鼻涕印记。麦子，你怎么来了？他头晕目眩。女孩抽抽搭搭地说，爸爸，我会乖乖的，我马上就去练琴。她说着说着，就坐到突然出现的琴凳上。扭过脸冲着高昕咧嘴一笑："爸，我开始弹了。"麦子娴熟地戴上指甲套，立刻提腕抬肘拨动古筝琴弦，发出了第一个音符：

"咚——"

就在这个时候，他醒了。

摸摸脑门汗津津的，胸口剧烈起伏。过了好一会儿，高昕才收拢思绪，慢慢想起来自己是在哪里。现在是7月，这里是海拔3200米的塔库县郊，他的家在一千多公里外的省城。即使是7月，高原上依然还是冬天景象。窗外寒风盘旋嘶吼，拼命推搡着窗玻璃，想从缝隙处挤进来。窗户上的一层塑料纸被风吹得啪嗒啪嗒响。只要从床上稍稍欠起身子，就可以看到远处慕士塔格峰陡峭起伏的剪影。

高原彻夜听风雪，七月柳枝数冰花。
错把仲夏作腊月，笑指飞雪为柳浪。

寒意在屋子里四处游走，即使他裹紧被子也还觉得冷，特别是脚踝那一块区域，睡了半天都没有回暖。他拧亮台灯，仔细打量这个陌生的房间。当他看到天花板的时候，一下明白了自己脚冷的原因。天花板能明显看到纵横交错的水的轨迹，屋顶四个角都支起一块塑料布，里面汪着雪水。高原的紫外线太强，破坏了屋子防水层，导致四处漏水；加上温差大，早上下雪，中午下雨，晚上就结冰。这个房间显然已经很久没有住人了，冷得像冰窖，今天刚刚生了火，温度一升高，塑料布兜不住了，水就顺势滴落到床上。他一摸下半身的被子，已经被打湿了一大块。这下糟了，他心想要是被别人看到，该说高关长第一天到岗就"尿床"了。

高昕从床上爬起来，吭哧吭哧地把床挪动了一个角度，巧妙地避开屋角的塑料布。这在平原上，算不上是个很费劲的活，但在这里却让他喘了好一阵子。凌晨3点，整个帕米尔高原都在沉睡。我只是做了个梦而已，高昕这样安慰着自己，闭上眼睛。然后在他快要再次进入梦乡的时候，再次听到了琴弦拨动的声音。

高昕拧亮台灯，向发出琴声的地方看去。床对面的墙上，孤零零地悬挂着一支热瓦普（热瓦普，又称拉瓦波、喇巴卜，是维吾尔族、乌孜别克族弹弦乐器，流行于新疆维吾尔自治区、天山南北）。这把琴有点年头了，细长的琴颈，蒙着牛皮的琴箱上有陈旧的银灰色花纹，边缘已经磨蚀得有些模糊。

事实上，在那晚入睡之前，他就一直被剧烈的高原反应折磨着，头疼欲裂。他在枕头上翻过来翻过去，不管用什么姿势都没法减轻那种痛感，脖子上的这个脑袋似乎变成了一种累赘。高昕甚至一度试图头朝下悬在床边，整个人呈现出倒栽葱的滑稽姿势，想以此来缓解，却还是无济于事。最后，在把自己折腾得没了力气后，才昏昏沉沉地睡去。

"你知道那种感觉吗，恨不得像拧螺丝一样把头给拧下来，摆到一边，让头稍微休息一下。这是我到慕士塔格海关的第一天，一切还只是开始。就从那一刻起，我有点绝望了，后面那么多夜晚我该怎么过啊……"多年以后的某一天，高昕和我聊起自己来到慕士塔格海关的第一个夜晚，他仍然清晰地记得那个夜晚的所有细节。我们俩差不多有20多年没见面了，大学毕业后我到内地一家报社当记者，他留在新疆进了海关，吃上了公家饭。我们两个人在小城最热闹的龙虾馆里边喝边聊，桌上的菜都被我们吃得精光了，就剩一盘油炸花生米，这是高昕的最爱。服务员有意无意地在我们面前穿梭，收拾旁边的饭桌，发出很大动静，试图提醒我们店家要打烊了。

"那把热瓦普是谁的？"我问他。

"是我的前任，慕士塔格海关前任关长龙吉克的，塔吉克汉子。在我来之前的那年，他去世了，年纪不大，才55岁。龙吉克关长的身体一直很好，平时像个小牛犊，没想到，他在去查验货场的路上倒下了。医生说是心梗，走得很突然。龙吉克走了之后，有一年多的时间慕士塔格海关关长的位子都是空的，没有人愿意上山来接替他——除了我。"

那天来迎接高昕的是慕士塔格海关副关长克里木，一见到高昕，就搓着手很不好意思地说，真抱歉啊高关，我们关的宿舍房间都满了，只能委屈您住在龙吉克关长这间屋子了，龙关长的事您可能也知道……看到克里木脸涨得通红，高昕忙说，没关系住哪里都行，他不忌讳这个。

"高同学，你可真不挑剔。"我无奈地摇摇头。

"你知道我的性格，天生胆大，从来都是百无禁忌的。所以一开始听到琴声，根本没往心里去。然后，你猜怎么着？"说到这里，高昕把脑袋凑过来，目光炯炯："诡异的事情发生了，我只要一关灯，过不久琴声就会响，然后一开灯，又没动静了——这样反复折腾了好几次，到后来我简直都快崩溃了。"

干脆，高昕也不睡了，从床上爬起来，搬了张椅子坐在那把热瓦普的对面，双手紧握，闭上眼在心中默念：

"尊敬的龙吉克关长，您是不是有什么话要嘱咐我？是不是还有什么不放心的事没做完？我刚来慕士塔格海关，情况还没有摸清楚。如果有做得不对的地方，还请老关长多多包涵。"

在高昕的印象中，龙吉克是一个寡言少语的塔吉克中年男子，不苟言笑，眼皮常常耷拉着，嘴角边横亘着两道深深的法令纹。他从空降兵部队转业到了地方，负责筹建慕士塔格海关，一待就是20多年，是关里资深的"十八棵青松"之一。慕士塔格海关从开关以来就一直在"迁徙"，从最初海拔5600米的明铁盖山口，搬到海拔4800米的水布浪沟，一直到现在所处的海拔3200米的塔库县，龙吉克都是亲历者。听克里木副关长说，龙吉克曾经有两个孩子，大的那个是男孩，5岁时生了一场大病，高烧不退，没抢救过来。平时，龙吉克很少提到自己的家人，或许这是他的一块心病。因为在孩子病倒的时候，他并不在身边。

"当时我们这儿的条件差，关里没有电话，他爱人的电话只能打到邮电局，再让邮递员捎信过来，等邮递员坐着邮车过来，已经过了3天了。龙吉克连夜赶下山，背着孩子发疯一样，跑遍了喀什所有医院，医生都说没办法了，太晚了，孩子的身体开始一点点变凉，老龙抱着孩子，整个人都傻了……"说到这，克里木的眼圈红了。

高昕的心也隐隐作痛，他本能地想起了自己的女儿麦子。

麦子还没上幼儿园那年，一家三口坐出租车出去玩，从车上下来的时候，妻子没发现小孩的手还抓着车门，顺手带上了门，麦子"啊"的一声大叫起来。两个人赶紧求司机立即调头去医院。梅华一路上紧紧抱着女儿深刻自责，哭成了个泪人，高昕也紧张到满脑子胡思乱想，坏了坏了，如果麦子的手断了，以后该怎么办？他吓得不敢再想下去。幸运的是后来医生看了麦子的手，只是软组织挫伤，没有什么大问题。可是龙吉克的孩子，一个活蹦乱跳的小生命却离开了人间。作为一个父亲，高昕完全能体会那种无能为力的挫败感和痛到极致的哀伤。

"龙吉克关长，您放心。我会好好干的，给我一点信心，好吗？"在心中默念了好几遍，高昕稍稍平复了一下心绪，睁开眼睛，结果他看到了这样一幅景象。

一只灰色的老鼠将毛茸茸的脑袋从琴箱中探出来，小眼珠子滴溜溜地转，正好和高昕来了个对视。它愣了一下，赶紧慌不择路地往琴箱里钻，碰到了好几根琴弦，发出一阵轰鸣。

高昕忍不住乐了。

看看表，也快到凌晨了，看来这一夜是睡不着了。他打开行李箱，拿出自己的日记本，写下了这样一段话：

"没想到，在海拔三千多米的地方，一只老鼠以它独特的方式来欢迎我。它躲在琴箱里不敢和人见面，可又要出去找吃的，真矛盾。这样也好，最起码说明，连老鼠都能在这里生存下去，何况我这个一米八的汉子呢？"

北疆曾话小白杨，油城笑谈易中天。

千邀万请苍山远，昆仑原是神仙店。

第二章

"你去过帕米尔高原吗？"

"没有。"

"你知道帕米尔的中文意思吗？"

我摇了摇头。

高昕将自己的右手握成一个拳头，然后举起来，在我面前慢慢摊开："帕米尔的意思是房屋的平顶。这片平顶房屋是中亚腹地最大的一个山结。你看着我的手，如果它是地图的话，帕米尔高原就在我的手心。我的五根手指就是环绕着手心的五座山峰，第一个是喜马拉雅山，第二个是昆仑山，第三个是喀喇昆仑山，第四个是天山，第五个是萨勒库力山。"

高昕再次握紧拳头，坚定地说："这五个山峰是中亚地区最大的山结，全都从帕米尔高原的胸怀中孕育，所以帕米尔高原又被称为'万山之祖''万水之源'。"

那一年的5月，刚过完五一节，北疆海关办公室主任科员高昕就从省城赶往塔库县，到慕士塔格海关走马上任，成为北疆关区最偏远海关的第9任"关长"。但是，这个关长的职务是带括号的，明确为主持工作，还有一年的考察试用期。当然，他没有告诉任何人，这个"官"是自己鼓足勇气要来的。

有时候，作出人生的某个重要决定是在一瞬间完成的。

下决心到慕士塔格海关来，高昕只用了5分钟时间。

在上高原之前，高昕刚刚度过自己的40岁生日。其实他对过生日这件事抱着无所谓的态度，甚至内心还有一点排斥。在他看来，人到中年后的每一个生日，都在提醒自己又老了一岁，没什么意思。但妻子梅华坚持要为他张罗一个生日晚宴。她自说自话地买了鲜花，订了蛋糕，还亲自下厨，为他做手擀面。这倒让他多多少少感到有些意外，因为平时家里做饭都是他掌勺。梅华说自己对油烟过敏，很少进厨房。"我真的对做饭一点兴趣都没有，"梅华哗啦哗啦地翻动着一堆试卷，抱怨道，"你看，我天天和那帮调皮捣蛋的孩子在一起，血压都高了，哪有心思做饭？"

高昕说那就我来吧，你负责洗碗就好。谁知道，围裙一旦系上就很难脱下来。高昕一边炒菜，一边要留神听屋外的动静，如果有人敲门就赶快把围裙揪下来，坐到沙发上拿起报纸装着看报。男人嘛，要的就是一点面子。梅华是一个情商很高的女人，人前人后都给足高昕面子。她经常用崇拜的口气在公开场合表扬丈夫："不瞒你说，我们家老高特别聪明，考虑问题特别全面，比我强多了。哎，这人和人的差距，怎么这么大？"众人挤眉弄眼地大笑，高昕也涨红着脸跟着一起笑。

忙活半天之后，梅华终于端着一碗西红柿拉条子放到他面前，笑吟吟地说："寿星公，今天啊你什么事都不用做，来尝尝我的手艺。"高昕吸溜了两口面条，竖起大拇指："嗨，以前我怎么没发现，你深藏不露啊！"

"你不知道的事还多呢，"女人低头解着蛋糕盒子上的丝带，"对了，我有一件重要的事要跟你说，你答应我不要激动。"

高昕放下碗，歪头想了想，做恍然大悟状："哦，你是不是看上哪个包了？"

"讨厌，你别打岔啊。"她坐到高昕对面，双手交叉支着下巴，一字一句认真地说："我，你亲爱的老婆，一名在你眼里始终不思进取的小学老师，打算离开这儿。"

"呵呵，你又来了……"高昕无奈地笑了，不以为意地摇摇头。梅华总是隔段时间就要提一遍离开新疆的事，特别是最近几年，几乎成了她的一个执念。她是南方人，虽然在新疆待了二十年了，还是不习惯这里的气候环境。每到冬天，她的耳朵和手都会冻得像透明的红萝卜。从冰天雪地的外面进到暖气房间，必定要打无数个喷嚏，用高昕夸张的话形容就是"你打的喷嚏简直让人魂飞魄散"。

"离开新疆——你要去哪儿？"

"宁波啊，我老家。"

"你怎么不早告诉我？"

"你装什么糊涂，我上个月就告诉你了，"梅华白了他一眼，没好气地说："宁波那边有家国际双语学校招人，我妈帮我投了简历，这事我跟你说过，你忘了吗——学校那边对我的情况很满意，今天上午刚和我联系过。"

高昕有些不快，像是被什么东西塞住了嗓子眼，碗里的面条突然变得没了滋味。

本来，他也想告诉妻子一件重要的事。

就在今天，单位处级干部竞争上岗的成绩出来了。在所有竞争者中，他名列第一。无论是笔试还是面试，他都表现得非常出色，可以说是遥遥领先。在走廊里遇到的同事会对他抛过来一个赞许的眼神，做出一个"牛逼"的手势。在开水间里打开水时，有人拍拍他的肩，笑眯眯地说着"苟富贵，勿相忘哦"。高昕回头一看，是调查局的丁志远，也是他的大学同学。高昕自然也挺开心，但表面上还是一副波澜不惊的表情。他稳稳地坐在自己的位子上，面无表情地敲打着键盘，继续写没完成的讲话稿。

在机关里，这样的考试并不是每年都有。办还是不办，什么时候办，要看空缺的职位有多少，同时还要攒够一批符合条件的竞争者。论资排辈当然也是考虑的因素之一，但并非决定性因素，笔试和面试都是要动真格的。笔试最核心的题目是要写一篇议论文，面试则要现场抽一道题作5分钟的即兴演讲。像高昕这样有本科学历，又长期在办公室从事文字工作的人，自然具有很大的优势。更何况他的肺活量大，声线非常洪亮，尽管带点家乡口音，也不妨碍他一开口就把所有人都镇住了。面试当天，气氛显得很紧张。现场即兴演讲是最考验临场应变能力的，短时间内组织好语言，既要有内容，还得讲出水平，要看肚子里有多少干货。好几个人明显表现得焦躁不安，在候考室里来回踱步，一根接一根抽烟，嘻嘻哈哈相互打趣，声音特别大，以掩饰内心的慌乱情绪。高昕坐在角落里，谁也不搭理，自顾自地翻着一本过期的《读者文摘》。

他抽到的演讲题目是《知识改变命运》，一看到这个题目他就笑了，这说的不就是自己吗？从兵团农场盐碱地上撒欢的小男孩，到考上大学中文系成为天之骄子，毕业后进入海关，穿上一身神气的制服，再之后从基层海关的普通关员，被抽调到总关办公室，在领导身边工作。这一路走来，靠的都是自己从未放弃的学习。

他深吸了一口气，环视了一遍坐在台下的领导们，思索片刻便脱口而出："庄子说过，吾生也有涯，而知也无涯。回顾我的人生道路，每一步都离不开知识的扶持和支撑。我爱读书，书打开了我的眼界，更打开了我的心灵。它带给我三个方面的启迪……"

他是那种特别喜欢公开发表自己观点的人，懂得用关键词和对仗工整的句式，增加表达的感染力。每当领导问全体参会人员"有没有补充意见"而全场鸦雀无声的时候，举起手站起来说"我有几个不成熟的想法"的那个人，往往就是他。他很容易吸引所有人的目光，有欣赏有嫉妒，当然也有不屑。坐在他桌子对面的胡文丽胡大姐就对他相当不屑一顾。

胡文丽的爱人是当地计委的部门负责人，手里的权力还不小，所以胡文丽一直以他为荣，总喜欢在聊天中不经意地带出有关老公的话题。比如这条裙子是老公托人从澳大利亚买的，侄女调动工作也是老公出面找的人，自己父亲生病还是老公安排住上了单间。胡文丽轻描淡写地说："他们高干啊，一般都能享受这待遇，顺带也让老丈人沾沾光。还算他有良心，老头子平时没白疼他，嘻嘻……"坐在对面的高昕整个下午被她聒噪得头都晕了，听她这么一说，再也忍不住了，来了这么一句："哎，文丽姐，只有省部级以上的干部才能算高干吧，你爱人怎么也和高干不挨边吧。"胡文丽扭过脸，很诧异地看着他，愣了一会儿，突然整个人爆发了，劈头盖脸就是一顿吼："高昕，你算哪棵葱？！这儿还轮不到你指指点点，你知道什么是高干吗？我爱人上班的时候你还不知道在哪，你瞧你那德性！"一看气氛不对，众人赶紧打圆场岔开话题，高昕没想到自己的话会激起如此大的反应，他看着这位激动得脸都变了形的大姐，有点发蒙。平时在工作上他可没少帮她的忙，做了一半的报表、写不下去的材料，胡文丽都甩给他做，高昕也从没有抱怨过。人怎么说翻脸就翻脸，像翻书那么快，高昕从心底里感到一阵阵寒意，但他决意不为自己分辩。我是不会和你们这样的人在一起的，总有一天我要离开这里，这样想着，他的心情稍微平复了一些。黄昏的阳光透过办公室敞开的窗户，折射到他的脸上，像刻下了一道犀利的伤痕。

"书本是有形的，知识是无形的。光读书是不够的，还要善于将书本上的知识运用到实践中加以检验，加以升华。用辩证唯物主义的观点来看，就是——"说到这里，高昕有意停顿了一下，再接着说："从实践中来，到实践中去，以学促行，以新的实践促进形成新的理念和观点。"运用辩证法分析问题是高昕的强项，也是他多年写稿子的经验，任何工作几乎都可以从正反两个方面来写，既要写成绩也要写问题，既要写问题更要写举措，这样才能保证拿出一篇有深度的材料。他的余光扫到台下坐在那排领导评委中的一个人——人事处长罗平安。罗处长始终保持着不苟言笑的样子，但在高昕演讲的全程，他都用一种几乎无人察觉的频率和幅度轻轻地点着头。这种细微的肢体语言只可意会，隐隐透露出的信息，让高昕的心里有了底，状态也越来越轻松。对高昕来说，罗平安是他的贵人。十几年前，他就是凭着在省里的报纸杂志上频频发表诗歌散文，引起了当时还是人事处副处长罗平安的注意。在他的极力推荐下，高昕从下属的机场海关旅检科调到北疆海关办公室。高昕一直非常感激他，打心眼里敬重这位知音，遇到什么事他第一时间就会跑到罗处的办公室，说说自己的想法，听听他的指点。

所以，当今天上午罗平安叫他来人事处办公室的时候，高昕还以为是提前透露自己的去向，心里充满了期待。然而，罗平安带来的并不是好消息。他眉头纠结在一起，点了一支烟久久不吸，一段长长的烟灰摇摇欲坠。沉默了半天，罗平安才告诉高昕，他的民主测评情况并不好，群众投票得分在所有入围者中垫底，所以很可能会被党组从这次选拔中拿掉。

"你们处里，有好几个人在推荐意向那一栏里，给你画了'×'，啧啧，这样的结果还真少见，"罗平安呷摸呷摸嘴，百思不得其解，"其他部门都是百分之百赞成票，提拔一个，少了一个竞争者多好，这是好事啊。你们办公室搞啥名堂嘞，我真的看不懂了——高昕啊，我说你到底得罪谁了？"

高昕摇摇头，他不想探究到底是谁暗中使坏。或许是胡文丽，或许是围绕在她身边的那些人，然而这并不重要。通过这次投票，他对整个部门已经失望透顶，心凉了半截。

"罗处，我想离开办公室。"

"这得要党组定，我可做不了主。"罗平安摇摇头，直摆手。

"我到哪都成，只要不在这里，"高昕急切地说，"随便到哪都行，我绝对服从组织安排。"

"得了得了，我还不知道你家的情况吗？丫头刚上初一，你老娘身体又不好，你老婆也忙得成天不着家——你可别嘴上逞能……"

高昕急了，"蹭"一下站起来："我是说真心话，我向你保证！"

"你个尕娃子，也是40岁的人了，说话可要负责。"罗平安抖落长长的烟灰，眯着眼端详着高昕。突然，他板着的脸上浮出一丝笑意："要不——干脆，你去慕士塔格海关，行不？我过会就向郑关汇报，那地方没人和你抢，哈哈！"

身披夕阳余晖，眼望长河落日。

心系塞外天涯，情牵挚爱亲朋。

第三章

"说什么呢你，你主动要求交流到慕士塔格海关，你疯了？"梅华瞪大了眼睛，似乎不相信自己的耳朵。高昕站起来绕到桌子对面，伸手想揽住她的肩头，被梅华一把推开。看到妻子的反应如此强烈，高昕有点不知所措，嘟囔着说："哎哎，我的梅老师，咱又不是去刀山火海，不就是上个山，至于吗……"

"不至于？高昕同志，在你头脑发热之前，是不是应该问问我的意见？"梅华气不打一处来，嗓门高了一个八度。

"我这不就是在征求你的意见吗？"

"那好，你既然问我，我的意见是，你明天去和领导说，就待在北疆，哪儿也不去——这个芝麻粒大的官，我们家不稀罕！"

听她这么一说，高昕不由得沉下了脸："你怎么这么幼稚，你瞧瞧你说的啥话啊……"

梅华气鼓鼓地刚想回敬他，突然一扭脸看到女儿在门口探头探脑的样子，立刻叫起来："麦子，大人说话你别在这偷听，把指甲戴上练琴去，今天的任务必须完成。"女儿的小圆脸立刻从门后缩了回去，一溜烟跑到卧室里，把门关起来，不一会儿传来叮叮咚咚的琴声。

两个人不再交流，谁也不搭理谁。一个在厨房里把水龙头开得"哗啦哗啦"响，心不在焉地洗着碗，一个在客厅里枯坐着，随手打开电视，漫无目的地按着遥控器上的按键，一个台一个台地闪过去。

就在这个时候，茶几上的电话铃声响了。高昕一看话机小屏上显示的是哥哥高健的号码，赶紧接了。哥哥很少在晚上这个时间点打电话过来，他自己开了一家烤肉店，晚上一般都是在店里照看着，基本上忙到下半夜。和瘦高冷静的高昕相比，高健完全走到了相反的路子上去了。他是一个犀利的胖子，脾气暴躁，还贪杯。在店里一边收钱算账，一边也不忘抿两口烧酒。所以在这个时候接到他的电话，高昕暗暗猜想他八成是喝多了。然而，高健一开口就把他搞蒙了："老二，老娘要你过来。"

"哥，现在这么晚了，她老人家咋还不睡呢？"

"我哪知道，今晚上她精神好得很，"高健的声音有些沙哑，透着疲惫，"一遍遍叫你嫂子打电话给我，让我找你一起回家，你又不是不知道，我店里现在是最忙的时候，好几个服务员请假，我的头都大了。"

"好好好，我马上过来——对了，老娘这几天身体怎么样，上次带过去的黄芪沙参吃了没有……"

"别整废话了，赶紧过来！得，你嫂子又来电话了。"高健不耐烦地挂断了电话。高昕赶紧换上外套蹬上鞋子，朝厨房里喊了一嗓子："我去大哥家，过会回来。"就匆匆出了门。

自从父亲去世后，母亲程抗美就搬离农场，住到了大哥高健家里。退休前她是兵团农场医务室的一名护士。在适婚年纪，程抗美护士拒绝了不少同龄小伙子的追求，出人意料地嫁给了退伍军人高大峰，高大峰比她大了将近十岁。不过，年龄差距大也有好处，高大峰对她呵护备至，觉得护士平时工作很辛苦，家务活自己全包了，舍不得让她做。所以几十年下来，程抗美连炒菜是先放油还是先放菜、做抓饭要放多少水都搞不清楚。

然而这样的幸福生活在她65岁那年戛然而止。

高大峰走了之后，程抗美有很长一段时间无法适应。她发现自己没有能力独自面对复杂的柴米油盐的生活，于是渐渐变得郁郁寡欢，这两年越发表现出一种时而清醒时而糊涂的状态。高昕每次去看她，都觉得两人之间的沟通很不流畅。她喜欢坐在沙发上，翻着那本家庭相册，自顾自地指着那些老照片向来看她的人一一介绍，这是大峰当兵的时候拍的，这是我在县医院进修的时候拍的，这是我和大峰去北京蜜月旅游拍的，他胆子好大，在颐和园里拉着我的手不放……她的嘴角泛起了笑容，宛如少女般娇羞。

高昕俯下身子，几乎是半跪在沙发前，牵起母亲的手，轻轻问："娘，您这么晚找我有什么事吗？"

程抗美低下头，茫然地看着他，似乎不认识他。在努力辨认一番后，终于想起来了："哦，是你呀，二娃你来啦。"她紧紧地攥住高昕的手，将他拉到自己身边坐下，凑到他耳边悄悄说："我跟你讲，昨天晚上我做了一个梦，这个梦很吓人的，吓死我了……"

"您做什么梦了，不要自己吓自己。"

母亲表情凝重地摇摇头："我记得真真儿的，你一个人孤零零，在雪地里头躺着，旁边还有一群狼围着你打转，狼的眼珠子都是蓝色的。它们大概是饿了，一个个都凶巴巴的，啧啧。我想都没想，就跑过去救你，你猜怎么着？我一下就醒了。老天保佑，还好只是个梦。"她一口气说完，长叹一声，缓解了不少情绪，但看上去仍旧余悸未消，胸口上下起伏。

高健在旁边忍不住嘎嘎笑起来，他剔着牙对弟弟挤挤眼睛，意思是你别听老太太一惊一乍的，示意高昕到阳台上去说话。兄弟两个靠在栏杆边，高健把阳台窗户拉开一半，掏出一根烟递给高昕，高昕摇摇头。高健想起来弟弟不抽烟，便给自己点上了，深吸一口："老娘最近的情况不太好，做事情丢三落四，炉子上烧水忘记关火，出门接孩子没有锁门，像丢了魂似的。"

"她以前不是这样的，"高昕皱起眉头，"要不要带她去医院看看？"

"看过了，医生说她有点抑郁，开了药在吃——现在她老人家脾气怪得很，说做啥就做啥，不听劝。你看，今晚说见你就要见你，而且必须立刻见到你，迟一会儿都要发火。"高健扔掉烟，烟头顶着红色的小火苗，像一颗流星坠入无边夜色中。

程抗美是青岛人，骨子里有一股天不怕地不怕的豪爽劲儿，个性倔强。从小时候起，自己认准的事任谁也说不动。早年，当程抗美还不叫程抗美的时候，父母给她取了一个温柔贤淑的名字"程彩云"，上中学之后她嫌这个名字过于女性化，毅然改名"程抗美"。卫校毕业那年，她偶然看到了一部叫《军垦战歌》的电影，影片里的新疆风景如画，简直处处赛江南。她一下子就被打动了，回到学校，也不和家人商量，主动报名去千里之外的新疆。因为她的自作主张，惹得父母非常生气。更让他们郁闷的是，程抗美到了兵团后，没多久就遇到了高大峰，然后迅速恋爱结婚生子，彻底在新疆扎下了根，也将父母最后一点要把她弄回来的念想掐断了。

高昕记得，还是在上了小学之后，母亲才带着他和哥哥回过一次老家。虽然年纪还小，但他很明显地感觉到，外公外婆对他们的态度是客气而疏离的。有天晚上，高昕突然被屋外的说话声惊醒了，他迷迷糊糊地睁开眼，听到隔壁房间传来母亲低低的啜泣声。他紧张地竖起耳朵，听到母亲一边哭一边说："我离不开新疆，这是我的选择，我不后悔。"外公冷冷地说："你眼里还有父母吗？当初你去新疆我们是不同意的，你自己和当地人结婚也没找我们商量。现在有调回来的机会，你还执迷不悟，真是一条道走到黑，把我们的好心都当成了驴肝肺。好好好，你给我滚，以后不要再来打扰我们。"第二天，程抗美就带着两个孩子离开了青岛。很长一段时间，她绝口不提老家的事。

"哥，你说咱妈会不会有心灵感应？"

"她就是偏心，疼小儿子呗。哼哼，比对我好。"高健半开玩笑地说。

高昕扭脸看着高健，发现哥哥越来越苍老了。虽然刚50岁，头发却已经大半都变得花白，两只眼睛充满了红血丝。因为常年在烤肉店忙活，他身上散发着很重的羊肉腥膻气以及炭火烟味。

"这些年都靠你，多亏你和嫂子。"高昕真诚地说。

高健摆摆手："谁叫你是公家人呢，成天忙得不着家。反正我和你嫂子两个人都是自由职业，你侄子也上大学走了，我们有时间也有这个精力，你就别老提这个了——"

这时高健的手机突然响了，他低头看了一眼就迅速挂掉，一边嘟嘟囔囔："混球，回家都不让老子安宁！"

"哥，是谁打电话给你？"

"是我一个朋友——哦不，一个供应商，专门卖羊，卖羊肉的……"高昕发现哥哥支支吾吾，表情有点不太自然，好像挺紧张的样子，不知道是不是这个陌生电话的缘故，想了想也不便多问，就和他继续聊着母亲的身体状况。

突然，外面传来"啪"的一声巨响，把两人吓了一跳。不知道从哪里飞来一颗弹珠，准确地击中阳台的一扇窗玻璃。显然，这个弹珠的力道很大，玻璃立刻被击穿一个小小的圆孔。好在窗玻璃比较厚实，在圆孔的四周只出现了几条放射状的裂纹。还好，在弹珠击中玻璃的一瞬间，高健眼疾手快拽住弟弟，蹲下身子，躲过了飞溅的玻璃碴。

高昕急忙站起来，趴在栏杆上向下望，楼前的草地上空无一人，路灯下有个黑影一闪而逝，压根没有机会看到脸。他回头看了看玻璃上的圆孔，倒吸一口凉气。高昕的嫂子听到动静也跑了出来，被高健一把拦住往屋里赶。"快回去，快回去，你别给我这添乱！"高健低声吼道。女人反驳道："是我添乱，还是你乱搞，我们这过的什么日子，一天天提心吊胆的……"说到最后，她的声音里带着明显的哭腔："高昕，你劝劝你哥吧。他自己干的蠢事，还不让我说，我实在受不了了！"

坐在屋里的程抗美不知道发生了什么，她可怜巴巴地瞅着阳台上拉扯的三个人，一脸迷茫。

"这是怎么回事啊？"高昕试图梳理一下思绪，却发现一头雾水："哥，不管怎么说，我们还是报警吧。"

高昕回到家已经是后半夜，所有房间的灯都没开，家里黑漆漆的，估计梅华和小麦都已经进入了梦乡。他蹑手蹑脚地走进卧室，借着窗帘透露出来的光线，发现床上摆着两条被褥，妻子缩在其中一条里面，用后脊梁对着他。每次他们争执后就会分被窝睡觉，像是划江而治。当然，高昕最后都扛不住，总要想法子哄她逗她，然后"柏林墙"轰然倒塌，两个被窝就合二为一了。今晚高昕没有这个心思，他觉得很郁闷。特别是得知哥哥最近的一些举动，心里更烦了。从嫂子断断续续的讲述中，他才知道高健最近这一年，由于炒股亏了很多钱。他不仅把自己的私房钱全赔进去了，还铤而走险，借民间小额贷款来补亏空。借来的钱投进了股市，像一杯水洒在干涸的沙漠，连一丝水花都没有。可是还钱的期限是雷打不动的，贷方根本不听任何解释，已经好几次派人上门要钱。一开始，态度还可以，文质彬彬挺有礼貌。来了几次没要到钱，催债手段开始升级。今晚射到阳台的弹珠实际上就是一种露骨的警告和恐吓。

"是这样的，现在店里的生意不好做——竞争太激烈了——我就想找个来快钱的路子，谁知道得不偿失……"高健蹲在地上抱住自己的脑袋，一副后悔莫及的样子。

"哥，你不知道这个借贷的利息有多高吗，你怎么那么傻啊？"高昕忍不住连连摇头："你要用钱和我说啊！你还差多少钱？"

不管高昕怎么追问，高健始终不肯说出欠下的数目。他站起来，像下了很大的决心："高昕，这事不要你管，大不了我把房子卖了。"如果把房子卖了，他们就只能住在烤肉店里。店里有个备货的仓库，只能勉强住哥哥和嫂子两个人。而母亲就要住到高昕这里，除此之外没有其他办法。可是一想到母亲和梅华将要住在一个屋檐下，高昕心里实在没底。程抗美和梅华的关系有点微妙，两个人都很要强，又都很有原则性，在一些问题的处理上，常常是针尖对麦芒，谁也不服谁。短时期的相处还能相安无事，长期住在一起，难免会扩大矛盾。更何况，现在的母亲身体已经不复从前，能不能和平共处，很难说。

一想到这个问题，高昕的头都大了。他躺在床上，翻来覆去睡不着。思索再三，他伸出手去，推了推背对着他的妻子："喂，醒醒，你睡着了吗？"

梅华睡得正香被丈夫弄醒，有点恼火："你这么晚才回来啊，哎呀，烦死了，有什么话明天再说嘛，我还要上早自习呢。"

"我不去了。"高昕仰面朝天，盯着天花板平静地说。

"不去哪儿？"

"我不上山了。"

"真的吗？太好了！"梅华瞬间清醒起来。她一骨碌翻身爬起来，像个孩子似的趴在丈夫的胸口，破涕为笑。高昕抚摸着她柔顺的头发，想说什么，终于什么也没说。

雪涌高原山如玉，铁马冰河染浮云。

一言九鼎天涯去，携风踏雨闯昆仑。

第四章

　　胡文丽每天早上雷打不动掐点进办公室，第一件事就是躲进卫生间捯饬自己。她需要把在上班途中弄花的妆重新描摹一遍，从额头到下巴再到脖子，每一处暴露在外的部位都要进行修补。程序虽然复杂，但是她非常耐心，一丝不苟。一般在这个时候，她眼里是看不到其他人的。以至于同事古丽也来到洗手台前洗手时，胡文丽依然专注地盯着自己的脸蛋。古丽很知趣，没有打扰她，洗好手之后就准备匆匆离开。胡文丽突然用余光瞥到她了，赶紧扭头叫住她："古丽妹妹！"古丽像受到惊吓似的，浑身一个激灵："啥事？"

　　胡文丽好奇地看着她："看你，见到我躲什么躲呀。"

　　"不好意思，文丽姐。"古丽的脸红了。

　　"咦，你的黑眼圈怎么这么重？"

　　"嗯……那是……可能是昨晚加班加的。"

　　"你帮我看看，我脖子后面是不是有个包？"

　　古丽迟疑了一下，走过来扒着她的衣领仔细查看她的脖子，然后摇了摇头说："没有包啊，啥也没有，文丽姐你的脖子就像婴儿的脸一样光光净净。"

胡文丽仍不死心，坚持让她好好找一找："不会吧，我觉得好痒，是不是被小虫子叮了，这种小虫子是最毒的，纱窗也挡不住……"

古丽忽然发现，在胡文丽的脖子上戴着一条祖母绿项链，看那款式和颜色，应该是新买的。她用夸张的口气大声说："哎呀，好漂亮的项链啊！文丽姐，这是姐夫给你的生日礼物吧，这个链子一看就是高级货，一定很贵吧。"

胡文丽脸上笑开了花，有点害羞也有点骄傲地说："还好吧，也不是很贵，我觉得有点俗气，他偏要买……"她俩的对话被好几位女同事听到，大家立刻纷纷围拢过来，观摩起胡文丽的新首饰。古丽赶紧趁这个机会抽身而退，溜出卫生间，如释重负地喘了一口气。最近她遇到了一件令她非常心烦意乱的事，她很害怕胡文丽这样的犀利大姐知道这件事。以胡文丽的性格，一旦她知道之后，不出一个小时一定嚷嚷得满世界都传开了。

就在上个礼拜，古丽的未婚夫艾尔肯被检察院带走了。艾尔肯是市农村信用社的一名会计，小伙子很机灵，业务也很熟练，是单位的业务骨干。不久前，有人向单位纪检监察室举报了艾尔肯，反映2年多来,他利用岗位的便利，陆陆续续挪用公款将近10万元。艾尔肯是一个地地道道的电脑游戏迷，这些挪用的钱并不是用来作彩礼的，而是全部用来充值购买游戏装备。消息传来，古丽一家无比震惊。他们两个人刚刚领了结婚证，准备在国庆节举办婚礼。为这个事全家简直乱了套，不仅婚礼泡汤了，父母亲坚决要求女儿和艾尔肯办理离婚手续。古丽哭了好几次，吃不下饭也睡不好觉，整个人生生瘦了一圈。

她瞒着父母，偷偷去了一趟看守所，探望艾尔肯。警察把艾尔肯带进会见室的时候，古丽完全认不出他了，除了穿着肥大的囚衣，艾尔肯原本带点婴儿肥的脸，变成了英吉沙刀一样瘦削，头发和胡子一样乱糟糟，整个人沮丧颓废，毫无生气。

两人四目相对，沉默了好一会儿，古丽突然整个人扑到会见室的隔离栏上，拍打着玻璃，浑身颤抖："你说，为什么要骗我？你说啊，你这个无耻的阿伊万（意为畜生）！"。而艾尔肯始终低着头，用嘶哑的声音一遍一遍地说着"对不起、对不起"。古丽看到他的泪水流过脸颊，像几条蚯蚓爬过，在黑黢黢的脸上留下灰白色的痕迹，滴滴答答地落在台子上，这幅景象令她几乎反胃。她努力压制着从胃里升腾起来的食物，赶紧站起来，跑到室外的背阴处，扶着一棵老榆树开始翻江倒海般地呕吐。

她一边"哇哇"吐着，一边绝望地想，这下可真是麻烦了。

"你打算怎么办？"入夜，古丽和母亲躲在储藏室里，交流着彼此的意见。得知这个棘手问题的母亲，脸色大变，冷得犹如一块寒冰。

"阿娜（意为母亲），我想要这个孩子。"古丽低声说。

"那你希望给孩子一个什么样的父亲，一个囚犯？你都不和他在一起了，留下这个孩子又有什么意义呢？"

"意义？"古丽抬起头，"因为他无法选择，所以我们不能代替他作出选择。"

"你要考虑清楚了，不要一错再错！"母亲站起身，准备离开储藏室，"我要听听你父亲的意见，你让开。"

古丽"扑通"一下跪倒在她面前，挡住了她的去路："阿娜，求求你了，千万不要告诉达达（意为父亲）。他的暴躁脾气你知道的，他真的会杀了我的。"

在大楼走廊里，高昕差点被古丽撞到了。这个丫头像丢了魂似的，看到他也没有像往常那样打招呼，只是微微点了点头就走过去了。高昕连忙叫住了她，问道："古丽美女，上午郑关长有没有安排？"

古丽是总值班室的科员，所有关领导的活动事务都是由她安排的。在这个岗位上工作，不光要细心负责，还要有保密意识，不该说的绝对不说。虽然工作才5年，关领导对她的能力很认可。古丽的长相在单位是数一数二的，个子高挑，五官精致，特别是皮肤，白皙得像天山上的雪。待人接物十分得体，但同时又和所有人都保持着一定距离。不过，高昕和她的关系还不错，在力所能及的范围内古丽很愿意帮忙。

"哦，上午郑关长有一个新关员见面会，10点钟开始。"

"能不能麻烦你帮我预约一下，我想待会就去。"高昕用征询的眼神看着她。

"嗯……您说得有点晚了，已经有3个处长提前和我们说过了要汇报工作，上午恐怕您没时间了。"古丽有点为难。

"那我插个队行不？就两三分钟的事儿，很快。"

"说好了，只有两分钟哦。"古丽半是认真半开玩笑地说，"说话要算话，不然到时间我就要敲门赶人了。"

这时楼下传来一道雄壮有力的喊口令声："立正——向右看齐，向前看——报数！"两人凑到走廊的窗子前往外看，在大院子的空地上，3排关员正在整装列队，一张张稚气未脱的脸，亮着对未来充满期待的眼神。这些是今年北疆海关新招录的公务员，他们历经笔试、面试、政审，过五关斩六将，才取得了招录的胜利。今天的新关员见面会对他们很重要，因为在这个会上，将正式宣布每个人的工作去向，是留在省城，还是去基层，甚至是边境海关，谜底将要一一揭晓。

高昕饶有兴趣地观察着这些即将成为自己同事的年轻人，都是二十刚出头，新鲜得如同剥了壳的鸡蛋。他们的身上穿着五花八门新潮时髦的便装，看上去更像是一支"杂牌军"。一看到穿正规海关制服从一旁走过的关员，整排人满眼都放出羡慕的光来。韩宇悄悄和身边人说："刚子，海关制服真神气啊！白衬衫，黑裤子，特别是那关衔，金灿灿的，帅呆了！"

范小刚一个劲点头，舔了舔嘴唇："说实话，我就是冲着这身制服来的——哎，你看，那边过来的那个，戴着三条杠呢。"

"三条杠有啥稀奇的，肩上有橄榄叶的才牛呢，"韩宇推了推鼻梁上的黑边眼镜，开始滔滔不绝地卖弄他刚学到的知识："培训老师不是说过吗，海关是我们国家第三支拥有衔级的队伍，其他两种是军人和警察。一共有五等十三级，起步就是二级关务员，最高级别的是海关总监……"

"韩同学，那我们这辈子能不能当海关总监？"

韩宇被这个幼稚的问题搞得哭笑不得，他憋住笑，若有所思地说："基本上，有一定的可能性，好好努力吧。鲁迅他老人家说过，心有多大，舞台就有多大。"

"这是鲁迅说的吗……"范小刚小声嘟哝了一句，然后问韩宇："那你有没有想好，你会在哪个舞台上发光发热？"

韩宇摇摇头说："我哪知道，反正服从组织安排呗。"虽然嘴上这么讲，其实他已经胸有成竹，很有把握。自己的专业是新闻学，分到北疆海关新闻办工作的可能性非常大。新闻办目前人手少，四个编制只有两个人在岗，其中一个女同志在家生娃，一个被抽调到海关总署协助工作，所以他大概率会留在省城。

高昕静静地站在关长办公室的门外，等着古丽从里面出来。

他在想，待会要怎么开口，怎么解释，才能让郑众关长不对他有看法，他心里没底。和一把手面对面地沟通的次数，对他而言屈指可数。郑众是东北人，说话办事干净利索。他对数字非常敏感，记忆力特别好，主要业务数据信手拈来。处长在向他汇报工作时，常常被他发现漏洞。他也毫不客气，也不管什么场合，当场说批评就批评，说拉下脸就拉下脸，让处长窘得下不来台。虽然他对处级干部很严厉，但对待普通关员包括厨师、保安，他都是一派和蔼可亲的样子，一起拉家常开玩笑，打成一片，没有任何架子。大家私下里管他叫"关老爷"。

不一会儿，古丽从关长办公室出来，用眼神示意他进去。高昕冲她点点头，然后深吸一口气，敲了敲枣红色的门，喊了一声："报告。"

门开了。高昕看到郑关长埋头在一堆摞得高高的材料中，用一枚放大镜，认真地查找着什么。他的左眼视力非常弱，几乎到了不用放大镜就看不清文件内容的地步。高昕一时不知道该怎么开口，像木桩一样杵在办公桌前面，只能看到郑关长花白斑驳的头顶。

"关长好，我是高昕，打扰您了。"

郑众抬起头，意味深长地看了他几秒钟，用手指点了点桌前的椅子，示意他坐下。"高昕，你这次竞争上岗考得不错嘛。我前两天还和罗平安说，没想到你除了文章写得好，口才也可以嘛。"

高昕搓着双手不知道该怎么开口，听领导这么一说，心里还有点小小的窃喜。

"不过，我们很意外，你的测评成绩居然垫底了，"郑众往椅子背上靠过去，缓缓地说："群众基础也很重要，众口铄金，积魂销骨，你可能要认真反思一下。"

高昕的脸开始发烫，心底那股不服输的劲儿又上来了，他一梗脖子："关长，我反思过了，我们处的政治生态不好。"

"你这么想可不好，你得多从自己身上找原因，分数不代表一切，情商可能比智商更重要。"随即，郑众很严肃地指出："就算你考第一，党组也不见得就一定要用你。"

这话像一根棒子，将高昕直接打蒙了。他涨红了脸，委屈愤懑的情绪一齐涌上心头。他想起身就走，摔门而去，但终究还是忍住了，只是用力地绞着双手。郑众也看出他的情绪不对劲，话锋一转："不过，昨天我听说你主动报名去慕士塔格海关，这倒让我很意外。关区里还没有人主动要求去那儿，你是怎么想的？还是想当主官是不是？"

"我，我……"高昕没料到他会问得这么直接，想了想说："我就是想试试我的耐力和承受力，看看在那种环境下，我能不能吃得消。"

"呵呵，你可别想得太简单哦，"郑众指了指自己的左眼，"你知不知道，我的左眼怎么变成这样的？"

高昕摇了摇头。

郑众继续说："看来你并不了解我啊，我曾在慕士塔格海关干过4年。这4年给我的记忆太深刻了，也太折磨人了。我是不大想提那段日子的，"他慢慢拨弄着桌上的放大镜，开始陷入对往事的回忆中："我记得，那年正月十五，我背着一袋羊腿上山，去慰问值班的同志，准备和他们一块儿过节。我们的车到老虎口的时候，暴风雪来了。不到5分钟，车被雪掩埋，变成一座雪堆。我和司机两个人，用手挖雪开道，手指都冻麻了，就放在嘴里用热气呵呵，整整四个小时，小车才驶出危险区。结果，没想到在下一个急转弯处，你猜怎么着，我们的车翻了，我的头撞在挡风玻璃上，额头划出一道很深的口子，有一小块玻璃碎片进到眼睛里，鲜血当场就顺着脸流下来。后来也没有彻底治好，留下了后遗症，我这倒霉眼睛啊，视力越来越差了，呵呵，都快变成独眼龙了……"

高昕还是第一次听到郑关长主动聊起他眼睛受伤的故事，不禁动容。

"所以我说，要在那片生命禁区工作，必须要有非常之耐力，非常之韧性，不然很容易当逃兵。你听说过那句话吗，如果你恨他，就把他送到慕士塔格海关来，因为这里是生命禁区，如果你爱他，也让他到慕士塔格海关来，因为这里足以磨炼他的人生。那个地方就是那么神奇，让人爱恨交加——高昕同志，你说想去慕士塔格海关，不是在赌气吧？"

"不！"高昕脱口而出，"郑关，我还算年轻，也能吃苦，请组织放心，我不会当逃兵！"

郑众看着他，微微点了点头。这时古丽从外面轻轻推开门："不好意思，郑关，罗处长让我提醒您，马上要开新关员见面会了。"

"好，我知道了，把会场准备好，我马上去。"郑众站起身，拿起自己的茶杯和笔记本。突然他想到了什么："哎对了，小高，你还没说你找我有什么事？"

　　高昕也站起来，不好意思地说："郑关，我都说完了，没事了，没事了。"

无痕大雪满葱山，切断山外半边天。

千山万壑指天庭，借来繁星暖人间。

第五章

　　一辆越野车喘着粗气，奋力爬行在羊肠似的山路上。车轮下，带起一路飞扬的尘土。

　　站在苏巴什达坂南望，能看到这条蜿蜒在冰峰雪岭中的"天路"，它就是横亘在帕米尔高原，穿越巴控克什米尔，直达巴基斯坦塔科特的喀喇昆仑公路。

　　"我上山的第二年，泥石流就毁掉了这条路。如果不下雪，看不出这条路的样子。等下了山我回头一看，下雪了，路的轮廓显现出来，全是'Z'字形的，当时就想起李白那句诗，蜀道之难，难于上青天！"高昕兴奋地向我比画着，喝了点酒之后，他的脸上一片酡红。

　　这条山路崎岖又荒凉，沿着河道水滩弯曲延伸，两边都是横七竖八的坚硬岩石。透过汽车前方的玻璃向外看，随着山路的高低起伏，那些灰黑色的岩石张牙舞爪地咧着大嘴，排山倒海一般朝他们挤过来，压过来，好像随时都有可能崩塌倾泻下来。越往上走，坡路越陡峭。如果从空中俯视地面，可以看到这辆车就在峭壁与深谷之间的裂缝中行进，像一只微不足道的蜗牛，在一根细丝上爬行。

穿云破雾走大荒，银河作伴踏长风。

数载高原霜河冷，大雪为我洗征程。

风很大，在车窗外呼啸。

只要一阵风吹过，车身就有点晃动，像喝醉酒的醉汉，颠得坐在车里的人骨头几乎都要散架，五脏六腑抽搐在一起。虽然已经是5月了，但除了山头厚重的白雪和山脚下的鹅卵石之外，就是路边孤零零的铁锈红色的砂岩山，看不到一丝青绿。路左侧是宽广的河床，浑浊的水流左突右冲，一川碎石个大如斗。到处都是山石嶙峋，张牙舞爪面目狰狞，好像随时准备吞噬路过的一切，让人觉得格外压抑。只有路边不时闪过的电线杆，提醒着人们，这是这个地方与现代文明的唯一联系。

高昕的心开始慢慢沉落。

从知道他下定决心去慕士塔格海关开始，梅华就不再理他了。在梅华看来，这是男人非常自私的表现。高昕明明知道自己想回内地，还要一意孤行。"你不爱我，你只考虑你自己！"梅华愤怒地说着，眼泪汪汪。高昕默默地递给她一张纸巾，她用力地擤了一下鼻子，然后扔到地上。

哥哥带着母亲和她的两只大行李箱来到高昕家里。程抗美有点局促，坐在椅子上不停地捏着衣角，见到梅华也不好意思打招呼，腼腆得像一个孩子。高健把母亲每天要吃的药，写在一张纸条上，向梅华一五一十地交代。别看他外表五大三粗，对母亲的事还是很上心的。他把高昕拉到一边，悄悄告诉弟弟，自己考虑把房子卖掉，把贷款的窟窿暂时补上了。

"往后你咋打算的？"高昕问他。

"该咋办咋办！我还有烤肉店，我又不懒，放心，垮不掉的！"高健满不在乎地说，转身又对母亲说："老太太，我先去干活了。您老人家啊，踏踏实实在老二这里待着，别成天胡思乱想的，知道不？"程抗美一脸茫然，不由自主地站起来，想跟着高健一起出去，身体突然一阵乱晃。梅华忙上前抓住她的胳膊，把她扶到沙发上。

"老大，你记得要来接我哦。"程抗美满脸的着急表情，不放心似的，再三叮嘱。高健笑了："妈，我真服了您了，您老人家真有意思。在我家天天念叨弟弟，到了这，您又想着我的好了。得了得了，我马上安顿好，就来接您回去，您要听话，知道吗？"老太太果然很配合地点点头。高昕看到哥哥说完就迅速别过脸，悄悄用手掌心在眼角处抹了一把。

吃晚饭前，高昕突然发现女儿麦子不见了。她卧室的书桌上，作业本东一本西一本地摊开着，钢笔帽还没戴上。刚才，他和梅华的注意力都放在老人身上，谁也没有注意到这个女孩是怎么从房间里走出去的。高昕赶紧跑下楼去找，最后在小区健身区那儿发现了她。她坐在秋千架上一荡一荡，身上的海蓝色小裙子被风吹得鼓起来，两根粉色飘带也在风中飞舞，像要启航的风帆。

高昕突然发现，这个曾经的小不点已经变成了一个茁壮结实的少女。在他的眼里，麦子是一个善良开朗、爱冒傻气，冷不丁也抖点小机灵劲的丫头。在人满为患的公交车上，她专注地看着移动电视里的动画片，会突然爆发出一阵又一阵旁若无人的咯咯笑声，全然不顾父母有多么窘迫尴尬。有时候她和大人闹别扭，说着说着眼泪就下来了，鼻涕也如期而至。可一转眼，一本漫画书就让她乐得前仰后合，晶亮的泪珠还挂在她的睫毛上。有一年夏天，她在客厅里看动画片，开心得忘乎所以，一不小心竟然撞到了沙发椅子上，后脑勺血流如注。吓得高昕赶紧抱着她上医院。事后在一篇作文里，她满怀深情地写道："当时，我的爸爸跑得像一条疯狗。"小学毕业那年，她主动请缨，承担了为家长会制作班级幻灯片的任务。对于结尾部分的感言，她特别慎重，苦思冥想了一晚上，最后声情并茂来了这么一句："感谢您，亲爱的爸爸妈妈，感谢您，亲爱的老师！有了你们无微不至的关怀和培养，我们才活到了今天……"

她有很强的表现欲，在幼儿园时代就以爱举手回答提问而闻名。在教学公开课上，她就像只快乐的小燕子，老师话音还没落，她那只胖胖的小胳膊就高高举起。她的这个特长在其他班级也广为流传。经常有隔壁班的老师过来商量："明天要上公开课，你们班的那个麦子借给我们班用一下好吗？"

麦子小的时候，高昕有一辆旧得有点失魂落魄的自行车，手闸时灵时不灵，坐垫上绑着塑料袋，前后轮溅满泥点。只有后座安的大红色儿童座椅，颜色看上去还比较新。就是这样一辆车子，载着他和麦子，在路上转动着属于父女两人的美好时光。夏天，高昕不能骑得太慢，怕蚊子叮了胖妞，那一身肉肉，是蚊子的最爱。经常是第一天叮一个包，第二天第三天，就出现四到五个。高昕常常感慨，那可都是回头客啊！

冬天是最难熬的。上车前，他把麦子武装到牙齿，围巾、口罩、手套一个都不能少。并且再三告诉她，第一，要把手伸进爸爸的后腰里面；第二，要把脸贴在爸爸的后背上。可麦子是个好动的孩子，过一会儿就不耐烦了，手抽出来了，脸也抬起来了，蠢蠢欲动。高昕飞快地骑着，一边呵斥她，不要乱动啊，要不然回家不给你玩电脑。冬天晚上的冷风飕飕的，把路灯也染成迷离的晕黄，让人几乎睁不开眼。这时，高昕总在想，我的肩膀要是能宽一点，再宽一点，就好了。

麦子坐着自行车，对身边开过去的小汽车，用手一一指点着：奥迪、本田、桑塔纳、宝马……高昕心里一个劲地羞愧。回头看，她的眼睛里倒是一派纯真无邪。他暗自庆幸，这孩子还没有形成追逐物质的虚荣心。

高昕知道，这样的时光会过去。从一开始她必须要别人把她抱上后座，到现在自己吭哧吭哧地，自力更生地爬上去。他再也不担心她会从后面摔下去，也不需要常常去摸摸她的小胳膊。终有一天，那个红色座椅会盛不下她苗壮的身体。说不定，她再也不会这么乐呵呵地坐在老爸的破自行车上，感觉居然还那么自如。

高昕仿佛看到，麦子和自己的同学一起，骄傲地昂着头，咬着雪糕，旁若无人地大笑。只向他挥一挥手，就走过他的身边，在他的视线里渐渐走远，一直走到广阔的天际。

但是这又有什么不好呢？毕竟，自己和女儿曾经拥有这样的一段路和这样的一段时光，没有人可以夺走，也没有人可以改变。她的童年和我的记忆，永远在路上。高昕总是被这样的想法弄得眼窝热热的。

他悄悄走到秋千架旁，开始帮麦子晃起秋千索，让她一下一下飞得更高。没想到麦子忽然害怕得大声尖叫，高昕赶紧拉住绳索，让她慢慢停了下来。看见女儿紧蹙的眉头，他笑着打趣道：

"你这个胆小鬼，害怕了？以前你可不是这样的，总是叫爸爸帮你荡得高高的，像鸟儿在天上飞那样，哈哈……"

麦子若有所思地盯着他的眼睛，沉默了一会儿，忽然小声而清晰地说："妈妈说你不要我们了。"

"小孩不能瞎说！"高昕佯装生气的样子，伸手去刮麦子的鼻梁："小傻瓜，爸爸只是换一个地方上班。"

"听说你去的地方，离北疆好远。"

"嗯，怎么说呢……对了，你小时候不就读过《西游记》吗？"

麦子歪着头想了想，点点头。

"爸爸去的地方，就是唐僧取经路过的地方，以后有机会我带你去看看。"

"唐僧有孙悟空、猪八戒、沙僧陪他，你有吗？"麦子扬起脸，俏皮地抛出这个问题，让高昕竟一时语塞。

他想了想，很肯定地说："有！"

雪落高原登昆仑，冰峰雪岭锁浓雾。

昂首天外问前路，抖落冰甲过沙湖。

第六章

　　这次去慕士塔格海关，他不是单枪匹马，人事处已经通知他，和他一起上山的还有两个人，一个是刚进关的新关员，另一个是他怎么也没想到的"关花"古丽。高昕私下问她原因，古丽总是笑笑不肯正面回答，还开玩笑说，高关长你别自我感觉太好，我可不是冲着你去的。被问得紧了，她直截了当地说："对，我就是去找对象的，我就喜欢塔吉克汉子，最男人了！"

　　高昕留心打量着同行的两个人。古丽一脸平静安心的表情，甚至显得比平时在单位还要轻松，上车不久就拿出自己带的话梅、口香糖与大家分享，看到同行的新关员有些晕车，还给他服用了自己准备好的红景天。

　　车行驶了一段时间，她怕司机麦麦提犯困，还主动活跃气氛。她清了清嗓子说："我来说个笑话吧，有一天，一个大妈在路边等车，正好一个巴郎子（意为小伙子）开了一辆拉煤的卡车过来，好心的巴郎子就把大妈捎上了。但大妈太胖，车里坐不下，就坐到后面拉煤的地方。车到了目的地，巴郎子忘了大妈还在后面，直接一按按钮，车斗就自动把煤翻下来了。这会儿巴郎子才想起大妈还在后面呢，赶快拿个铲子挖人去了。挖出来以后刚准备给大妈说对不起，大妈拍打一下身上的煤灰说，不好意思噢，我太胖了，车都给我压翻掉了！"说完自己先哈哈大笑起来。

高昕和司机都笑了，唯独新来的关员韩宇像没听到一样，表情呆滞，无动于衷。他整个人缩在车后座上，心情沉重如同浓云翻滚，压根乐不起来。他这种状态是从新关员座谈会上听到分配方案的那一刻开始的。之前，他信心满满，笃定自己能留在北疆市，没想到自己被一竿子甩到整个关区最偏远的基层海关，整个人都傻了。

"仰望星空，还需要脚踏实地，要把个人的梦想融入海关改革建设的事业中，努力在平凡的工作岗位上做出不平凡的业绩。现在的你们就是一张白纸，能不能描绘成一幅好画，关键要看你们自己……"台上，郑众侃侃而谈，而韩宇根本不知道关长说的是什么。他脑子里一片空白，心底只有一个声音在回响：这下完了，这下麻烦了，发配到苦寒之地了……

散会后那天晚上，韩宇和范小刚直接跑到KTV里喝酒。范小刚这次分到了机场海关，算是留在了北疆。他非常主动地承担了晚上的费用，买了不少烤串，让服务员搬来了一箱大乌苏。韩宇本来酒量不行，但那晚他特别想醉一场。

他咕咚咕咚一口气喝完半瓶啤酒，嘴一抹，伴着音乐前奏，抄起话筒就吼："因为在一千年以后，世界早已没有我，无法深情挽着你的手，浅吻着你额头，别等到一千年以后，所有人都遗忘了我……"唱到最后的高音部分，他的声音变得嘶哑起来，怎么也唱不上去。他干脆丢下话筒，颓然倒在沙发上，大声吸溜起鼻子来。

"哎哎，哥们，你别这么难过啊，别把事情想得太坏了。"范小刚也有点着急，不知道该怎么安慰他。

韩宇无精打采地说："你可知道，帕米尔是个什么鬼地方？"看着范小刚单纯无知的眼睛，他苦笑了一下："我都查过了，那里是全国海拔最高的海关，在波斯语里被称为'死亡之谷'，高寒缺氧，属于生命禁区。缺氧是什么概念你知道吗，会导致心脏病、脑神经萎缩，严重的到后来会老年痴呆……"

"韩哥你身体素质好，应该可以顶得住。"范小刚一仰脖，也陪他干了一杯。

韩宇万分委屈地说："刚子，我可不想把我这副身板交待在那个地方。听人说，山上除了风和雨，都是石头，连石头都是公的。我长这么大，还没谈过恋爱，连妹子的手都没摸过，你说我亏不亏啊！"

开车的司机麦麦提是塔吉克人，一头乌黑的卷发，两只淡蓝色的眼珠子滴溜溜转，显得很机灵。他一边开车，一边对高昕说："高关长，你要帮我留点神。看看旁边的山，听听旁边有没有动静。如果听到有打雷一样的声音，要赶快告诉我，那就是泥石流从山上已经冲下来了。"

高昕不解地问："现在又没有下雨，怎么会有泥石流？"

麦麦提解释说，泥石流用俗语说就是山塌下来了。每年春夏这个时候雨水很多，这里的山体就变得很脆弱，成了"饼干山"。在这条路上开车，随时随地都可能会遇到泥石流。泥石流会从任何一个不起眼的山隘里奔腾而出，黑灰色的泥浆夹杂着巨石，能冲毁一切。山塌下来的时候，跑得掉就跑了，跑不掉就会永远被砌在"水泥"里，变成雕塑。

他指着不远处说：“你们看那边。”顺着他手指的方向，大家发现了路边被锁定在泥石流中的报废汽车，还有一大片牲畜的残骸骨架，被侵蚀得乌黑斑驳，在阳光下显得格外恐怖，令人触目惊心。几个人不约而同地倒吸了一口凉气。

韩宇呆呆地看着窗外，突然扭过头哭着对高昕说：“高关长，我还能不能回家看到我妈啊？”听他这么一喊，古丽也绷不住了，眼眶一下就湿润了。但她迅速控制住自己的情绪，抽出一张纸巾递给韩宇。

高昕紧紧地抓着韩宇的手，坚定地说：“你是男子汉，怎么跟个姑娘一样。你有妈妈，我也有妈妈，我们都要好好的，让我们的妈妈放心！”虽然嘴上说得很豪迈，但他其实心里一点底气也没有。对于上山后要面对的一切，他没有把握，也有些忐忑。

对于他的选择，梅华始终耿耿于怀。在家里，她几乎不和高昕交流。好几次，高昕在夜里听到，她躲在厨房里偷偷啜泣的声音。但到了早上，她还是把自己收拾得干干净净，打扮得漂漂亮亮，看不出一点忧郁的样子。

有熟人打电话过来，恭喜高昕同志升职，她很得体地表示感谢。也有了解情况的人，对她的困难处境唏嘘不已。她却淡淡一笑，说得云淡风轻：“哦，他们海关就是这种安排，干部总是要异地交流。迟交流不如早交流，我还嫌我们家老高交流得太晚了。早知道这样的话，我就让他在40岁之前就申请上山了。”

出发的那天早晨，住在一个小区的不少同事来给高昕送行，还有人从很远的沙依巴克区、达坂城区赶过来。丁志远很细心，特地订了一大束花：“这是大丽花，大吉大利，祝愿你一切顺利，这是百合和康乃馨，希望你身体健康，吃嘛嘛香！”他又拈起花中的两根柳条向高昕示意，"老兄你是文人，知道古人都是折柳相送吧。羌笛何须怨杨柳，春风不度玉门关……"罗平安握住高昕的手，语气平静，反复叮嘱："记住，安全第一，稳定第一！"

"谢谢老哥！"高昕郑重地点点头。

来送行的人群中并没有梅华。高昕一个劲解释，妻子是送女儿上学去了，但心里还是有些空落落的。麦麦提利索地将他的行李塞进后备箱。高昕专门收拾出了一个装书的箱子，特别沉。小伙子打趣地说："领导您是不是带了金子，好重啊。"

车刚驶出小区门口，高昕突然看到，在马路对面榆树下，梅华踮着脚向车来的方向眺望着。时隔多年，他仍然清楚地记得，5月的北疆，空气中都是沙枣花的香气，明亮的阳光透过树叶在她瘦削的肩上筛落下细碎的光影。高昕摇下车窗，探出头去，使劲向她挥手。路上车子太多，梅华并没有看清楚高昕在哪辆车，她放下手，眼神从期待渐渐转为落寞。

高昕想起昨晚，自己偷偷写了一封遗书，把一些无法当面和妻子说的话都写在了这张纸条上。他准备找个地方藏起来，琢磨了半天，把遗书放进了一本小说《茶花女》里。这本小说是上大学时，梅华送给他的生日礼物，书页都被翻得卷边了，塞在书橱角落里。高昕暗自祈祷，但愿妻子永远不要发现这张纸。

"我原以为只有我一个人留过遗书，到了慕士塔格海关后，我才了解到，好多同志上山前都留过。我现在想收集这些遗书，也没有收集全，可能是涉及大家的隐私，不好给我……"多年后在和我见面时，高昕说起他的这个小愿望。

"上高原还要写遗书？"我觉得有点不可思议。

高昕严肃地说："嗯，因为在山上，死亡常常与你擦肩而过，有时候你会感觉到，它近在咫尺。"

比如这条上山必经之路的奇险艰难，他就记忆非常深刻。在这条路上，雪崩、塌方、泥石流，无时无刻不在威胁着人的生命。这条路一共长达613公里，是60年代中国政府帮助巴基斯坦修成的。修路的过程中，有100多名工程兵在巴基斯坦境内相继牺牲。第一批人牺牲的时候，中方打算将遗体运回境内安葬。但试了几次发现，没有一个星期根本回不到中国境内。"青山处处埋忠骨，何须马革裹尸还"，剩下的88名烈士就地安葬在巴基斯坦吉尔吉特的一个中国烈士陵园，这些烈士牺牲的时候都不过是20岁左右的孩子。

高昕和我说起他遇到过的一个老兵，当年也参加过修路。那年，当运兵车把他们运送到喀什最后一个兵站的时候，他半夜起来上厕所，在兵站的院子里，黑灯瞎火的，不小心撞上了一个家具。睁大眼一看，竟然是摆着的几十口棺材。他当时吓坏了，跑去问连长，连长告诉他，这些棺材是陪着你们一起上帕米尔高原的，能回来的回来，回不来的就用这些棺材装着尸体就地掩埋。像当年左宗棠带着棺材进新疆平叛那样，有一种大丈夫破釜沉舟一去不返的感觉。

　　　　苍山如画断肠处，一抔热土伴忠骨。

　　　　千里丝路祭愚公，万簇冰峰问盘古。

　　　　两行热泪祭圣土，三缕清香慰忠魂。

　　　　壮士九泉应含笑，而今天堑变通途。

车继续颠簸在中巴公路上。高昕靠在椅背上，昏昏欲睡。

"快看啊，快看啊！"古丽突然欢快地叫起来，她推了推高昕和韩宇，让他们朝窗外看。远处，绵延起伏的山峦巍然屹立，褐色的山体峰顶呈现浑圆的线条，看起来像是躬身匍匐在大地上，山顶处堆积着皑皑白雪，映衬在碧蓝的天空下，好似老人飘逸的银发，一绺绺披散在雪线以下黑色的山坡上。山脚下有一片宽阔浩荡的湖面，清澈的湖水倒映着蓝天，是那种摄魂夺魄的蓝色，纯净得没有一点杂质。

"哦，那就是冰山之父慕士塔格峰，下面的湖就是我们的圣湖喀拉库里湖。怎么样，壮观吧？"麦麦提乐呵呵地介绍，"慕士塔格峰海拔7546米，覆盖在雪山顶的冰层厚度超过200米，这是我们南疆的守护神，是一座赐福人类的神山，我们塔吉克人给亲朋好友送行，都要说愿你与慕士塔格同在！"

高昕让麦麦提把车停下来，三个人迫不及待地跳下车，往湖边走去。展现在他们面前的是一幅绝美的画卷，银发飘飘的山川缄默不语，用双手呵护着身下那一池碧蓝的湖水。一阵风拂过，原本静谧的湖面被吹起了层层涟漪，宛如塔吉克少女顾盼生姿的眼波，美得令人窒息。湖边连接着辽阔的草滩，在阳光照射下，像打翻了一个调色盘，湖泊、雪山与草滩色彩绚烂夺目，银白、深绿、宝蓝、淡青……草滩上有静静吃草的牦牛、马匹。雪山的倒影映在湖中，若隐若现，肃穆沉静。几只苍鹰伸展着翅膀，迅疾掠过山崖。一时间，三个人被眼前的景色震撼住了，呆呆地看着，大气都不敢出。

"知道吗，这个湖还有一个美丽的传说。"麦麦提慢悠悠地说起和湖有关的佳话。传说慕士塔格是一位勤劳善良的克尔克孜牧民，有两个相貌平平的女儿，因为长相一般，所以找不着爱人，为此她们伤透了心。有一天，有个女巫对姑娘们说，在遥远的西方有一面宝镜，只要对着它一照，立刻就会变得异常美丽。父亲说不要相信女巫的话，只要善良勤劳就别愁找不到意中人。姐妹俩对女巫的话深信不疑，哪听得进父亲的苦口良言。晚上趁父亲睡着了，她们向遥远的西方飞奔而去。第二天两个女儿不见了，慕士塔格知道她们已经走火入魔，只能盼望女儿们早日归来。一年两年慕士塔格每天都站在这里，向遥远的西方祈祷盼望，不停地呼唤着女儿们的名字，可是仍不见女儿们的踪影……姐妹俩历尽千辛万苦，不仅没有变得美丽，反而因为日夜兼程地寻找宝镜变得更丑。她们开始思念自己的父亲，意识到父亲的话是对的时，又匆匆往回赶，可是当她们走上帕米尔高原，远远看见父亲站在漫天风雪中已变成一座冰山。他就是今天雄踞高原之上的冰山之父慕士塔格峰，老人的眼泪日夜不停地流淌，泪水形成了喀拉库里湖。

面对此情此景，韩宇又忍不住哭了，他泪眼婆娑喃喃自语："美，太美了，怎么会这么美……"古丽忍不住取笑他："哈哈，小韩，你的泪腺好发达哦！"韩宇脸红红地说："古丽姐你别笑话我，我是内地来的，没见过世面——这里真像是天堂啊！"

高昕没有注意他们的对话。在这一刻，他觉得天地如此辽阔，自己是那么渺小。仿佛被一种看不见的魔力所牵引，他不由自主地跪下来，俯下身子，轻轻地吻了一下脚下这片粗砺的土地。

他站起身，对身边两个目瞪口呆的年轻人说："记住，无限风光在险峰。从今天起，我们就是帕米尔高原的孩子了。"

云山雾海问苍茫，寒鸦古道尘飞扬。

寒窗四载披星月，怕叫芳魂再断肠。

第七章

天亮了。

高昕拉开窗帘，发现窗台上落满了一层密密麻麻的蚊子尸体。昨晚临睡觉时还能听到这些小生物在耳边"嗡嗡"飞舞，没想到它们的生命是如此短暂脆弱，才过了一夜就全"上路"了。待了一段时间之后，高昕才知道，因为这里海拔高，到了夜里没有光线，植物不再进行光合作用，氧气含量比白天更少，所以蚊子基本上活不过一夜。

想想看，这也是高原上的生命，顿时高昕也不觉得它们有多可恶了。高昕找了一把墙刷子，又从抽屉里找到一个空火柴盒，将死去的蚊子扫落在里面。"真有意思，黛玉葬花我葬蚊，呵呵！"他兀自笑了，将火柴盒放在窗台一角。

有人敲门。打开一看，是克里木副关长，他的声音很洪亮："高关长早啊！昨晚休息得还好吧。待会我们要搞一个交接仪式，您也一起参加吧，给大家说个话。"

克里木告诉高昕，慕士塔格海关是分两拨人轮流值班的，每次在岗时间是一个半月。交接班的时候，在岗的同志和来接班的人要举行一个小小的仪式。下一轮接班的同志前几天已经到了，准备换岗，正好听说新来的关长要上山，就多留了两天。今天的交接仪式，也是新关长和大家的见面会。能把慕士塔格海关所有人聚齐的机会，其实并不多。

"立正，稍息，向右看齐！"大院里，所有人员都已经列队完毕。整个慕士塔格海关除了关领导，正式在编人员24人，分成了两队，面对面地站着。东边是刚完成上一轮值守的人员，他们已经换上了自己的便装，在他们的身后是一排行李箱。西边是即将开始下一轮值守的人员，他们穿着整齐划一的黑色制服，戴着白色制服帽。看到克里木陪着高昕走过来，大家一齐鼓起掌来。高昕的目光从关员们的脸上掠过，他的心忽然紧紧揪了起来。

这是一张张怎样的脸啊！

无论男性还是女性，脸颊上都无一例外地被高原的紫外线灼伤，皴裂脱皮，烙上了黑红色的印记，被风一吹，裂出无数个渗血的小口子，连结痂的嘴唇也往外渗着血丝。清晨的帕米尔高原上，空气清冽寒冷，每个人的嘴边都呼出一团团白雾。

"关长同志，慕士塔格海关全体人员集合完毕，请指示！"喊口令的缉私科长卡斯木向高昕敬了一个标准礼。高昕回敬了一个礼，清清喉咙，大声说："按计划进行！"卡斯木是哈萨克族人，是部队转业干部。他身材高大英挺，虽然退伍10多年了，浑身还是透着一股掩盖不住的军人气息。

"是——"卡斯木拖着长长的尾音应答。他一转身，对着整个队伍挥动起双手："一、二、三，预备——唱！"雄浑激昂的歌声回荡在小院的上空：

把关我们来到茫茫雪谷，

在帕米尔高原把雄关修筑。

高寒缺氧何所惧，

生命禁区青春永驻。

一年三百六十五，

我们与风雪冰山为伍，

为了国门坚强如铁，

爬冰卧雪也不觉得苦……

这是慕士塔格海关自编自创的关歌。几乎每个人都在扯着嗓子吼，不管有没有跑调，大家吼得特别用力。下山的人要发泄这40多天的郁闷烦躁，来接班的人吼出一种风萧萧兮易水寒的悲壮。站在队伍末尾的古丽和韩宇也忍不住跟在后面小声学唱。一曲唱完，西边的队伍与东边的队伍挨个敬礼握手，再说一句："辛苦了，回去好好休息！"接着提上自己的行李，排队上了通勤的中巴车。车子发动了，东边队伍所有人再次齐刷刷敬礼，一直目送着车子消失在视线里。

第一次参加这样的仪式，高昕觉得很震撼。这是慕士塔格海关特有的一种文化，在这样恶劣的环境下连续工作一个半月，对任何人来说都是一种考验。谁也说不准，在值守的这段时间会发生什么难以预料的情况。所以每一次的轮班换岗，都像是一次生离死别。

车子刚驶出院子，克里木突然一拍大腿说："糟了糟了，高关长，我们忘了一件大事了！"他急得满脸通红，"都怪我，忘了请您给大家讲话了。哎呀，你看看我这破记性！"

"没事，"高昕笑了笑，对还站在院子里的关员们说："大家辛苦了！我也没准备说啥。总之，从今天开始，我就是慕士塔格海关的一员。让我们一起努力，把工作干好，把身体搞好，把我们的小院建好。只要大家伙儿心往一处想，我们明天会更好——解散！"

太阳升高了，寒意一点点褪去。虽然就在室外待了这一会儿工夫，但高昕感到脸被冻得生疼。5月的时候，山下的人们都穿着单薄的春装，可是这里的海拔在雪线之上，常年冰封雪飘，年平均气温都在零下摄氏十几度。就算是夏天，也得穿上厚衣服。克里木说，别的地方还分四季，这里一天就能领略四季。刚刚还阳光灿烂，转眼就暴雨倾盆，刚刚还是白云蓝天，一瞬间暴风雪就会来临，老天爷的脾气没有人能摸得准。

高昕昨天晚上到的时间太晚，黑灯瞎火，没看清慕士塔格海关。直到现在，他才好好打量这个海关小院。一栋灰不溜秋的办公楼，只有两层。窗户还是老式的木框窗，在高原的日光暴晒和风雪侵蚀下，墙体已经开裂，如同老人的皱纹爬满了外墙。院子里光秃秃的，没有一点绿色植被，显得异常单调。院子的西北角，有一个废弃的蔬菜大棚，里面却没有蔬菜，堆满了乱七八糟的杂物。

"克关，咱们院子里怎么连根草都没有？"高昕不解地问。

"哎，不是我们不想种花种草，实在是这个鬼地方，种什么都白搭。"克里木苦恼地说。其实，慕士塔格海关的人是最喜欢绿色的，在这茫茫雪岭，有哪怕一点点绿色都能唤起人们对生命的渴盼。每次下山回来，关员都会带来花种、花盆，打算在这里种点什么。结果，就算是在山下能存活的耐寒植物，到最后还是会受不了高原气候，渐渐枯萎。绿色，也许只能存在于关员的记忆和想象中。

"那个蔬菜大棚，被去年冬天一场暴风雪给压塌了，蔬菜全都冻死了……说句您可能不相信的话，不光是花花草草，这里连动物都没法养。可以说，养鸡鸡死，养鸽子鸽子死，我们还养过一只流浪狗，结果狗得了青光眼，也死掉了，"克里木越说越激动，"最后，这些动物都死了，我们还得挺着。"

两人边聊边走进食堂。现在是早餐时间，关员们围在几张大圆桌边，呼哧呼哧地喝着热腾腾的玉米糊。高昕也挨着他们坐下，随口问道："你们觉得咱们食堂怎么样？"大家都点头表示称赞，只有一个人不咸不淡地回答："凑合吧，反正填饱肚子就行了。"

克里木瞅了他一眼，有些不悦："孙玉圣，你站着讲话不腰疼吗，这里是3200米的高原，条件差点很正常，别总和山下比。"

"哎哎哎，克关，我也没说啥出格的话啊，高关不是在征求群众意见吗。怎么，还不让群众说实话？"孙玉圣也不示弱，嗓门比克里木还大，"天天都是咸菜玉米糊，谁吃不闹心啊——我们又不是四条腿的牲口！"

看到克里木气得脸上红一阵白一阵的，像马上就要发火，高昕忙按住他，摆了摆手，示意他别发作，让自己来处理。还没等他开口，旁边有人"啪"地一拍桌子，指着孙玉圣大声说："你太欺负人了，你，你，有本事你来烧饭！"

"吐尔地你搞清楚，凭什么要我烧饭，这是你的工作，大家各司其职。你自己的分内事做不好，还不许别人讲啊！"孙玉圣毫不示弱，说得似乎也有理有据，"就你这水平，还在这儿人五人六的呢！"

厨师吐尔地勃然大怒，把身上围裙一把扯下来，甩到孙玉圣面前，将他喝粥的碗打翻了，稀饭四处飞溅，弄了孙玉圣一身。旁边的人避之不及，惊呼起来，场面一度变得十分混乱。"太不像话了！吐尔地你过来，把这给我收拾好！"克里木气得大喊起来。

"高关长，高关长，古丽昏倒了！"

一个女关员火急火燎地跑进食堂，向高昕和克里木报告紧急情况。就在刚才，古丽坐在办公室的椅子上，突然脸色煞白，虚汗直流，身子一软倒在地板上。众人只好暂时放下食堂里的纠纷，一起向办公楼赶过去，食堂里顿时变得空荡荡的，只剩下厨师吐尔地傻傻地站在桌边，手里攥着一块抹布，不知道要干什么。

古丽倒在办公室里，整个人趴在了地上。坐在她对面的韩宇冲过来，用力把她抱起来。他也是第一次遇到这种情况，慌得不知道怎么办，浑身都在发抖，只有大声呼喊。古丽脸色煞白，嘴唇发紫，呼吸也断断续续。很快，高昕带着大家都冲进来了，七手八脚把她抬上了车，迅速开往塔库县医院。

高昕问报信的女关员李菁，古丽是怎么昏倒的。李菁前年才分到慕士塔格海关，瘦弱单薄，巴掌大的小脸戴着一副巨大的黑框眼镜。关里配发的最小号查验服穿在她身上都撑不起来，就像一个还没有发育好的大孩子。李菁抽抽搭搭地说，早上看到古丽刚到食堂，没吃几口就说自己不舒服，不想吃了，回办公室后就昏过去了，也可能是没吃早餐血糖太低的原因吧。

克里木叹了一口气说："高关长，你刚来还不知道，这种事我们常常会遇到。有的人白天好好的，身体也看不出什么问题，突然之间就晕倒、抽搐，甚至口吐白沫。"他指了指李菁，悄悄和高昕说："这小丫头出的事，还更吓人呢。"

李菁到慕士塔格海关工作两年多，还没有闯过缺氧这一关。有天深夜，她实在太缺氧了，全身抽搐，手像鸡爪子似的弯曲着，全身颤抖。她想拿手机呼救，但是连手机都拿不稳。她难受得翻来覆去，从床上跌到了地下，撑着一口气，艰难地从房间往外爬。因为门是反锁的，她又没有力气站起身，只能用头撞着门板，向外发求救信号。

"这么惊险？"高昕皱起眉头。

"幸好过道里有人，发现里面不对劲，踹开门看见小李满头是血，人已经奄奄一息。大伙儿赶紧把她送到医院，还算及时，救了她一命。"

高昕诘问："那我们有什么措施吗？不能老是这样下去，万一哪一天出了问题，我们没有办法对他们的家人交代。"

克里木双手一摊："我们打报告给总关，想装一套制氧设备，预算大概要三百万，被财务处打回来了。"

"他们怎么答复的？"

"财务处说，在艰苦地区工作就是要讲奋斗拼搏，我们慕士塔格海关是吃苦耐劳的模范海关，不能太追求享受。"克里木很委屈地说。

在院子里转了一圈之后，高昕回到了自己的办公室。他刚倒了一杯水，还没喝，办公室主任钟国辉就敲门进来，手里拿了一份文件："高关长，这是去年的关区业务量排名情况通报，总关刚发下来，您看一下。"

高昕迅速浏览了一下，发现在缉私工作那一栏，慕士塔格海关排在最后一位。"这是怎么回事，我们是边境海关，怎么一年的缉私工作成绩还不如一个内陆关？"高昕疑惑不解地问。

钟国辉指了指文件后的一张附表，提醒高昕注意："您看这个表里的细化栏目，我们关在案件质量上扣了好多分，有的是立案时间录入不及时，有的是对偷逃关税数额计算不准确，还有的案卷笔录不规范……"高昕一条一条地查看表中列出的问题，越看越生气，心中顿时涌起一股无名之火。他让钟国辉立刻把负责缉私工作的卡斯木找来。

"你看看这就是我们的成绩单。面对这样的成绩单，你有什么感想？"高昕哗啦哗啦地抖动手中的文件。

卡斯木老老实实地回答："关长，是我们工作没做好，很惭愧。"

"光惭愧没有用，说说看，你打算采取什么措施解决这个问题？"

"关长，靠我一个人解决不了这个问题，"卡斯木的这个回答让高昕心里"咯噔"一下。"我也没办法，科里就3个人，只有孙玉圣干过缉私工作，可他这个人做事情吊儿郎当，我说了他好几次，不顶用，我一个人精力有限……"

"好了好了，你不要总强调客观原因，说说具体打算。"高昕不想听他一直抱怨，果断打断了他的话。

卡斯木沉默了一会儿，瓮声瓮气地说："报告关长，我还没想好。"

高昕简直傻了，哪有这样和领导说话的，难道长期在高原工作脑子也缺氧了。他很想发脾气，但还是深吸了一口气，努力控制了一下自己的情绪。他不愿意刚来这里就到处批评下属，给大家留下一个凶巴巴的印象。尽管来之前他也做了思想准备，山上和山下肯定不一样，会有很多困难，但现在他发现自己还是考虑得太简单了。除了外部环境艰苦，条件差，这支队伍也不好带，什么人都有，什么心思都有，素质参差不齐，基础工作又那么薄弱，风险无处不在。千头万绪如同一团乱麻，他一时间不知道该从哪里下手梳理。

在慕士塔格海关正式上班的第一天就这么结束了，高昕觉得自己好累。他一点食欲都没有，不想去食堂吃饭。他拉上了办公室的窗帘，疲惫地靠在沙发上，想安静地整理一下自己的思路，想想下一步该怎么走。他很快发现，这也是一种奢望。关长居然不吃晚饭，在小院里引起了大家的种种猜测。巴掌大的院子，每个人的行踪都是透明的。这不，克里木马上找到他，对他晃了晃手中的酒壶，笑眯眯地说："高关，到我宿舍里喝点，那是我自己的酒，咱兄弟两个喝两杯。"

克里木的酒量在关区都是很有名的，高昕早有耳闻。在高原，酒是一种和粮食同样地位的重要东西。抵御高寒的气候，打发漫漫长夜难熬的时光，有时候必须要靠酒精来支撑。克里木喝酒曾经传出一个著名的段子，他在一个朋友的婚宴上，将红酒、啤酒和白酒倒在一个脸盆里，然后一饮而尽，将所有来宾都震住了。喝完之后他还能和大家一起跳舞唱歌，没事人一样。高昕猜测他可能有酒瘾，因为他看到克里木在他的宿舍里放了一个大塑料桶，里面装着从酒厂里批发来的散装酒。据说，隔几天他就要放一壶出来喝。为了装酒，他专门订做了这个扁扁的锡质酒壶，仿照着部队行军水壶的样子，壶上刻着一颗大大的五角星，还印了两行字"长刀对野狼，美酒敬亲朋"。

高昕指了指克里木肥嘟嘟的大肚腩，委婉地提醒他："老哥，你要注意身体，听说你心脏装了支架……"

"不多，就5个，我现在是五'星'上将，哈哈！"

"我知道你酒量很大，酒这个东西还是要有个度，喝多了会误事的。"

克里木把肚子拍得啪啪响，笑呵呵地说："高关你放心，我心里有数，绝不喝多。过两年我就退休了，我还要留着好身体带孙子呢……"

两人正说着话，吐尔地也期期艾艾地踅进来，手里端着一碗热腾腾的面条。原来他见高昕晚上没去食堂，有点担心，便下了一碗面条送过来。"对不起，高关长！早上是我错了。您把面条吃了吧——这是我自己拉的。"吐尔地涨红了脸，把面条往桌子上一搁，转身就跑了出去。

克里木瞅了一眼那碗面条，乐了："吐尔地这小子真会拍马屁。高关，你看这碗面条里加了多少葱花啊，啧啧，太舍得了。"

"葱花也这么珍贵？"高昕瞪大了眼睛，"在菜市场，这玩意一块钱一大把啊！"

克里木说："千万别小看这把葱，比肉都值钱。我们关的补给全看老天爷，一旦泥石流来了路中断了，新鲜蔬菜是吃不上的，只能吃肉。一天三餐吃肉，早上吃羊头，中午吃羊肋条，晚上只有吃羊尾巴，吃得你见到肉就想吐，可为了填饱肚子你还必须得吃。"他叹了一口气，真诚地说："高关长，你以后就知道了。要是不会喝酒啊，在帕米尔这个地方可真的待不下去哦。"

高昕端起这碗"奢侈"的葱花面，吃了一口，心里很不是滋味。

　　桌上的电话丁零零响了。高昕和克里木对视了一眼，心突然悬了起来。这个电话是韩宇从医院打来的，他在话筒里兴奋地说："报告领导，医生说古丽没事了，明天就能出院了。"谢天谢地，这总算是一个好消息，让这漫长的一天到底没那么灰暗。

　　高昕不再纠结，放下电话，端起面条对克里木说："走，喝酒去！面条就酒，天长地久！"他想，日子虽然不那么好过，但总要过。睁眼是一天，闭眼也是一天，今天总会过去，明天也会按时到来，那就好好接受所有的日子吧。

一川冰河半笼烟，撩得嫦娥出广寒。

早知昆仑山如画，不如伴我守边关。

第八章

古丽从昨天晚上上床休息后，渐渐觉得呼吸不畅，像是被人拿了一块毡子裹住了头。她心里明白，这是缺氧的症状。

别人是一个人缺氧，我是两个人缺氧啊！她摸着自己的肚子，想象着肚子里那个还没有成形的小生命也在挣扎，越想越心慌。她突然觉得自己这次做得太决绝了，没有提前和任何人商量，就主动申请交流到慕士塔格海关。母亲事后知道了，流着泪对她发狠说，以后再也不管她了，随她折腾。而父亲则显得比较豁达："丫头，你离开现在这个环境也好，省得别人说三道四。你和那小子后面的手续怎么办我都打听过了，要等他判决以后，再向法院提起诉讼请求。"她的顶头上司办公室主任也很意外，找她谈了好几次，试图从中发现她这么做的理由。无奈每次谈话，古丽都坚定地表示，自己待在办公室的时间太长了，一个岗位干了快7年，不符合干部管理规定，必须要调整，这次非走不可。

"你要调整岗位我理解，可你怎么想要去慕士塔格海关呢？"主任欲言又止，吞吞吐吐地说："你是不是……最近关里有些传言，当然我是不相信这些闲言碎语的，可我还是想不通——难道你真的……移情别恋啦？"

古丽哭笑不得，这一定是胡文丽们在背后嚼舌根子。她发现，这段时间，关里无所不能的大姐们开始离她远远的，聚在一起鬼鬼祟祟交头接耳，等她一走近就立刻作鸟兽散。在传播单位八卦消息方面，胡文丽尤其热情高涨。她按照自己的猜测加上丰富的想象力，绘声绘色地描述了一个香艳故事：办公室的古丽为什么好多年没谈恋爱，为什么在订婚后还要追随一个大她十多岁的处长去那个鸟不生蛋的高原，关键是因为——爱情的力量。好奇的女人们发出一阵爆笑，纷纷摇头感慨，难怪说爱情都是盲目的，古丽这姑娘真是被羊肚油蒙住心了！

其实，古丽在倒下的那一刻，意识是清醒的。

她听到了椅子向后滑落的刺耳声音，听到旁边小姑娘的惊呼声，甚至能感受到脸贴在水磨石地面的冰冷触感。她想抬抬胳膊，让自己不要完全趴在地上，因为这种姿势真的很尴尬，但是她动不了。她也想说很抱歉惊动了大家，但是张张嘴巴却什么也说不出来。她看到同事们都朝她围过来，她害羞地闭上了眼睛。

像是被一股温暖的海水包裹，她的身体向大海的深处坠落。她看到了艾尔肯朝她走过来，微笑着说："我的小公主，以后我们就住到喀什，天天弹琴唱歌，养一大堆孩子，好不好？"

他们是在开会时认识的。那是一个冗长的会议，市里各家单位都派人参加，古丽的主任临时有事没来，让她代为参会。她无聊地坐在位子上，用胳膊支撑着自己的头，用笔随意在本子上涂抹着。突然她听到了身边传来的一声笑，是那种想压抑却又压抑不住的笑。侧过脸一看，身边男人好像也在画着什么。见到古丽注意他，他反而将本子摊开来给她看，小声问："怎么样？像不像？"原来，他将台上那个唾沫横飞的发言者画成了一只激动的公鸡，表情还真有几分神似，古丽忍不住咬着嘴唇笑了。他更加来劲了，索性给公鸡画上了一套很性感的比基尼。他们同时笑出了声。前面的人回过头疑惑地看着他们，男人立刻严肃起来，正襟危坐，当做什么事也没发生，古丽的脸却红了。

古丽从没有接触过如此迷人的男子，这种迷人来自他的不可捉摸。古丽其实一直没有真正搞清楚艾尔肯的个性。他就是一个矛盾的多面体，既成熟又幼稚，既感性又理性。比如他会冷静地给古丽分析职场规律和处世之道，替她支招，非常睿智，但是自己遇到事就极不冷静，古丽见到他和自己上司就争执过好几次。他会在夜里两点的时候，跑到古丽家的楼下弹热瓦普唱情歌，而接下来好几天他都像从这个世界上消失了一样，古丽怎么都联系不上他。去喀什玩之前，艾尔肯特别起劲地做攻略、安排计划，结果到了目的地，他就赖在酒店床上不肯起来。他把自己的头埋在古丽的怀里，一拱一拱地，像一个没满月的婴儿。古丽看着他雕塑一般俊美的侧脸以及深棕色眼窝里弯弯的睫毛，一肚子愤怒指责顷刻化为汪洋春水。夜深了，他们在喀什古色古香的街道上溜达，听着从屋中传出的美妙琴声歌声，闻着空气中的迷人花香和烤肉香气，两个人都沉醉了。坐在喀什的星空下，艾尔肯对她许下一个承诺："我的小公主，以后我们就住到喀什，天天弹琴唱歌，养一大堆孩子，好不好？"

她知道自己明明已经沦陷，但却无能为力。"怎么办，我能怎么办？"她一遍遍问自己。一滴眼泪顺着古丽的眼角流下来。

守在床边的李菁赶紧拿了一张纸巾，轻轻为古丽拭去泪水。"古丽姐一定是有心事。"她悄悄对韩宇说。

韩宇支着下巴没搭腔，只是看着古丽面色苍白却依然秀丽绝伦的脸庞出神。考到新疆之后，他重新调整了对美女的定义。韩宇是大连人，去湖北上的大学。无论是在老家还是在学校，他从来没有见过像古丽这样的女子，美得那么嚣张，让人无法直视。可一旦接触了，就会发现她性格温柔娴静，很接地气。他想起那天晚上在KTV里唱歌的时候，范小刚半开玩笑地说，你去帕米尔一定要找个塔吉克妹子当女朋友，将来孩子上大学都会加分。韩宇哭笑不得，顺手给他后脑勺一巴掌："你是真傻还是假傻，我要是找个塔吉克女朋友，我还回得来吗？"

韩宇没有告诉任何人，其实他原来早就计划好了，想"曲线救国"。今年老家报考公务员的人特别多，竞争非常激烈。而新疆这边的情况正好相反，职位多、报的人少。他了解到，海关是中央直属单位，全国各地每个省都有海关。先考进来，过几年再申请调离，应该也会容易一些。没想到，他一下给分到这不毛之地，接下来的日子怎么熬啊，像是火车开进了一条没有尽头的隧道，看不到光亮。他长叹一口气。

韩宇的表情一会儿阴一会儿晴，李菁并不觉得奇怪。新人到这里，基本上要经过好几关。第一是缺氧关，其次是生活关，第三是情感关。她自己来了两年多了，还在第一关苦苦作战。好在，关里现在加上古丽和自己，一共有4个女同志。刚来那会，每个班次只有一个女的。她本来就又瘦又小，胆子也不大，面对一群大老爷们本能地有一种不安全感。一下班，别人都聚在一起聊天、下棋、打扑克，她就把自己反锁在屋里看书。因为缺氧头晕得厉害，她连一本小说都没有看完，后来发展到只要看见书页上的黑色方块字，就想吐。

"小韩，听说你家靠近海边？"

"嗯，就在渤海边上。"

"哦，真好，"李菁一脸羡慕的表情，"我好想看看大海。"

"你长这么大从来没见到过大海吗？"韩宇笑了，"你在海关工作，没见过大海，谁信啊，嘿嘿。"

李菁认真地说："你别笑，好多人不明白，塔库县到处都是山，为啥要设海关。我家在伊犁，从小学到大学都在新疆上的，我最大的梦想就是去看看真正的大海。"

韩宇心里一动："那你想不想调走，调到沿海海关去？"

"不想。塔吉克人有句俗语，与其在异乡当国王，不如在故乡当乞丐，我的家就在这里。"看到韩宇有点失望，李菁又安慰他："我知道你也想家。别着急，像你这种情况，肯定能回去的——哎呀，古丽姐你醒啦，要不要吃点东西？"

古丽已经在病床上睁开了眼睛，正试图自己坐起来。李菁赶紧上前扶着她，一边说："在这里一定得逼着自己吃饭，千万不能饿肚子，不然你就没有体力了。古丽姐，你不是在减肥吧？"

古丽苦笑着说："我哪敢减肥啊，就是嘴巴里没有味觉，吃什么都咽不下去。"

韩宇也点头表示有同感："我也觉得吃东西不香，好像舌头上有一层薄膜，吃东西就像是咬木头渣子。"

"在我们关有一条不成文的规定，据说是现在的总关郑关长在当慕士塔格海关关长时定的，谁不吃饭谁就下山。大家都不想当逃兵，都端起碗强迫自己吃，有的吃着吃着就想吐，只好出门先吐干净，然后漱漱口接着吃……"可能是小姑娘讲得太逼真了，古丽捂着嘴想干呕，韩宇见状赶紧扯扯李菁的袖子，示意她别再说下去。

这时，一名医生走进了病房，打量了一下李菁和韩宇，问道："你们是古丽的家属还是朋友？"

"我们是她的同事。"

医生指了指李菁："这位女同志，你跟我来一下。"

过了一会儿，李菁拿着出院单回来了，说已经没事了，上午就可以出院。两人帮着古丽收拾好东西，叫了一辆出租车。在回关里的路上，李菁不再说东说西，话少了很多，显得心事重重。韩宇偷偷问她怎么回事，是不是古丽有什么不好的症状，李菁摇摇头什么也没说。

古丽闭着眼睛靠在车后座上，脑子却在飞速运转。晚上，她敲开了李菁宿舍的门。李菁刚刚洗完澡，正穿着碎花睡裙吹着头发。她让古丽进了屋，两个人坐在床边四目相对，不知怎么开口。还是古丽打破了尴尬的沉默："妹子，你知道我为什么要来找你吧，早上医生和你说了什么？"她注意到李菁的表情有些不自然，"嗯，医生是不是说我怀孕了？"

李菁点点头，羞红了脸问："你既然是这种情况，为什么还要上山？说实话，古丽姐，我不太理解……"

古丽拉住她的双手紧紧攥着，以近乎哀求的语气说："以后我会告诉你原因，现在请先别和任何人说好吗，求你了！"

李菁有些不知所措，连声表示自己绝对不会对外讲，以慕士塔格阿塔的名义起誓，请她放心。古丽这才松开手，吁了一口气。

这天晚上古丽走了之后，李菁却失眠了。她在床上翻来覆去，怎么也睡不着。当医生在办公室里告诉她，古丽已经怀孕3个月的时候，她脱口而出："不会吧，她还没有结婚啊！"说完，自己的脸先红了。既然怀孕了，为什么还要上山，李菁百思不得其解。她很想问古丽，又不好意思开口。要不要向关长报告这事，她也拿不准，心里很纠结。还好晚上古丽主动过来和她把话都说开了。虽然没有说具体原因，但女性的直觉告诉她，一定有一件特别麻烦的事情缠绕在古丽的情感生活中，她必须为这个温柔的美女姐姐保守这个秘密。

"你谈过恋爱吗？我是说，那种真正的刻骨铭心的恋爱。如果你没有，你可能无法理解我。"李菁在脑海中反复回味着古丽说的这句话，忽然觉得自己很可怜。是的，她没有谈过一场真正的恋爱。从小到大，学生时代那几段懵懵懂懂的情感经历不算，她还从没有全身心投入地爱过一次。帕米尔高原是雄性的天地，山上除了风和雨都是石头，在这个地方待的时间长了，我会不会也成了一块冰冷粗糙的石头。想到这里，李菁咬着被角不出声地哭了。

剑劈葱岭定中亚，烽烟沉灭入黄沙。

遥望天边半抹红，将军热血染丹霞。

第九章

高昕在慕士塔格海关的"单身汉"生活就这样开始了。

每天早上他要先清理窗台上"仙逝"的蚊子，然后与梅华用手机短信交流一下，基本内容是老妈的身体和麦子的学习。梅华的短信总是十分简洁，寥寥数语："老太太挺好""麦子成绩稳定""家里都好，勿念"。有时候，高昕会追问一句："你想我吗？"短信发过去之后，梅华迟迟没有回复，隔了好久同样回了四个字："想也白想。"高昕也不在意，心里还有些愧疚。毕竟人家现在单位家庭一肩挑，负担很重，能有现在的表现，他已经很知足了，要求不能太高。等下次轮班回家的时候，再好好补偿她吧，高昕暗暗打定了主意。

眼下，高昕最想做的事就是了解自己手下的这些人。之前在总关处室里，基本上自己做好分内的事就行了，至于其他人，合得来的多说两句，合不来的、看不顺眼的少接触甚至不啰唆，保持距离就好。可是，现在作为一关之长，从科长到关员，从正式职工到聘用人员，都得耐着性子听他们说，和他们聊，硬着头皮、搜肠刮肚也要聊。

"梅华以前说，她当老师要从早说到晚，靠嘴皮子混饭吃。

我看，当一把手也是，全靠一张嘴。"高昕很感慨地和我聊起他的为官体会。

那天早上的"食堂事件"发生后，吐尔地主动敲开他办公室的门，眨巴着小眼睛，嘟着嘴，一脸委屈地说："高关长我不想在这干了。"吐尔地是喀什人，十几岁起就在慕士塔格海关做饭。刚来的时候，他高原反应得厉害，几乎天天早上流鼻血。有人还开玩笑说，到底是年轻人火力壮，想媳妇想的。他往鼻子里塞两团卫生纸，接着做饭做菜。吐尔地性子比较憨，平时也少言寡语的，但是他那小脾气要是上来了，谁也控制不住，就像一头倔骆驼。

"你不想在海关干，打算去哪儿？"

"我……我想自己开饭馆。"

高昕拍拍他的肩膀："你是不是还在为那天的事赌气啊？"

"都怪我，不该发那么大火……哎，就是心里憋得慌，"吐尔地无奈地说，"关长，我们这里的食材搞来搞去就那么几样，我也想翻花样，没这条件啊！"

高昕微笑着安慰他："你在慕士塔格海关也算是老同志了，这些年大家对你的工作都是认可的。一个人在一个地方待惯了，多多少少都有些感情。你呢，如果真的计划好出去开饭馆，挣大钱，我也支持——不过，如果你只是一时意气用事，不想干了，我建议你可以再考虑考虑。"见吐尔地渐渐把头低下，高昕索性扳着指头为他算起了账，"你想想看，开一个饭馆也不是简单的事，要办执照、租房子，还要有一笔资金投入。你有没有计算过，一个小饭馆的店面租金是多少？你一个人忙不过来，要请人帮忙，工资要开多少？我就不说水电餐具损耗了……这些问题你都考虑过吗？"

吐尔地显然没想到高关长分析得这么细，迟疑了一会儿，然后尴尬地摇摇头。

"行，那你回去考虑考虑，和羊缸子（新疆俗语，指妇女、媳妇）再合计合计，要慎重！"高昕看着这个壮壮的塔吉克汉子，诚恳地说，"吐尔地师傅，你可是我们关的食神啊，我们都需要你，慕士塔格海关也需要你。"

吐尔地摸着后脑勺"嘿嘿"地乐了。

吐尔地刚走，高昕就让钟国辉去叫孙玉圣到办公室来。钟国辉答应了，在准备出门的时候又转身回来，委婉地提醒高昕："高关长，您在和孙玉圣说话的时候，要注意点。他嘴巴很厉害，您别被他气着了，不要和他一般见识。"

"是吗，你们共事多长时间了，对他了解吗？"

"我对他还是比较了解的，他到慕士塔格海关5年了，在关里算是业务骨干。他来之前在总关调查局工作过，在办案方面是主力军，比卡斯木科长经验都丰富……"

从钟国辉的口中，高昕大致在心里描画出一个"刺头"的模样。孙玉圣非常聪明，业务也熟，就是个性强，嘴巴不饶人，和前几任关长的关系都不太好。"他这个人自命不凡，谁都不放在眼里，动不动就和人抬杠，他的科长卡斯木是个老实人，经常被他气得够呛。"钟国辉显然对孙玉圣很有看法。

"他为什么从总关调到这里？"

"其实，他是被贬到这里的，据说犯了错误。"

"什么错误？"

钟国辉回头看看走廊里有没有人，然后把门虚掩上，小声对高昕说："是生活作风方面的问题，我也是听别人说的——当时他在调查局负责案件审理，有一个案件嫌疑人的老婆向关里举报，说他趁办案之机对她动手动脚，不规矩……"

高昕很疑惑："这事就这么处理了，仅仅调整岗位就完事了？"

钟国辉说："那个女的虽然是实名举报，但是据说没什么证据，监察室调查了半天也没查出什么名堂，没法给他处分，只好把他交流到我们这，这也算是一种惩戒吧。"

见高昕的表情变得愈发严肃，钟国辉试探性地问："您还要不要找他？"

"怎么不找？越是这样，我越要和他好好聊聊，你马上去叫他。"高昕态度很坚定地说。

等钟国辉出去后大约半个小时，孙玉圣才来到高昕办公室。还没等高昕开口，他满脸堆笑地递来一根烟："不好意思啊，领导，刚才有个报表急着报，让您久等了，呵呵。"他说话口气显得一副自来熟的样子，一点都不拘谨。

高昕没有接他的烟，而是从抽屉里掏出自己的烟，甩给他一根。孙玉圣眼睛一亮，喜滋滋地接住："呦，您这是好烟啊。"高昕平时一般不抽烟，只在抽屉里备着给来人。

"知道叫你来干啥吗？"

"知道！"孙玉圣笑嘻嘻地说，"我要向您承认错误，回去之后，我就在自我反思，下次坚决注意，管住我这张嘴。"

高昕本来还准备和他迂回周旋一番，见他回答得这么爽快，倒觉得有点意外。高昕微微一笑，换了一个话题："你和你们科长关系怎么样？"

"关系不错啊，怎么了？"孙玉圣从椅子上坐直了。

"其他同志反映，你们在办公室吵了不止一次，还拍桌子。"

孙玉圣满不在乎地说："关长，我们那是在讨论业务问题。我承认，我说话声音大了点，不过都是公事。"

"有理不在声高，再有道理也要好好说话。语言是一把双刃剑，什么场合说什么话，效果不一样。你听说过这句话吗？与人善言，暖于布帛，伤人之言，深于矛戟……"

"嘻嘻，我是大老粗，没听说过。"孙玉圣依然为自己辩解，"领导，你和我处的时间长了就知道了，我就是心直口快，直肠子，没坏心眼儿。"

"心直口快不是什么缺点，要是伤害到别人，就说不过去了。你不要总拿性格当挡箭牌，我看你自己压根没意识到自己的问题。如果我没猜错，你也为这事吃了不少苦头吧。"

高昕索性把话说开，然后仔细关注着他的表情变化，心想既然你是直肠子，我也就有话直说。

果然，孙玉圣的情绪一下就变得有点低落，他用力吸了最后一口烟，把烟屁股摁灭，一拍大腿："领导，你说得太对了。我就是不顺，本来在调查局干得好好的，给我弄到这来——和我差不多进单位的现在都是科长，我还是个科员，我他奶奶的吃老鼻子亏了。"

高昕站起身，倒了一杯水递给他，说："好了好了，你冷静点，先喝口水。我问你，你在调查局惹的那档子事是不是真的？你一定要和我说实话。"他在"说实话"这三个字上加重了语气。

孙玉圣一愣，旋即苦笑着说："关长，我知道您说的是啥。我孙玉圣虽然不敢说是什么圣人君子，但我也有底线的。这辈子我最不缺的就是女人，好好的招惹嫌疑人老婆干吗？那娘们就是打击报复我，她狗屁证据都没有！"他越说越激动，唾沫星子横飞，脖子上粗大的喉结上下滚动。

"行了行了，别来劲了！"高昕及时给他续了根烟，火苗一闪，孙玉圣立刻安静下来。"我刚到这里，我的脾气性格，以后你们会慢慢熟悉。在我的眼里，你们都是一张白纸，干干净净的白纸，我不会戴有色眼镜去看任何一个人，包括你。但是，这张白纸以后要画成啥样，全靠你自己。"

孙玉圣"腾"一下站起来："谢谢高关长！能在您手下工作，我太荣幸了！"

高昕也笑了："能和你共事，也是我的荣幸。"

孙玉圣走后，高昕给丁志远打了一个电话，一来是向老同学报个平安，二来也想从他那里了解更多关于孙玉圣的情况。丁志远的说法和钟国辉的基本上是一样的，对孙玉圣的印象是一贯自由散漫，不拘小节，说话刻薄，得理不饶人，在局里的人缘不好。正好又被人举报，所以干脆就把他调整到基层海关来了。"老同学，我提醒你啊，对孙这个人你要留点心眼，别让他给你捅娄子哦！"丁志远在电话里一再提醒高昕。

放下电话，高昕想了很久。丁志远是他的大学同学，老同学的忠告当然是为了他好，但是要全面认识一个人，需要自己去把握，路遥才能知马力。本人不就是一个典型例子吗，如果不是罗平安力排众议，就凭他的群众测评分，根本进不了提拔名单。人这辈子还是要遇到几个贵人，高昕忍不住感慨了一番。他想既然来这里了，千万不能给老领导丢脸。但是，怎么当好一把手，显然还有很多地方要慢慢摸索。在来之前，罗平安告诉他，慕士塔格海关虽然地处边境，远离总关，但是由于地理位置特殊，在关内关外还是有点名气的。各种自治区级甚至是国家级的表彰很多，也出了不少干部，是整个北疆海关系统艰苦奋斗的标杆和典型。只是最近几年换了好几任关长，都得了这样那样的病，没有坚持下来，去年本地提拔的龙吉克又突发心梗倒在了任上，搞得大家都不愿过去。

"你要记住，这次你还不是正式任命，文件里写的是主持工作。要是干不好，回头拿下来也不是没有可能的。"罗平安有意把话说得很重，"那你以后基本上很难翻身了，你懂我的意思吧？"

"我懂，我只能背水一战。"

窗外不知何时已经夜幕降临，温度一点点在降低。高昕换上了厚厚的防寒服，打开了电暖器，把这两天听到的看到的想到的所有问题一一列下来。标题是：我心中的慕士塔格海关。接下来第一行字写的是"我们面临的形势和任务"，紧接着第二行写的是"我们存在的问题"，第三行写的是"我们要采取的对策"。这是他长期以来养成的工作习惯。梅华为此还取笑他，说他像小学生做笔记。

高昕很认真地解释："战略家就是这样的，毛主席的《论持久战》就是这么写出来的。"

红颜春色几许，都付流沙野村，笙歌江南酒一樽，哪堪边塞古韵。
阳关寒风去后，胡笳搅乱飞云，雪浪铺纸满昆仑，只待妙笔绘春。

第十章

　　钟国辉关上自己的电脑，走出办公室，看到高关长办公室门缝下漏出的灯光，知道他还没下班。其实，在慕士塔格海关是没有下班概念的。大家都住在院子里，吃完饭嘴巴一抹，抬脚就来到隔壁的办公室，没干完的活继续干。

　　钟国辉本人也是这样，作为办公室主任，他一天里除了睡觉吃饭，基本上都泡在办公室。办公室相当于单位的大管家，吃喝拉撒发文件写材料，还有廉政党务法规等等一摊子事，什么都有，整个一大杂烩。他是财务专业的，自己还兼着关里的会计，在数字和文字之间，他必须要做到无缝切换，搞得自己疲惫不堪。年纪虽然和高昕差不多，但是头发已经白了大半而且稀稀拉拉，后背还有点佝偻，看上去比高昕大十岁都不止。他在山上已经待了十多年了，前后也跟了几任关长。根据他的个人经验，新来的关长开始都是轰轰烈烈，总要烧上"几把火"的。而高昕没有，除了在办公室川流不息地找人谈话，就是看各种文件资料，并没有拿出什么"施政纲领"。以往每任关长来，都要把办公室和宿舍重新调整一下，最起码家具要挪个位置。这位新来的关长却一点都不"折腾"。除了让自己给他找来一张高原的地图，其他什么东西都没换。

钟国辉知道高关长是搞文字出身，文笔很好，自然对材料要求很高。他暗自忖度，自己这点文字功底，恐怕没法适应他的要求。第一次给他呈阅材料，心里直打鼓，递给他的时候手都有点抖。谁知道高昕看完，只改了几处错别字，就通过了。钟国辉十分意外，高昕看了他一眼，好像读出了他的心理活动，淡淡地说："一篇材料最重要的是思想，其次才是文字。我不喜欢在文字上过分雕琢，那样就是因文害义。"

好吧，虽然不是太明白因文害义的意思，但只要领导不再反复折腾改材料，钟国辉就放心了。最让他心烦的是，昨天老婆谢春花又打电话过来，催问他有没有和领导说要调动的事。听到钟国辉迟疑的口气，没好气地说："你别磨磨叽叽的，抓紧着点，你这两个讨债鬼我实在应付不了！"

钟国辉和谢春花都是二婚，各自带了一个男孩组合在一起。这两个孩子年龄差不多，一个刚上初一，一个初三快要中考，都在青春叛逆期，逼得谢春花天天和他们斗智斗勇。本来，谢春花还在一家外贸公司上班，公司运营得不是很景气，所以去年她毅然办了离职手续，当上全职妈妈。刚在家赋闲的时候，谢春花信心满满，对钟国辉说："我下半辈子的事业就是孩子，你看好吧，我要把他们两个都培养成博士——家里不用你操心！"哪知道，才过了一年，她就后悔了，全职妈妈的生活和她想象的完全不一样。买菜、做饭、洗衣、收拾男孩子臭气熏天的房间，到了周末要掐着点送他们两个去各种培训班，必须精确计算才能确保每个班无缝衔接，比上班还累。

更累的是，孩子们还不听话。小儿子上课老是开小差走神，大儿子在快要中考最紧张的阶段，居然偷偷摸摸早恋了。谢春花像赶场一样，马不停蹄地接受两个班主任的轮流训话。小儿子班主任很纳闷："您孩子倒也不调皮，就是整天魂不守舍，两眼无神，不知道在想啥。"大儿子班主任给她展示男孩写给女生的纸条和送给女生的礼物——一台iPad。"这孩子哪来的钱啊？"谢春花直发蒙。突然她想起来了，家里放钱的抽屉好像是被人动过。"早恋并不可怕，不过这个随意拿钱的行为，你们真的要重视。"老师好意提醒。

谢春花很为难，不知道怎么和老师开口。大儿子是丈夫和前妻的孩子，为了不让他和自己生分，她基本上都采取怀柔政策，比对亲生儿子还宽松。可这半大小子压根不领情，反而越来越放肆了。稍微问他一句，立刻摆出臭脸，冷冷地回应："感情的事属于我个人自由，别人无权干涉！"谢春花很想甩他一个耳光，但想了想还是忍住了，自己气得浑身颤抖。

钟国辉轮班结束一回到家，谢春花就扑倒在他怀里哭哭啼啼："你看看我现在变成什么样子，吃不好睡不好，头发大把大把掉，例假也不正常。不行，钟国辉你要回来，不然这样下去我会垮掉的！"她还拉开床头柜的抽屉，给他看自己在吃的一瓶安眠药。

钟国辉吃惊地看着谢春花："你吃这个干什么？"她一脸哀怨地说："没错，我去看医生了，医生让我吃这个药，不吃这个我就睡不好觉。"

一回到单位，钟国辉就迅速写好调动申请。他想等一个合适的时候向高昕提出来，但这个时机挺难把握，高关长刚来，很多情况还不熟悉，自己这个时候提出要走，有点不厚道。钟国辉掂量来掂量去，还是把申请锁在抽屉里。

可能是和自己学的专业有关，钟国辉为人非常低调谨慎。表面上他和谁都客客气气，笑容可掬，看起来很好接近，实际上他总是与其他人保持着一段距离。他和前妻离婚，和谢春花再婚，关里几乎没有人知道。别人都认为他是个好好先生，历任关领导也很赏识他：做事很妥帖，对领导很忠心，不该问的坚决不问，不该说的话绝对不说。

慕士塔格海关被评为全国先进集体的时候，记者采访他："听说你在高原干了将近二十年，当初你为什么主动要求来这里？"

钟国辉脱口而出："为了梦想。"他的嘴角始终保持着微笑的弧度，可他内心真正想说的只有三个字："为了钱。"

钟国辉是从农村出来的。家里条件比较差，父亲得了肺结核，干不了重活，兄弟姐妹又多。他四年大学的学费都是靠亲戚接济的。上学的时候，他几乎每个寒暑假都不回家，做家教、打零工，给自己赚生活费。他的简朴习惯是出了名的，一直保持到毕业工作之后。和前妻离婚，主要原因也是经济问题。谢春花时常和他开玩笑说，别人是一分钱掰成两半花，你是掰成四半，果然是搞财务的好手。钟国辉笑笑不搭腔。本来他是冲着高原补贴来的，来了之后才发现高原补贴也没多少，吃的苦却多得多。当他明白过来，用赵本山的话说就是"回不去了"。他与帕米尔高原的岩石盘根错节地长在了一起，他已经离不开根须中输送的氧气和水分，如果撕扯开来，就是锥心的痛。可是谢春花等不了，她执拗地说："钟国辉你要回来，不然这样下去我会垮掉的！"

钟国辉敲响了高关长办公室的门："高关，您还在加班啊？

我想和您说个事……"

高昕刚刚把近期想要做的事情列了出来，抬头见是钟国辉，便向他招招手："你来得正好，我拟了一个重点工作任务清单，你帮我看看有没有遗漏的？"

钟国辉接过这张纸，在"我心中的慕士塔格海关"标题下，列出了一大串问题和任务：宿舍安全问题、关员吃菜难问题、业务基础工作薄弱问题、队伍文化建设问题、聘用人员思想问题……略数一数有10多项。钟国辉忍不住击节叫好："关长，您想得真细啊！"

高昕摆了摆手："哪里哪里，我就一个脑袋瓜子，再琢磨能力也是有限的。我想这两天开一个全关大会，搞一次头脑风暴，看看大家还有什么好主意。我想，三个臭皮匠一定赛过诸葛亮。"

"高关，我们如今在山上的只有一半人。"钟国辉提醒他。

"哦，对对，我把这茬给忘了，咱们这是轮流值班制。"高昕一拍脑袋："那就这样，给山下的同志布置一下，他们提交书面建议就行了。"

"好的，我明天就通知大家，山下的我发短信给他们。"

"来来来，你坐下，我有个想法，你看看是不是可行？"高昕的语气中透出一丝兴奋，"我听克关长说，有的关员晚上在自己房间发生缺氧症状，别人还不知道，这样太危险了，迟早要出事。我当时就在想，要是在房间里安装一个什么设备，能发出危险提示就好了，这样其他人就能很快赶到。"

"您说的是酒店在卫生间里安装的报警按钮？我们曾经也想过，但有点麻烦。一个是这套系统的价格比较高，要列进预算。另外施工也比较麻烦，需要开墙布线，关里研究以后就放弃了。"

"不不，我说的不是酒店报警系统，"高昕笑着摆摆手，"那套系统当然贵了。我想装的是这个小玩意。"他打开手机相册，给钟国辉看。图片上是咖啡馆常见的呼叫器。"如果我们在每个宿舍的床头都摆上一个呼叫器，遇到突发情况，按响呼叫器后每个宿舍都会响铃，大家就知道有意外发生了，不就可以及时排查险情了吗？"

钟国辉拍手叫好："这个主意好，不需要重新布线——大概要花多少钱？"

"不贵。我从网上搜了一下厂家的价格，整个宿舍楼的呼叫器安装下来，只要花五百多块钱。五百多块钱啊，就让我们关员们的生命安全多了一道保障，这太划算了，嘿嘿！"高昕很开心，两眼都是光。

"行，我马上落实！"钟国辉答得也干脆利落。

"事实证明，不怕没办法，就怕没思路，你说是不是！"高昕沉浸在自己的思绪中，很受鼓舞。突然他想起什么，扭头问钟国辉："对了，你找我什么事？"

"我，我……"钟国辉踌躇了一下，站了起来："我没什么事，就是想提醒您快点去食堂吃晚饭。"

回首群山西去，雪岸白云难分。

灯前细品阳关韵，茫茫丝绸路，悠悠边塞魂。

策马前朝古道，指点雪域风沙。

一河冰浪如三军，夜夜巡边庭，岁岁守昆仑。

第十一章

在高昕的提议下，下午快下班的时候，慕士塔格海关召开了一次头脑风暴会。

大家围坐在会议长条桌边，交头接耳。克里木清了清嗓子，慢吞吞地说："大家安静一下，安静一下啊！卡斯木，你别玩手机、虞浩、孙玉圣你们别叽叽咕咕说话……今天啊，我们开一个会。这个会在我们关是首次开。呵呵，说实话到底怎么开，我也不太清楚。"他抓了抓后脑勺，有点尴尬："下面，就请高关长带领我们开始那个……脑瓜子风暴会。"

高昕看着关员们疑惑和期待的眼神，先给大家普及了一下头脑风暴法的基本内容，然后出人意料地提出了一个要求："在开始头脑风暴前，让我们做个游戏。"开会居然做游戏，这是什么套路。所有人都惊讶地瞪大了眼，古丽和李菁对视一眼，忍不住抿嘴笑。

"走，我们先到外面去！"高昕把椅子推开，站起来就往外走。所有人都蒙了，大眼瞪小眼，还以为自己听错了。"哎，你们快跟上来啊。"高昕走了两步，发现身后没人，就转身又招呼大家，人们才如梦方醒般陆陆续续跟着他涌出了会议室。

高昕在前面打头，领着关员们出了海关院子，来到后面的山坡上。这块山坡也没有啥植被，都是土坷垃和石块，因为是朝北背阴，坡上这儿那儿地都覆盖着一块块积雪。高昕将所有人分成两队，每个队派一个人，就地取材拿一块片石，搁在屁股底下，然后数"一二三"，从斜坡上往下滑，谁先到山脚就算赢了。古丽和李菁两位女同志当裁判，男同胞摩拳擦掌跃跃欲试，一个接一个坐着石头朝山下滑去。虞浩因为体积比较大，怕滑不动，干脆蹬着自己的两条大粗腿做辅助，像一个球一样滚下了山，严格执法的李菁跳起来尖叫着："虞大胖犯规，你犯规了，不算数不算数！"

大家玩得不亦乐乎，兴奋得脸都红彤彤的，额头上、鼻尖上都沾上了冰碴子。高昕问还想不想继续，在所有人的强烈要求下，又玩了两遍这个游戏，最后一次连克里木都加入进来，欢乐的气氛达到了顶点。

"我可不是随随便便玩游戏的，通过这种方式，可以让参会人的思维在短时间内迅速兴奋起来，活跃起来，这样才能产生好点子。"事后，他向克里木解释了在会前设计游戏环节的原因。克里木竖起了大拇指："高关长，siz bak yaman jumu（意思是您太棒了）！"

大家稍微休整了一下，嘻嘻哈哈地回到会议室，重新坐下，头脑风暴正式开始。每个人按顺序轮流提出自己的想法，一次只能提一条，然后循环下去直到没有新的想法为止。高昕指定古丽负责将每一条建议都写在黑板上。

"我建议，设一个读书角，大家把自己的书都捐出来，分享一下。"

"可以建立科室互查制度，每个月相互检查，拾遗补阙。"

"我们的支部学习方式还比较单一，可不可以由大家轮流负责，每个人都来讲一课。"

"关里的文化氛围挺枯燥的，我们下了班不是下棋就是打牌，建议把大家组织起来，多搞点文体活动。"

"我提个建议，把咱们院里的蔬菜大棚尽快恢复起来，解决吃菜难的问题。"

"对，我们的院子啥也没有，太单调了，建议养点小动物，比如鸡和鸭，多点生气，也能改善下伙食。"

轮到李菁，她站起来犹豫了半天，怯怯地问："我有一个小梦想可以说吗，你们会不会取笑我——我们院子里能不能养一只仙鹤？"众人先是面面相觑，然后爆发出一阵大笑。克里木指着小姑娘奚落她："丫头，你这个主意好玩得很，要不然我们在帕米尔高原上给你办个动物园吧！"高昕也笑了，但他没有做任何评价，还是让古丽将这个愿望写在了黑板上。

"同志们，大家不要笑。我们每个人都要坚持自己的梦想，万一哪天不小心实现了呢，就看你敢不敢想——李菁，你咋想起来想养鹤？"

"因为我妈。"

李菁的妈妈是江西人，在鄱阳湖边上长大，每年到冬天的时候，有很多白鹤去那里过冬。小时候，妈妈带着李菁经常在湖边看那些姿态优美的白鹤。鄱阳湖波光粼粼，晚霞似锦缎如火如荼，在这样的背景下，它们缓慢而整齐地从湖面掠过，扇动着如同水墨浸染的翅膀翩翩起舞，那场景如梦似幻。然而，这些美好的精灵也引来了居心叵测的人，趁着鹤群流连的时机，打出霰弹射杀了好几只白鹤。母亲一把捂住了她的眼睛，不让她看到那个场面，只能听到死里逃生的白鹤们凄厉的惨叫声。它们扑棱着翅膀仓皇飞走，之后好多年都没再来这里。

"所以我一听到《丹顶鹤的故事》那首歌，就特别有共鸣。鄱阳湖的白鹤，是我童年美好的回忆，也是一段伤感的记忆。它让我体会到，美好的东西其实是很脆弱的。"说着说着，李菁的眼圈红了。

第二天，高昕的慕士塔格海关"改造计划"正式拉开了帷幕。一连好几天，他和钟国辉带着几个人在院子里勘查，拿着尺子四处丈量。按照他的想法，先在院子的西北角上，把原先堆积在那里的杂物清理出来，把蔬菜大棚重新建起来，然后在旁边开辟一个小池塘养鸭子，池塘的水也可以拿来灌溉。钟国辉告诉他，之前他们在院子里种过菜，这个简易大棚就是当时搞起来的，一开始还挺顺利，刚长出来的菜苗绿油油的，看起来很喜人。但是渐渐发现，白菜始终蔫了吧唧不好好长叶子，胡萝卜抽薹硬得像木头，西红柿只开花不结果。"平时山下的蔬菜公司也能保障我们的蔬菜供应，打个电话菜就送来了。当时领导们合计了一下，觉得划不来，就把种菜的事放下了。"钟国辉虽然没有明说，但是高昕听出了他的意思，自己种菜费钱费时费力，吃力不讨好。而高昕考虑的是，山下固然能保障供应，但蔬菜又不像油米面平时可以储备，万一碰到泥石流阻断交通，慕士塔格海关的吃菜就成了大问题，这个项目咬牙也要上。他让办公室找来塔库县的农艺师，向他请教在帕米尔该怎么种菜。农艺师告诉他，这里全年无霜期不到60天，空气稀薄，含氧量只有平原地区的一半。而且，土质疏松，土层薄沙性大，保水保肥能力很差，有机质含量少，可利用率低。总之，要想种好菜，必须要换土。说到换土，农艺师提出建议："关长同志，种菜最好用腐殖土，那些发酵过的枯枝残叶可是好东西啊——就是成本有点高，来回运费加人工费就劳道（新疆俗语，意思是厉害）啦。"

要建大棚，资金显然是一个无法回避的问题。提到钱，钟国辉有点发怵。他仔仔细细地向高昕算了一笔账，这次要建就得建结实坚固的，不能像上次那个简易大棚，风雪一压就倒。那么这样的大棚必须是钢结构的，要用加厚加粗的钢管，加上运土的费用，怎么也得四五十万。

"今年年初我们没有上报这个项目，财务处肯定不会把这个项目纳入预算。"

高昕却不以为然："不用担心，每年预算都会有两次调整，我们现在抓紧上报，应该能赶上第二次调整，这不碍事。"

钟国辉一边眨巴着他的小眼睛，一边摇头说："高关您有所不知，财务处对慕士塔格海关好像有看法，在基建这块卡得好紧。您看我们办公楼的楼顶到处漏水，外立面都损坏成那样了，也不同意我们改造。还有我们打算购置制氧机设备，打报告上去也是石沉大海……"

"行，你别说了，这些情况我也考虑到了。"高昕打断他的话，干脆利落地说："钱的问题交给我，我去协调沟通，反正领导就是干这个事的。你们的任务是，给我抓紧把预算方案和规划设计做出来。"

钟国辉答应了一声准备离开，高昕叫住了他："还有，你待会发个通知，从今天开始，每天下午我们要用一个小时的时间在院内开展义务劳动。这块菜地是为大家开辟的，属于我们每一个人，我们每一个人都要留下自己的汗水。"

真正到了义务劳动开始的时候，高昕才发现清理平整的活没那么简单。原来，慕士塔格海关院子的地是被泥石流冲刷形成的一块烂石滩，浅浅的表层土壤下不到一米深就碰到了石头，难怪长不了草也种不了树。要换土种菜，得先把石头弄走。小块的碎石还好办，大块的石头就很麻烦，铁锹根本挖不动。克里木提出，可以请当地的挖矿队用炸药炸开石头。

隔天下午，小院一下子喧闹起来，人声鼎沸，如同过年一样。爆炸点四周竖起了高高的挡板，距离爆破地点5米远的地方还拉起了警戒绳。关员们都是第一次现场看爆破，兴奋地挤在楼上办公室的窗户前观摩。

"请注意，现在进入爆破倒计时——5、4、3、2、1，起爆！"一声低沉有力的巨响传来，大石块瞬间片片飞散，大家噼里啪啦鼓起掌来。高昕在人群中发现了古丽，她的脸色有些发白，便关切地问她："你现在身体怎么样了？"古丽微笑着说："谢谢领导关心，我挺好的，越来越适应了。"她满脸兴奋的表情，如同一个小女孩看见新玩具，两眼放光："我还是第一次看到现场的爆破，好酷啊，亚克西（意为棒、优秀）！"

关员们纷纷下楼，聚集到院子里。见大家围拢过来，高昕索性跳上一块石头，大声说："同志们，静一静！俗话说，万事开头难，我们的第一步总算是迈出去了。接下来，我们将在这里开辟出一块新的土地！我们要在这里种青菜、种西红柿、种辣椒、种黄瓜，还有鲜花和水果，我们还要养鸡、养鸭、养鸽子，让我们的小院子变成塞外江南。大家说，有没有信心啊？"

"有！"关员们齐刷刷地回应。

巨石瓦解了，清理工作继续推进。解决了石头问题，接下来就是要换土了。蔬菜大棚规划的面积不大，也就两三亩，可真要整块地换新土，还得一米多深，用土量真不少。开始，关里雇了几辆大卡车到喀什去拉土。一趟来回就是600多公里，光路上就得花两天时间。拉回来的土，还不能立刻填进去，要用筛子全部筛一遍，把掺杂其中的碎石挑出来。高昕站在旁边，看着工人们往坑里倒土，感觉这块地就像是个无底洞，一车土倒进去，根本看不出来。他越看越没底，心里直嘀咕，按照这个速度，啥时候能整出一块菜地呢？

县城东侧的金草滩湿地公园举行奠基仪式，政府邀请高昕关长代表海关参加。简短的仪式结束后，来宾陆续离去。唯独高昕没走，他独自站在刚才奠基仪式挖出的大坑旁边，蹲在那里，满满地抓了一把脚下的土，紧紧攥在手里。那姿势，好像抓住的不是泥土，而是心爱姑娘柔顺滑溜的发辫。钟国辉从车子里跑下来，一连喊了他好几声，他才如梦方醒，掉转脸激动地说："国辉，你看，这土多好啊！"

土！土！土！

那些日子高昕像着了魔似的，满脑瓜子都是土。从金草滩湿地公园奠基仪式回来，他思来想去，这么好的土不用上太可惜了，就叫来钟国辉，叮嘱他找车去悄悄运点金草滩的土。开始的时候，钟国辉胆子还比较小，不敢动作太大，就租了一辆小货车，而且只敢在太阳下山后行动。结果在第三次运土的时候，被建筑工地的看门大爷发现了，拿手电筒对着拉土车一通乱晃：

"喂，你们是哪个单位的，在干啥嘞？"

钟国辉佯装镇定："大爷，我们，我们是地矿局来勘探的……"一边赶快让司机点火踩油门，一溜烟地开跑了，身后留下看门大爷一连串的怒吼。

高昕好言安慰着在慌乱中跑丢了一只鞋的办公室主任，脑子一转，又想到了别的办法。这次，他盯上了到海关查验货场拉货的司机们，每次上山的时候车上大多是空箱子，不是可以帮我们带点土吗？想到这个主意，高昕忍不住一拍大腿，在心里为自己的机智叫好。

有关员向他汇报，家属过两天要来关里看望自己，高昕眼睛一亮，赶紧问："他们是开车过来吗——那，能不能装点土？"一段时间里，到慕士塔格海关探亲的家属的私家车后备厢里，除了吃的用的，都要结结实实装上几麻袋的泥土。"高关，你简直是当代愚公啊，哈哈！"克里木打趣他。

夜深了，他靠在床头，脑子里想着院子的规划，完全没有一点睡意。于是他披上衣服，来到院子里。高原的夜空高阔辽远，洒下清冽的星光。西北角的菜地已经初具规模，钢支架立起来了，地上厚厚地铺满了新土，呈现出迷人的曲线。在高昕的眼里，土壤像是有了生命，在一起一伏地呼吸。他畅想着，夏天很快就要到了，那将是帕米尔高原最好的季节。这里会一片茂盛葱茏，蔬菜肥壮，瓜果挤满枝头，大家兴高采烈地采摘，吐尔地变魔术一样端出一盘盘绿色菜肴。

他的嘴角浮起一丝笑意，忍不住小声哼起了歌："人人那都说江南好，我说边疆赛江南，赛呀赛江南，朝霞染湖水，雪山倒影映蓝天，啊……"

雪径悬天外，寒鸦鸣古道。人在山里行，路向云外飘。
飞石马前横，冷月吞荒草。长风盼我归，开山传捷报。

第十二章

每天下午的义务劳动搞了一段时间，有人开始吃不消了，心中渐渐有些怨言，比如孙玉圣。

"科长你看，我手头还有好多事要干，下午劳动我就不去了。"他哗啦哗啦抖动手中的一叠报表，郑重其事地向卡斯木请假。卡斯木一眼就看穿他的小心思，直截了当地说："那几个表又不是今天报，时间来得及。"然后，不由分说把他直接"提溜"到院子里。

这几天，孙玉圣一直向卡斯木抱怨，作为山东人，他们家族的男人从来都是甩手掌柜。逢年过节，都是女人们在厨房里忙得四脚朝天，男人们在房间里抽烟喝茶，谈天说地，大家都习以为常。在慕士塔格海关，孙玉圣也是出了名的邋遢。办公桌上的资料文件摆放得乱七八糟，一只白瓷茶杯喝到通体发黄，似乎从来没有洗过。宿舍里也乱得一塌糊涂，球鞋、皮鞋随意丢，床头柜上的烟灰缸里密密麻麻地排满了烟头，像草船借来的箭垛。卡斯木曾经对他提了好多次要求，"勒令"他把自己的周边环境收拾好，搞得干净一点。这家伙总是嬉皮笑脸，满口应承，但就是不行动。有一次，科里几个同志趁他下山轮休，打开他的宿舍，把房间好好地收拾了一下。结果他回来之后大光其火，说自己摆在桌上的东西不见了，差点和同事翻脸。

孙玉圣的情感之路也颇为坎坷，经历非常丰富，到目前为止他一共结了三次婚。据他自己说，前两个女人都有这样那样的问题，要么爱财如命，要么就是三观不合，反正自己是无辜的。然而，卡斯木心里琢磨，估计就是这个"懒癌"，让女人们纷纷离他而去。

尽管他个性懒散，干业务办案子却是一把好手。别看他平时总爱叼着烟卷，眯缝着小眼，喜欢仰面朝天很惬意地靠在椅子上，像一个无所事事的老大爷。但是，只要走私分子从他眼前一过，他马上就打足精神，满血复活。水果箱里、车坐垫下、油壶里……不管你伪装得多么巧妙和隐蔽，都逃不过他深陷的眯缝眼。一次，在联检厅里，一个衣着华丽，浑身浓香的女人来到他面前办理报关手续。孙玉胜抬起眼，用鹰一般的犀利目光注视着她，女人立刻浑身不自在起来，用娇滴滴的话语想和他搭讪。孙玉圣不动声色地叫来值班的女同事，低声说："带她去检查。"果然，那女人脱衣一检查，从身上搜出了走私的黄金珠宝。

有一天傍晚，孙玉圣在联检厅里巡查，注意到一个中年男子形迹可疑。他将那人带到特检室，男子极不情愿地将贴身内衣一件件脱去，原来身上藏着两公斤的珍珠。前几年，凡是慕士塔格海关查获的重大走私案件，几乎都有孙玉圣的身影。

尽管卡斯木十分反感他的懒散邋遢和不拘小节，但也不得不承认，科里的工作离不开他。孙玉圣就像是一匹不好驾驭的烈马，可话又说回来了，塔吉克人常讲"圈养的马驹跑不了远路"。对这匹不甘受任何束缚的马驹，卡斯木是又爱又恨。

刚干了不到半小时的活，孙玉圣伸起了懒腰，捅捅身边的卡斯木，凑到他耳朵边说："科长，咱们先歇一会儿，去抽个烟吧。"卡斯木停下手中的活，随他来到院子角落里。两人摘掉手套，掏出烟点上，深吸了一口。

孙玉圣瞥了一眼卡斯木，小声问道："我看你最近情绪不好，咋了？"

"我挺好，你吃饱了瞎想。"卡斯木没有看他，自顾自地吐着烟圈。

"你就别瞒我了，我都知道，"孙玉圣一脸坏笑，"前几天你挨高关长批了吧？"

"你小子的耳朵真长啊，咋啥事都知道。"卡斯木便把和高关长交流的情况说了一遍，末了皱着眉头无奈地说："高关长批评得对，我们确实做得不好，这几年没查到大要案，毒品和枪支弹药的查发到现在还是零。我们是边境海关，无论如何也说不过去。"

"那你怎么能说没想法，你这个人啊，忒实在了。"孙玉圣摆出一副老师的架势指点他："你就应该说，我们下一步要加强线索挖掘，拓宽案件来源渠道，从源头抓起，有的案件还在经营中……"

"行了行了，这个科长我不想当了，给你当吧。"卡斯木半开玩笑半认真地说。实际上他真的考虑过这个问题，也私下里和克里木副关长沟通过，自己想转为虚职，把位子腾出来，推荐孙玉圣当缉私科科长。克里木坚决反对，说孙不是这块料，连自己都管不好，不能服众。后来，这事就再也不提了。

一大早刚上班，卡斯木就通知韩宇，去孔道执行一项任务。

"孙老师，孔道是啥？"他问坐在对面的孙玉圣。孙玉圣剔着牙齿，神秘地一笑："那可是好地方啊，去了就知道了，风景漂亮得很呢……"

卡斯木叮嘱他："记得把墨镜戴上，防寒服穿上，高关长也和我们一起去。"

这些天，韩宇还没有正式分配工作岗位，在各个科室里轮流学习，跟在老关员后面毕恭毕敬地一口一个"老师"地叫着。跟高关长第一天上高原，他确实被山路的险峻吓住了，心情失望沮丧到极点，脑子里只有一个念头，我要回家。但被大家热情地簇拥进宿舍时，他愣住了：整齐的床铺，崭新的床单被套，毛巾、牙膏等各种生活用品一应俱全，这比大学宿舍条件好多了。更让人意想不到的是，写字台上居然还摆着一个奥特曼玩偶，他把箱子一扔，拿起来端详，傻傻地笑了，这是他的最爱。"嗨，直到最后都不放弃，将不可能转化为可能，这就是奥特曼。"他喃喃自语地说着奥特曼的经典台词，眼泪又不争气地夺眶而出。

你个怂包，哭啥呢！他抹去眼泪，恨恨地骂自己。从那一刻起，他的沮丧感和失落感似乎没么强烈了。既来之则安之，他开始试着接纳新的环境，新的生活，以及新的自己。

高昕、卡斯木，加上韩宇和科里另一个关员虞浩，四个人坐着麦麦提开的车出发，沿着314国道一路向西。驾驶台上的海拔仪指针不断上扬，车每前进十几公里就抬升200米。车上，韩宇注意到高昕和科长的表情都很严肃，一言不发，似乎在思考什么问题。他也只好保持沉默，把目光投向了窗外。

这条公路也称乌红线，起点是北疆，终点到帕米尔口岸，全程将近2000公里，那里有世界上海拔最高的口岸——海拔4700多米的帕米尔口岸。其中，从喀什到帕米尔口岸这段，全长400多公里，是从帕米尔口岸通往巴基斯坦、印度的一条陆路便捷通道，也是慕士塔格海关开展监管的"孔道"。车窗外，掠过大片大片荒凉的戈壁，两边雪岭绵延，浓重的云脚低低地压在雪峰顶上。

就在昨天上午，卡斯木正在科里开会，几个塔吉克牧民到关里来找卡斯木。他们提了一个塑料袋子，说在路边上捡到一些东西，不知道是什么。卡斯木打开袋子，将里面的东西倒在桌子上，是一粒一粒拇指大小的圆柱体胶囊。他小心翼翼地剥开，流出淡黄色的粉末，散发出浓浓的酸味。经验告诉他，这是通过人体走私的海洛因。

这是牧民在放羊的时候，在公路边的戈壁滩里捡到的。塔吉克族是一个民风特别淳朴的民族，重义气、讲信用、不要不义之财，非常蔑视、憎恨偷盗，把拾金不昧作为一种高尚的美德。塔吉克人常说："草原是牛羊的天堂，不是豺狼虎豹藏的地方。"所以他们的警惕性也很高，有人想干见不得人的事，都躲不过他们雪亮的眼睛。

卡斯木立刻向关长汇报了这件事。他本来是把这事当成一项业绩来汇报的，高昕一边听，一边皱起眉头。听完了汇报，他毫不客气地把卡斯木批评了一顿。他的口气很严厉："这几年慕士塔格海关没有查获毒品大要案，你们总强调海关监管太严，那为什么我们在联检现场没有查获，让走私分子带着毒品从我们眼皮子底下溜走，你们是怎么把关的？！作为缉毒专班的牵头人，你对得起这身海关制服，对得起肩上的关衔吗？"说得卡斯木面皮紫涨，羞愧地低下了头。接着，高昕要求他明天去牧民发现的地点再做一遍筛查，看看还有没有剩余的海洛因。"明天的筛查我也参加，其他人你自己去安排。"

"慕士塔格海关所处的位置很特殊，很敏感，风险也很高。一直以来，慕士塔格海关缉私缉毒工作成绩都不错，你去了之后，千万不能掉以轻心，一定要重视这项工作，一定要把好国门，不能有丝毫懈怠！"在来高原之前的谈话中，郑众关长向他反复强调这一点。

高昕盯着办公桌对面墙上的高原地图，陷入了沉思。

古道崎岖，展千年兴衰。苍夷满目，羞说曾属汉唐，名震天竺。吐蕃铁马经行日，狼烟起，冰峰如簇。玄奘东归，法显西去，空留暮鼓。

印度河，劈山倾诉。犹忆康乾时，岁贡千斛，横跨万丈绝崖，共飨先祖。苍原苍山苍凉事，付葱山流霞飞瀑。炊烟起处，鸡鸣四国，麦浪新熟。

第十三章

慕士塔格海关所在的塔库县，被称为"鸡鸣四国"。所谓的"鸡鸣四国"，就是说这里的公鸡一打鸣，四个国家都能听到。塔库与塔吉克斯坦、阿富汗、巴基斯坦接壤，是我国国境线最长、毗邻国家最多的县。更麻烦的是，帕米尔口岸紧邻世界上最大的毒品产地——阿富汗、巴基斯坦和伊朗三国交界的"金新月"地区，走私犯把帕米尔口岸当作国际贩毒集团东线、直接向我国渗透的第一中转区和消费区。枪、毒、恐的问题是共生的，查获走私枪支炸药、毒品和反恐的任务，给海关工作带来了巨大的压力。前些年，慕士塔格海关查获了大量毒品案件，在关区里是出了名的。卡斯木的前任科长曾一次查获过30多公斤海洛因，在慕士塔格海关关员的心目中，这才叫缉毒，查获三五公斤甚至几百克毒品，都算不上什么。

挨了关长批评的卡斯木，心里也很委屈。他独自一个人坐在办公室里，翻开记录案件线索的小本子，一条条地看下去。这些都是他收集的情报线索，一有风吹草动，就立刻如获至宝地记下来。每年秋天，都是"金新月"地区毒品收获的季节，卡斯木收到各种各样走私毒品的所谓"情报"。每次都说得有鼻子有眼，似乎确定无疑、板上钉钉，但每一次都是放"烟幕弹"。卡斯木把这些似是而非的情报称为"参考消息"。

有一次，他获得情报，说一辆长年来往中国和巴基斯坦口岸的中巴车里藏匿海洛因。卡斯木立即带人对车辆进行重点布控，连续跟踪查缉10多次，最终一无所获。正在他们沮丧困惑的时候，边防武警冲了出来，从这辆中巴车的空调管道查获了海洛因，重达70多公斤。好长一段时间，卡斯木和同事们都是灰头土脸的样子。

有一条"参考消息"说，进口铜器里面藏毒，他们把铜器反复过X光机4次，一无所获。

有一条"参考消息"说，进口水泥里面藏毒。不等海关查验，接货人却消失得无影无踪，进口水泥瞬间变成了无主货物。

还有一条"参考消息"说，冬天进口的橘子里面藏毒。卡斯木带人打开箱子，把整箱橘子一个个剥开，没有找到一克毒品。最后，货主看到剥开的橘子很生气，不依不饶。卡斯木他们只好自己掏腰包买下来，整整半吨橘子啊，全关人吃了两个月才吃完。用大厨吐尔地的话说："一打嗝，人都要往外冒酸水儿！"

可能性最大的那次，是孙玉圣获得的一个情报。他了解到毒贩会将小袋的毒品直接藏匿在大理石夹层里走私入境（俗称"三明治"走私）。到底是不是真的？卡斯木心里没底。为印证自己的判断，他又是查询专业资料又是向其他海关咨询，发现还真有这种走私手法。本来已经失望的心情，重新燃起了希望，兴奋了好几天。

过了几天，一批经过初加工的大理石真的报关入境了。是那种灰白色的，40厘米乘40厘米大小，厚度只有1厘米的大理石片，成捆堆在查验台前像一座小山。卡斯木十分高兴，心中暗想这次应该"恰达克幺克（意为没有问题）"了。

趁着夜色，他们拆散大理石的包装，一张一张地过X光机进行查验，却看不出任何端倪。把所有的监管设备都用上，仍旧毫无收获。没办法，卡斯木试着砸碎了几块，还是一无所获。正在他沮丧的时候，孙玉圣建议："科长，我们可以试试缉毒犬。"一句话点醒了他，于是火速和调查局联系，借了一只缉毒犬，连夜用专车接上了山。没想到，刚刚上山的缉毒犬，很不适应高原的海拔，那张脸上的表情比远处的戈壁滩还要凝重。它蔫头耷脑地伸头看了看大理石，象征性地汪汪叫了几声，似乎在告诉卡斯木："对不起，我没兴趣。"然后掉头就走。

看着几乎绝望的卡斯木，驯犬员告诉他，缉毒犬上山以后不吃不喝不睡觉，心情越来越糟，鼻子早就失去了在平原的灵敏度。

由于查验结果一切正常，只好办结清关手续进入放行环节。就在海关通知收货人办理提货手续时，意想不到的事情发生了。收货人的手机无法接通，拨打货主公司的电话发现也已经注销，收货人和送货人几乎同时消失，人间蒸发了。

此事必有蹊跷。卡斯木几乎可以断定，其中绝对有问题。但是问题出在哪儿？他还是非常困惑。半年以后，他的困惑终于有了答案。沿海的一个海关从入境的巴基斯坦大理石中，查获海洛因300多公斤。所以，那次是走私分子在投石问路。后来，高昕还带着卡斯木专程去那个海关看查获现场。打开仓库大门，那些似曾相识的大理石安安静静地摆放在一起，有的已经被切碎，石板中间的袋装海洛因赫然呈现在他的眼前。从外观上看，与帕米尔口岸进口的大理石一模一样，不同的是，这些大理石的中间已经被掏空，变成用来装毒品的夹层。

层出不穷、真假难辨的"参考消息"，让卡斯木身心俱疲。他不想再理会这些捕风捉影的线索，可是又担心哪一天"参考消息"变成了"真理报"，毒品会真从眼皮子底下溜走。屡战屡败的结果几乎动摇了他屡败屡战的意志。他和科里的同事们在一块喝酒，长吁短叹，郁闷至极。孙玉圣安慰他："科长，缉私工作都是这样，宁可信其有，不可信其无。只要有一个所谓的线索，就要动用所有的力量分析研判，这很正常啊，别往心里去！"

卡斯木还动过其他点子。当时，慕士塔格海关与巴基斯坦驻地海关建立了会谈机制，听说他们手头经常掌握大量情报线索。在一次联席会上，卡斯木对他们说，如果你们有了情报，请一定向我们通报一下，让我们共同查缉。对方却笑眯眯地说，中巴友谊比喜马拉雅山还高，比印度洋还深，我们怎么可能允许毒品流到中国兄弟那里去害人呢？

每每想到这事，卡斯木都要忍不住长叹一声。

"到了，就这里！"麦麦提赶紧把车子停了下来。这是离明铁盖边防检查站还有两公里的地方，也是牧民发现海洛因的地点。高昕率先跳下车，他们四个人分为两组，沿着公路开始"地毯式"检查。这儿的海拔是4000多米，韩宇有明显的高原反应，胸闷头晕。他不敢做大幅度的动作，落在队伍最后，慢吞吞地搜寻着。

果然，在公路边的草丛里，他们发现了不少海洛因胶囊。这些小玩意有的埋在石头里，有的藏在沙子里，有的埋得深，有的埋得浅。不知道是什么时候带进来的，经过高原的风吹日晒，每颗颜色都不一样。最后大家一清点，共发现了700多颗毒品胶囊。

高昕在"孔道"上捡拾海洛因的事情，后来被关里的同志编成了童谣："我在口岸边，捡到海洛因，把它交给海关关长手里面，关长拿着它，对我把头点，我高兴地说了声，关长，再见！"

整个筛查工作持续了2个小时，快到下午两点才结束。这时几个人都已经饥肠辘辘，眼冒金星了。高昕看时间不早了，赶紧招呼大家停下来吃点东西。麦麦提从车上取出了备好的馕，一个人分一个。高原上的风挺大，他们拿车做屏障挡着，几个人就地围坐在一起。韩宇拿着这张巨大的馕左看右看："这个大饼有点硬，有喝的吗？""有啊！"麦麦提像变魔术一样，又拿出几瓶矿泉水分给大家。对这种颇具地域特色的主食，韩宇显然不感兴趣，不知从何下嘴。他掰了一块，咬一口馕，喝一口矿泉水。如果没有矿泉水的调和，他可能一口都咽不下去。

见他吃得如此艰难，虞浩悄悄地说："小韩，如果你觉得太干，可以把馕放在水里泡泡再吃，这样会软一点。"

"谢……谢谢浩哥……没……没事，我可以的。"韩宇很费劲地嚼着馕，腮帮子一鼓一鼓。

卡斯木笑了笑："小韩啊，高原上就这个条件，你以后会慢慢适应的。"

"以前我们在'孔道'巡查，还喝过河沟里的积雪呢，呵呵。"虞浩回忆道。10年前，他也像韩宇一样分配到慕士塔格海关，虽然他今年才32岁，但在关里也算是老资格的关员了。

"高山积雪……那应该算是纯净水吧？"韩宇问道。

"得了吧，还纯净水呢，你可不知道雪水里面有多少脏东西，矿物质又多，人喝了以后口干舌燥，鼻子、牙龈都容易出血。你看我这指甲……"虞浩缓缓地举起他的左手。

那是怎样的一只手！皮肤粗糙、青筋虬结，手指关节畸形凸出，手指甲的中间凹陷了一块，像是被重物狠狠砸过一样。韩宇心头一紧，一时间不知道说什么好。

高昕看着对面的卡斯木一直在面无表情地啃着馕，两只眼睛布满血丝，眼神暗淡，知道他多半是在为案子的事纠结，心里突然有一丝愧疚。自己才来这里不到一个月，就批评了卡斯木两次。不管怎样，卡斯木还算是一个兢兢业业、一心一意扑在工作上的人，或许自己不该过分责备他，给他太大的压力。

"卡斯木！"高昕放下手中的馕。

"关长，怎么了？"卡斯木抬头，茫然地看着他。

"让我看看你的手。"

这个一米八的汉子突然扭捏起来："我的手有啥好看的，不都一样吗，都一样，没什么看的……"一边说着，一边将左手偷偷往袖子里缩。但是禁不住高昕一再要求，他才极不情愿地伸出来。韩宇大吃一惊，原来卡斯木的左手食指明显短了一截。

那是有一次值班，卡斯木到车库开门。他刚打开车库门，一阵风吹过，"哗"的一声，重重的铁门瞬间就落了下来。他还没反应过来，门已经生生切断了他的手指。"当时关里车库的门都是从上往下拉的，平时死活都拉不动，没想到那天这么顺滑——

都怪我太大意了。"卡斯木说道。

这事要是在其他医疗条件好的地方，接手指本来也不是什么大不了的事。但这是在高原，他只能找些冰雪，覆盖在那鲜血淋漓的半截指头上，将其放在碗里保存着带下山。结果，车开了6个小时赶到喀什医院，带去的手指头已经坏死，永远都接不上了。

"好在是左手，倒也不影响工作。"卡斯木淡淡地说。

车行驶在返程的路上，麦麦提顺手打开了广播，立刻，一个低沉婉转的女声如同汩汩清泉从音箱里涌出：

自你离开以后

从此就丢了温柔

等待在这雪山路漫长

听寒风呼啸依旧

一眼望不到边

风似刀割我的脸

等不到西海天际蔚蓝

无言这苍茫的高原

还记得你答应过我

不会让我把你找不见

可你跟随那南归的候鸟飞得那么远……

高昕仰靠在椅背上，转过脸，透过车窗看着落日余晖下的雪山、草滩、沙石地，从窗外疾驰而过。湖边，几只骆驼和牦牛闲散地游荡着。在更远的山脚下，散落着星星点点的土房子，都是石头垒成的墙，那应该是塔吉克牧民居住的地方。

突然，韩宇指着窗外喊起来："哎，有匹马摔倒了！"大家赶紧顺着他手指的方向看过去，果然有一匹马跟跟跄跄地走到路边的草地上，软软地倒卧下来，全身不停地抽搐着。"它可能是受伤了吧。"韩宇自言自语地说。

高昕赶紧让司机停下车。几个人下了车，走过去仔细观察。这匹马侧卧着，用蹄子拼命扒拉草地，沉重地喘着粗气，好像非常痛苦的样子。卡斯木一看到它的肚皮，立刻就明白了。他告诉高昕，这是一匹母马，它快要生了。

生小马？！除了卡斯木，其他几个人从没有见过这个场景，大家既兴奋又有点担心，韩宇更是充满好奇，马上掏出手机，准备靠近一点拍摄这难得的场面。突然，从不远处传来女孩清脆的声音："Баон намеравед，Ба он намеравед（塔吉克语，意思是别过去）！"

大家抬头一看。河滩对岸，一个塔吉克少女正急匆匆地朝他们跑过来，一个劲冲他们几个人摆着手。卡斯木告诉大家，这个女孩说的是塔吉克语，意思是让他们不要过去。"她怕我们靠得太近了，会影响母马分娩。"卡斯木解释道。

卡斯木迅速迎上去，用塔吉克语和女孩交流着。高昕招呼其他人不要离马太近，保持距离，别吓到它。而这边母马的分娩似乎已经进入了关键时期，黏糊糊的羊水不停地从马的体内倾泻出来。它左右扭动着，似乎在用劲挤压。"快看快看，小马的腿出来了！"韩宇按捺不住兴奋轻声说。

先是细溜溜的两条腿，然后是一个黑黑扁扁的小脑袋，从母马的尾部钻出来。然而就在这时，母马似乎耗尽了气力，它停止了挤压，小马还有一半身体卡在母马体内出不来。女孩着急了，跑过来抓住小马的两条腿往外拉。但是，这个操作看起来需要费很大劲，女孩的力气显然不够大，始终拽不出来。众人面面相觑，高昕把袖子一撸，大声说："让我来！"他让女孩站到一边，单膝跪地，双手将小马的腿抱在怀里，小心翼翼地用力拉。终于，被白色胎膜包裹着的小马驹一点一点滑出母亲的肚子。所有人都欢呼起来，女孩喜笑颜开地拍着手，用汉语对高昕连声说："谢谢，谢谢你们！"

母马舔舐掉小马身上的胎膜，疲惫不堪地瘫软在一边，算是完成了一件大事。小马驹在草地上躺了一会儿，试了几次，最后竟然歪歪扭扭地站起来了。韩宇忙着给小马拍照，扭过脸，无限崇拜地对高昕说："关长，您太厉害了，还会帮马接生啊！"

"你可别小看我哦，我小时候也是在牧场长大的。"高昕乐呵呵地说，一边脱着被母马分娩液体弄脏的查验服。

"更艾力卖右卓（塔吉克语，意为你好），我叫夏娜。各位尊贵的客人，到我家里坐坐吧。"高昕饶有兴趣地打量着她。这是一个典型的塔吉克美女，穿一身大红色的连衣裙，戴着一顶绣花圆顶帽，白皙的脸庞如同满月，高挑的浓眉下，一双深褐色的大眼睛脉脉含情。"我家就在达尔齐曼村，我的阿托（塔吉克语，意为父亲）和阿诺（塔吉克语，意为母亲）都在家。如果他们知道我没有尽到地主之谊，会责怪我的。"夏娜真诚地说。

天色渐渐晚了，夕阳正堕入五彩斑斓的晚霞中。达尔齐曼村里，一缕缕白色炊烟从牧民的石头屋顶袅袅升起，晚餐的时间快到了。

梵音西去度远沙，暮鼓晨钟透荒涯。

我倚冰山数风涛，只待东坡奏胡笳。

第十四章

　　第一次到塔吉克族人的家里做客，韩宇有点紧张。他扯扯虞浩的袖子，小声问："浩哥，待会有什么特殊礼仪？他们说话我听不懂，会不会失礼？"

　　"别担心，跟着科长做就行了，塔吉克人特别热情好客。"

　　两位塔吉克老人站在院子门口，满脸都是和蔼的笑容，按照自己的习俗，主人和来客一一打招呼。高昕暗自猜测，从年龄上看，两位老人不像是夏娜的父母，后来才知道他们其实是夏娜的爷爷奶奶，塔吉克人基本上是三世同堂的大家庭。

　　若干年后，高昕和我在一起聊天，说到塔吉克人的礼节，他特别感慨："塔吉克人对待自己的历史文化传统非常重视，保留得很完整，他们不会轻易改变什么。见面打招呼的方式很特殊，按照男女性别和年纪划分。女子之间互相吻脸，长辈吻小辈的额头，小辈吻长辈的手心。像我们两个人，年纪相仿，都是男的，就互相握着对方的手吻手背。"一边说着，他一边拉起我的手就要亲自做示范。这也太尴尬了，我把手赶紧抽走。

　　高昕哈哈大笑，和我说了一个小故事："你别说，在高原待得久了也会被他们塔吉克人传染。有一次，我们关几个同志去沿海海关跟班学习，我专门去看他们。见了面之后，我们不约而同亲密地吻着彼此的手。当时那个海关的领导都看傻了，私下里对我说，怎么你们高原上的人，关系都铁到这个程度了吗？不管男的女的，直接抱呀！可当时，我真没觉得有什么不对劲的地方。可能是在高原待久了，人变得很纯粹，情感也是这样。"

夏娜的妈妈提来一壶水，让客人一一淋水洗手，然后大家进了门，来到一个宽大的起居室。在这间居室的屋顶中央，开了一个六角形天窗。墙壁上挂满了色彩艳丽的壁毯，房间主要的部分就是一个巨大无比的炕，上面铺着厚厚的花毡毯，看上去能睡二三十个人。靠墙整齐叠放着一堆被子、褥子和枕头等，足足码放了两米多高。

夏娜招呼大家在大炕毡子上盘腿而坐。高昕疑惑地看着这堆被褥，心想为啥家里要摆放这么多被子？夏娜的父亲阿布来提介绍说，塔吉克人平时的住宅彼此距离比较远，来访一次都要走好远的路，一到地方都是人困马乏，不能让客人立刻返回，都得住下来，所以塔吉克人家里总是备着许多被子。

"我们塔吉克人有一句老话就是，不要打开客人的背囊，不要询问客人走的时间。来访的客人会带来好运，客人来得越多我们越高兴……"

突然，院子里传来马蹄踏步的声音。夏娜眼睛一亮，欢快地说："哥哥回来了！"话音未落，一个高大彪悍的塔吉克男子走进屋。他放下背包，向客人们问好。阿布来提向大家介绍，这是我的大儿子库尔班，是一名护边员，刚刚从边境线巡逻回来……还没等他介绍完，卡斯木一眼就认出，这不就是发现草丛毒品的那几个牧民中的一个吗？库尔班赶紧过来，口中连声说："巴力卡拉（塔吉克语，意为很高兴），巴力卡拉！"他们紧紧拥抱，又是吻手背，显然对这次邂逅感到既意外又激动。

阿布来提喜笑颜开说道："真主安拉，今天真是一个好日子。"他叫夏娜铺开两块布单子，给他们沏上滚烫的奶茶，拿出来几盘塔吉克特色点心，阿尔孜克（油果子）、卡提拉玛（千层饼），端上几大盘热气腾腾的手把羊肉，热情地招呼大家："羊是上午宰的，羊肝是新切的，你们不要客气。"

夏娜的妈妈听男人们在聊天，脸上带着恬静的微笑，在一边用一个盆和着青稞面，准备打馕。韩宇不经意地一瞥，发现女人那双手，从指甲开始到手腕，全都是黑的。那双黑黑的手慢慢地揉着面，手也一点点变白，等馕打好了，女人的手也变得雪白。韩宇赶快把头扭过去，不敢再看。过了一会儿馕烤好了，女主人用那双雪白的手把焦黄的馕端上来。韩宇正在那犹豫不决，看其他人拿起来就吃，也咬咬牙，大着胆子撕了一小块放进嘴里。还别说，这个馕吃起来有一种淡淡的奶香，挺好吃的。

夏娜拿起小刀熟练地切下羊肉，一块块递给客人们。在这里，羊肉只用清水煮熟，然后蘸盐吃，要的就是原汁原味，异常鲜美。韩宇忍不住吃了一块又一块，根本停不下来。见他吃得这么欢，夏娜抿着嘴笑了，眼睛变成了月牙儿。

和客人一起坐在炕上的，除了夏娜的爷爷、奶奶、父母和哥哥，还有一个小男孩。他看上去长得像一个大号的洋娃娃，高挺的鼻梁，长长的一排金棕色眼睫毛，深邃的眼眶中嵌着一对冰蓝色的眸子，眼神清澈明亮。他坐在那里特别安静，腰部盖着一条毯子，靠着奶奶，身子一动不动，要吃什么、喝什么，都由夏娜负责递给他。

"这个可爱的小男孩是你的弟弟吗？"韩宇问夏娜。

"是的，"夏娜点点头，"他是我弟弟迪卡，今年10岁。"

"你好，迪卡，你上几年级了？"韩宇饶有兴趣地问小男孩。

迪卡愣了一会儿，然后害羞地摇摇头。夏娜扭过头说："我弟弟没上学，他不太方便。"韩宇刚想问迪卡是怎么回事，虞浩赶紧捅了捅他，用眼神示意他不要问，韩宇似乎明白了什么。

高昕和男主人阿布来提聊得很热络，从母马分娩到青稞麦的收成，从国际局势到与周边国家的睦邻友好关系，聊得热火朝天。从他的口中，高昕知道这个塔吉克家庭有三个孩子，库尔班、夏娜和迪卡。夏娜从县里的高中毕业以后，没考上大学，现在在家里帮着妈妈在牧场里干活。女孩一天天大了，现在准备给她找对象，可是夏娜要求还挺高，对来提亲的没一个看上眼的……。

"阿托，您又来了！我不想这么早就嫁人。"夏娜打断了父亲的话题，笑容僵在了脸上。

"你这个傻孩子，你看看，村里像你这么大还没有嫁人的女孩子还剩谁？反正迟早都要成家，迟结婚不如早结婚。"阿布来提很不以为然，瞪了女儿一眼，说道，"大同乡（大同乡地处塔什库尔干塔吉克自治县东部，是世界上最美的杏花村。每年3月至4月大片杏花盛开，但是花期非常短，从开放到花谢大概只有7天时间）的杏花再美，也只有7天的花期，女人的青春很短的！"

对于父亲的说法，夏娜在内心深处完全不同意，但在座的都是陌生来客，她把到嘴边的话咽了下去，没有再说话。高昕一看有些冷场，赶紧转移话题。他指着正在吃肉的韩宇，向阿布来提推荐："阿布来提大叔，你看我们这个小伙子怎么样？他是今年才分配到我们海关的，这个头这长相，你们中不中意？"

突然被关长点名，韩宇很意外，嚼了一半的肉从嘴里掉出来。男主人认真地上下打量一下他，然后问了一个直击灵魂的问题："小伙子，你家里有多少头羊啊？"

韩宇很尴尬，不知道该怎么回答，一个劲摆手。卡斯木笑着替他解围："大叔，他家一头羊都没有！"

阿布来提有点遗憾地咂咂嘴："呦，那可不行，你家的条件太差了。我们这里娶老婆，要给老丈人送100头羊，娶我们家夏娜至少200头羊！"

夏娜飞红了脸，满脸娇羞叫了一声："妈，你看爸乱说啥呢，丑死人了！"忙不迭地把脸藏到了母亲的身后，屋里众人都开心地笑起来。

阿布来提拍了拍迪卡说："儿子，今天来了这么多尊贵的客人，你给大家唱首歌吧。"他扭过脸，骄傲地告诉高昕："这孩子嗓子可好了，从小就爱唱歌，他还想去参加《中国好声音》呢！"

"太好了，给我们来一首吧！"大家纷纷鼓掌。

夏娜飞快地跑去取来手鼓和鹰笛，她打鼓，库尔班吹鹰笛，为弟弟伴奏。迪卡也不怯场，清了清嗓子，就开口唱了起来。他唱的是塔吉克语，卡斯木告诉高昕，这首歌叫作《古丽碧塔》，是那首经典歌曲《花儿为什么这样红》的原版。迪卡的歌声婉转悠扬，如冰川飞流而下，在广阔的荒原上蜿蜒流淌……

仙女一样迷人的古丽碧塔

芬芳的鲜花呀比不上你

笑容甜蜜的古丽碧塔

最好的蜂蜜呀比不上你

古丽碧塔 古丽碧塔 把我的心儿献给你

不论是布哈拉还是遥远的喀布尔

漫长的道路呀我不畏惧……

时间不早了，高昕向主人辞别。阿布来提一家人依依不舍地送他们出了门，然后站在门口一直目送着高昕他们的车子离去。

"你可以想象那种场景吗？当时，我们的车开走了好远，从后视镜里，我们看到阿布来提一家人还站在原地张望。寂寥高远的天空下，就那么孤零零的几个身影，显得特别孤独。我突然明白了，为什么塔吉克人对来客那么热情，因为高原太大了，住在这里的人们实在太寂寞了。"高昕若有所思地对我说。

返程的车上，卡斯木向大家说了迪卡的事。这孩子挺不幸的，大约在5岁的时候，父母出去放牧，奶奶带着他在家里做饭，一个不留神他跌进了滚烫的馕坑，双腿严重烧伤。由于家里没有车，老人家背着孙子在路边等了好久，终于拦下一辆货车。等到了喀什医院已经晚了，迪卡的下肢神经完全坏死，只能做截肢手术，这个活泼可爱的小男孩永远失去了他的双腿。说完之后，车内的大家都唏嘘不已。

高昕由衷感叹道："这就是可亲可敬的塔吉克人，那么坚强又那么淳朴。我们真的应该为他们做点什么——小韩，你说呢？"

"报告关长，只要不让我去当塔吉克的女婿，其他事都好说。"韩宇赶紧表态。

高昕眉毛一挑："你小子想得美，人家可看不上你，毕竟你家连一头羊都没有！"

远山近水芦苇荡，飞霞流瀑草青黄。

伟人山下听泉吟，快活林中觅书香。

一杯清茗遇知己，千里边关任翱翔。

我留秋水待故人，年年催绿小白杨。

第十五章

夏天如期而至。

这是帕米尔高原一年之中最美的季节。清晨有时会下点小雨，空气中都是青草的气息。原本干涸的水系丰盈起来，汩汩漫过鹅卵石堆叠的浅滩，初春还显得枯黄的草场几乎瞬间变得葱茏，近处是鹅黄般的翠绿，层层叠叠，到远处就变成了深绿，浓得几乎化不开。大片大片或浅粉或淡紫或深红的格桑花开得漫山遍野。

到了双休日，家在外地的关员们都喜欢结伴去县城里转转，看个电影，下个馆子，感受一下城市的味道。高昕则更愿意独自在高原上溜达。他背上一个双肩包，包里装着书和面包，沿着公路慢悠悠地走。走累了，找一块草地躺下来，看一会儿书，再看一会儿蓝天上棉絮般的白云。

这个季节也是高原的旅游旺季。在这条国道上，到处是自驾车和旅行大巴上的游客团队、穿紧身衣的单车骑手以及背着硕大行囊的徒步旅行者。无论男女老少，他们的反应几乎一致，都是举着照相机或者手机一通狂拍，激动不已地高呼："太棒了！

太美了！""帕米尔高原，我们来了！""我爱你，帕米尔高原！"看到躺在草地上的高昕，他们兴高采烈地挥手致意，高昕也朝他们挥挥手，看着他们从身边走过。

其实自己和他们一样，都是高原的过客。唯一不同的是，这些游客只有对美好风景的回忆，而我应该留下一点什么，高昕这么想。

关里的几项民心工程进展顺利。蔬菜大棚里，第一茬菜苗已经蓬蓬勃勃地生长起来了，吐尔地简直乐开了花，每天早上像个快乐的小蜜蜂，一头扎进大棚采摘新鲜蔬菜。神奇的是，他早晨也开始不流鼻血了。"都是因为能吃到新鲜菜了，我的维生素都齐了！"他逢人就说。但很快，他又发现了新的问题。大棚蔬菜的产量超过了关里食堂的消耗量，剩下那么多菜怎么办？总不能拿出去卖吧。如果不卖，放在那里很快就要坏掉。高昕给他支了一招——腌菜！由于高原的气候原因，大棚菜只能长一季，到冬天就没有菜了。所以，把吃不掉的菜腌起来，可备不时之需。吐尔地准备了十几个泡菜坛子，胡萝卜、黄瓜、豆角、恰玛古（新疆高寒地区一种蔬菜，十字花科，又名芜菁）、白菜统统腌起来。坛子多了，厨房里摆不下，就放到食堂里。这下可好，总有人好奇地想揭开盖子看看。吐尔地如临大敌，很警惕地在食堂里巡视，但凡看到谁有做出这个动作的嫌疑，就断喝一声："别动，还没到时候呢！"如果有人要搬动他的坛子，也是不可能的。因为他给每个坛子都编了号，贴了标签，绝对不会搞混。

有了蔬菜，没有肉也不行。在蔬菜大棚旁边，又开辟了小池塘养起了鸭子，垒了石头圈栏养了一群鸡和几只羊。为了改善大家的膳食结构，高昕还突发奇想，养了十几只鸽子。一开始，这些鸽子总是被外面的野鸽子"拐带"往外飞，后来，关里在后院的山墙上搭建了一个漂亮的木制笼子，鸽子们就不往外飞了。每天，鸽子们在院子里闲庭信步，"咕咕咕"地叫着，像水面荡起层层涟漪，给本来静谧无声的海关院子平添了几分生气。中午休息的时候，大家都喜欢到院子里，拿点玉米粒面包粒喂它们，看着鸽子的头一点一点地快速吃食，特别解压。既然有了"房子"，几个年轻人又琢磨着给鸽子的家起个名。开始叫它"鸽子窝"，后来高昕觉得太普通，改了个名字叫：鸽舍。

俗话说："一鸽胜九鸡。"养鸽子的本意是为了吃。喀什有做全鸽宴的饭店，卤鸽子、鸽子汤、炒鸽杂、烤鸽子、鸽子拌面……能摆上满满一桌，特别是烤鸽子，刷一层金黄的鸡蛋液，放到馕坑里烤制十五分钟，取出来撒上孜然辣椒粉，味道香酥脆嫩，一口爆汁。吐尔地开始学习鸽子的多种做法，但遭到了大家的一致反对。"不吃不吃，太残忍了，我们坚决不吃鸽子！"几个女关员的眼泪都要飙出来了，吃鸽子的计划于是最终搁浅。

好吧，鸽舍、鸽舍，这次真的是"割舍"不下了。

最难搞的还是李菁的"仙鹤"。高昕为此绞尽脑汁，他想了好久，先是找来几个工人，仿造鹤的样子，用废旧钢筋和水泥搭起了骨架。嘴巴，用两片黑铁片焊出来。身体，用白、黑、红色的油漆刷一下。两只仙鹤，一个昂着头，一个低着头，情态各异，除了有点过于丰满，看上去有那么点意思了。剩下的铁皮钢筋也不浪费，收罗起来折成荷花的样子，刷上绿色油漆。主角有了，背景又显得太空旷了。一不做二不休，高昕带着几个关员推着小车到戈壁滩上捡来一些奇形怪状的石头，垒出了一座假山，在假山上还模仿苏州园林的样子，搭了宝塔、小桥……在这个背景的衬托下，两只"水泥仙鹤"，几朵"铁皮荷花"显得格外鲜活灵动，海关院子里顿时有了几分江南园林的味道。

看着这两只体型特殊的"仙鹤"，李菁目瞪口呆，好半天才回过神来，对高昕说："关长您太费心了，谢谢您！"高昕抓抓后脑勺，不好意思地说："丑是丑了点，但我们也尽力了。"

院子里原本有一块废弃的石头，高昕早就看中了，想在上面做点文章，比如刻个字。一打听，如果请稍微有点名气的书法家，至少要花几千块钱。高昕和克里木一合计，决定自力更生，在关里公开征集，让自己人来写。让人大跌眼镜的是，门卫老赵揭了榜。他拿出自己平时临摹的字帖给高昕看，果然龙飞凤舞，还是有功力的。那到底写啥呢？高昕思索了一会儿，提笔在纸上写下12个字：

"墙外万仞雪山，院内半亩江南。"

高昕打电话给梅华，兴致勃勃地告诉她这些天在慕士塔格海关做的各种事情：种菜、养鸽子、改造院子……

"你知道吗，我们把高原上的小院子，搞得像塞外江南，特别是那个水泥仙鹤，变废为宝，我都佩服我自己，呵呵。当然了，山上的紫外线太强，需要经常打理，给它上漆着色。不过虽然麻烦一点，但内心的那种获得感、充实感和成就感，让大家觉得高原也不那么冰冷了。你能体会到这种感觉吗？"

他滔滔不绝地说着，忽然觉得电话那端没有了声音，赶紧"喂喂"两声："梅华，你在听吗？"

"嗯，我听着呢，你搞得挺好，不错。"梅华的声音有些疲惫。

"等放暑假的时候，你带着麦子一起来看看，真的，这儿没有你想象的那么差。"

　　"到时候再说吧，待会儿我还要给丫头检查数学作业。对了，你妈最近想你想得厉害，有空你也给她打打电话。好了，我挂了。"说完，梅华就挂断了电话。

白发青丝苍山远，任他秋月送冬寒。

此处离天三尺三，嫦娥催我抱月还。

第十六章

一上班，钟国辉就来到高昕办公室，向他汇报了几件事，几乎每一件事都和钱有关。

第一，蔬菜大棚完工了，工钱还没付，拉土的司机和大棚的供应商已经来催了好几次。第二，关于制氧机的事，办公室前期做了市场调研，选定了内地一家企业生产的氧气弥散式制氧设备，应用效果不错，但是没有资金购置。第三，北疆关下拨给慕士塔格海关的柴油发电机，需要用到的柴油还没着落，马上就要"断顿"了……

"什么柴油发电机？我怎么没听说过。"高昕很诧异。

"哦，不好意思，我还没来得及向您汇报这个事。"钟国辉解释说，因为供电不正常，所以去年向上级申请，给慕士塔格海关配了两台柴油发电机，可以保证电力正常供应，办理业务不受影响。但是上级只配了机器设备，却没有下拨买燃料的钱。

"从我们的年度车辆使用经费里可以出一点吗？"

"关长，你可能不知道实际情况。在高原上汽油燃烧不充分，燃油本身损耗得很快，我们日常保障正常的执法执勤车的汽油费也快用完了，挤不出来柴油钱……"

就在这时，钟国辉的手机突然响起来。他看了一眼手机，嘟囔了一句："咦，门卫电话？"

原来，刚才海关门口聚集了一拨人，他们自称是为慕士塔格海关运土的司机，土运完了，到现在还没拿到工钱。"钟主任，他们还打着横幅呢。"门卫的声音里透着一丝慌乱。

"上面写着什么字？"

"写的是，好像是……"门卫犹豫了一下，吞吞吐吐地说，"好像是，海关是老赖，我们要吃饭……"

高昕和钟国辉两人面面相觑。

事不宜迟，先处理这个事吧。高昕让钟国辉和财务商量，暂时从其他渠道挤点钱出来，先把司机的工钱结掉。看着钟国辉如同救火队员一般匆匆离去的背影，高昕喟然长叹，真是一分钱难倒英雄汉。

不能再这样下去，大活人绝不能被尿憋死。这个时候，必须一把手出马。正好关里的车最近要回北疆维修厂保养，高昕决定利用这个机会回一趟北疆，争取解决这个棘手的问题。

> 大棚"种羊"笑一笑，食堂饭盆敲一敲。十五月亮照一照，叔伯兄弟聊一聊。多多益善搞一搞，急等中秋抱一抱。

坐了一天车，一出北疆市高速收费站，立刻就被卷入滚滚车流中。高昕突然觉得不太适应，车那么多，人也那么多，各种人声、喇叭声、商场音箱播放的歌声，嘈杂交混在一起，一股脑地轰炸着他的听觉神经。他闭上眼睛，心想，完了，我彻底变成一个村野民夫了。

走在北疆海关大楼里，熟悉的感觉才一点点回来了。他和走廊里碰到的老同事热情地打招呼，盛情邀请见到的每个人到慕士塔格海关去检查指导工作。连胡文丽的办公室也敲门进去，不失礼貌地寒暄问好。胡文丽显然很意外，词不达意地回应着他，脸上的表情十分复杂，他只装着没有发现。

"你是知道我的脾气个性的，我从来都不屑于做无效社交，和别人拉关系。谈得来的我就谈，谈不来的、三观不合的，我宁可退避三尺，"高昕对我谈起他重回总关的感觉，"可是，去了基层之后我的想法变了，我不再像以前那样故作清高了。"

抬头看着大楼里一个个办公室的门牌，高昕忽然体会到一种下级对上级的敬畏感。海关系统是具有垂直管理性质的部门，特别强调严格的层级管理。对于慕士塔格海关这个小小的边关而言，北疆关的每一个处室都是领导机关。他们的任何一个规定和一次行动，都会产生重要影响。在敲开财务处长严强办公室的门之前，他的心情多少有些忐忑。

严强是北疆海关最有权威的处长之一。他在财务部门工作20多年，关长换了几任，他却岿然不动。应该说，严强很适合管钱，他原则性相当强，不该花的钱，天王老子来了也要碰壁。医药费报销他要亲自审核，如果报得频繁了，他会毫不客气地说："年纪轻轻的，你怎么这么多病？"不少人都觉得他不近人情，暗地里喊他"严抠抠"。不过，高昕在总关部门的时候和他关系还不错，碰到一起偶尔还开开玩笑。

"哎呀，高关长回来了，请坐！"严强放下手中的财务报表，站起来给他倒了一杯水，"这次回来，有什么事啊？"

高昕满脸堆笑，老老实实地将慕士塔格海关的资金缺口向他叙述了一番，恳请财务处给予支持解决。听完了他的请求，严强皱着眉头说："不是我说你啊，高昕，你们这个做法不妥。"

"有什么问题吗？"高昕欠起身子。

"你太不懂财务工作了，像蔬菜大棚这个项目，你们应该先和我们沟通。财务有句话叫无预算不支出，在没有列入预算之前，你们怎么能擅自开工呢！还有，柴油的费用是列入车辆使用经费里的，我们不可能单独再给你们拨一笔钱买柴油。"

"是的，你批评得对。我在财务这方面没有经验，考虑不周。"高昕赶紧承认自己的失误。

"你说要买什么制氧机，我记得以前不是给慕士塔格海关配过吗？"

"那不一样，以前配的是吸氧机，哪个人缺氧了才去吸两口，现在我们想买一套弥散式的制氧机，可以实现集体供氧，它的原理是……"

严强没有耐心听完他的话，直接抛出两个问题："你们可考虑过会不会产生依赖性，万一到了氧气不够的地方不适应怎么办？另外，这样的供氧方式会不会发生爆炸，这个风险你们有没有考虑过？"

高昕一时不知该怎么回答他，他确实还没有想过这两个问题。严强又拿起桌上的报表抖动抖动，对他说："高昕啊，你不搞财务不知道，北疆海关这个家可不好当。你看，这个月的报表显示，整个北疆关区的行政经费支出，特别是'三公'经费支出已经超过去年同期。现在上上下下都在提倡建设节约型机关，你们又是艰苦奋斗的典型，在勤俭节约这方面应该带个头，你说是不是？"

走出北疆海关大楼，一股热浪扑面而来，高昕才发现自己衬衫后背全都湿了，北疆和帕米尔的温差真不小，完全是两个世界。严强的话听起来有理有据，他也无从反驳，毕竟站的角度不同，对待问题的态度自然就不一样。虽然之前有心理准备，高昕还是觉得有点烦躁。当他走进小区，站在自家的楼下，看着那个熟悉窗口透出的暖黄灯光，心情才渐渐变好了。

他没有告诉梅华，自己今天回家。

"注意手型，对，抬高一点，放下来的时候慢一点。"梅华在厨房里一边洗盘子，一边竖起耳朵听书房里的麦子弹古筝。对她来说，在家里一心二用是必须的，有时候还要一心三用。麦子练琴，婆婆程抗美也要练习，梅华给她布置的作业是看相册。老太太戴着老花镜，一页页地翻着厚厚的家庭相册。有时在某一页，她会专注地看上好久好久。梅华洗好碗，收拾完厨房，脱下围裙走进客厅。她坐在程抗美的身边，手指着相册中的一张老照片问道："妈，您看这是谁？"

"这闺女是……谁啊，我记不清了，哎。"老人困惑地发出一声轻叹。

"这不就是您年轻的时候吗？"梅华轻声说，"您年轻时候真漂亮，这么粗的大辫子，这身列宁装也很合体。"

"啊，真的是我吗？不会吧，我哪有那么好看。"程抗美不好意思地摇摇头。

"那这个人，您认识吗？"梅华又指了指另一张照片。

"不认识……"程抗美仔细辨认却又认不出来，有点烦了，"你怎么老是拿我不认识的照片来问我。"

梅华无奈地说："妈，这不是咱爸吗？"

"瞎讲，这不是他，那个老头子哪有那么瘦！"程抗美立刻反驳。

　　"好吧，我们再换一张。"梅华翻到下一页，"这个男孩是谁？"

　　程抗美老太太盯着专注地看了一会儿，笑了，摩挲着照片说："你真傻，这不是二娃子吗？这是他9岁那年过生日，我带他去东风照相馆照的。"

　　突然麦子冲出书房，跑到门口大叫："爸爸，爸爸回来了！"把沙发上的两个人都吓了一跳。梅华板起脸训斥："麦子你乱说啥，快回去弹你的琴，别开小差，你爸还在高原上呢！"

　　"就是爸爸没错，我都听到他的脚步声了。"麦子很自信地打开大门，果然是高昕从天而降一般走进屋子。

　　等到这一老一小都休息了，只剩夫妻两个人面对面的时候，梅华对高昕咋舌："哎哟，咱家可真有意思，你女儿听你的脚步声一听一个准，你妈连你9岁生日拍照的事都记得清清楚楚……合着这个家里，只有我一个人最傻。"

千年驿道万古山，神州才俊恋荒原。

笑问云端塔吉克，再听鹰笛奏凯旋。

第十七章

慕士塔格海关又停电了。

黑暗中，古丽摸索着找到手机一看，已经是午夜时分。她现在还不能睡觉，因为她手里还握着画笔。前两天，她接到钟主任交办的一个任务，要为廉政教育活动创作一批宣传画。如果在北疆市，这些事情找广告公司就行了。可在高原荒岭，一切都得自力更生。古丽有点美术基础，小时候画过油画，钟国辉自然就把这活派给她了。可说实话，她已经很久没有画过画了，心里没底。这几年她在北疆海关办公室待着，做一些迎来送往的事务性工作，忙是很忙，白天在办公室没有闲下来的时候，以至于下班后她宁愿放空自己，窝在沙发里追剧听歌刷手机。几年下来，多多少少有些荒废了。她本身是南疆师大外语系毕业的，学的二外是乌尔都语，很适合到机场或者边境海关工作。这次能来慕士塔格海关，她也把这一条作为重要的申请理由，这样她的专业也能派上用场。

古丽摸黑点上了两支蜡烛，房间里顿时亮堂了起来。她忽然想到，也许是电闸又跳闸了。于是她打开门，准备出去看看情况，却正好碰到卡斯木和虞浩急匆匆从走廊走过，他们整整齐齐地穿着制服，手里提着手电筒。

"这么晚了，你们去哪？"古丽诧异地问道。

"哦。我们去联检厅，"卡斯木说，"你快回宿舍，别冻感冒了。"

"都这么晚了，你们还要办业务？"

"来了一批巴基斯坦旅客要通关，我们去办通关手续。"虞浩说。

古丽后来才知道，帕米尔口岸对入境旅客实行的是24小时通关，深夜验放境外旅客是很正常的，有时候一夜要去几次联检厅办业务。来了这么长时间，从没有人在夜里叫醒过她。

回到房间，古丽坐在床边，思索了一会儿。终于忍不住站起身，三下五除二换上自己的制服，找了一个手电筒，向联检厅走去。

几乎是在同一时间，钟国辉拿着手电筒，来到宿舍楼下的配电房检查变压器。他看了半天，电闸是好的，保险丝没有断，估计又是泥石流把山上唯一的电站冲毁了，这已经是这个月第二次出现这种情况。如果这时电力发动机能启动就不担心了，可是发动机没有油了，彻底歇菜，真让人头疼。幸好高关长不在关里，不然的话肯定会批评他。可话又说回来，批评他有什么用呢？巧妇也难为无米之炊啊。

钟国辉其实还有件事没和高昕汇报，也不敢向他汇报。由于财政没有购油经费，关长又要求维持发电机正常使用。正在他犯愁的时候，麦麦提拍着胸脯说他能解决，钟国辉半信半疑。果然，麦麦提隔三差五就拿一桶油来，解了燃眉之急。钟国辉问他怎么弄到的，他也不愿意说，很神秘地笑笑。结果，一个多月后，有个货车司机跑到关里，直接找到他这里告状。钟国辉这才明白，原来麦麦提是在海关监管货场"借"卡车司机油箱里的柴油。司机气呼呼地说："钟主任，你们偷我的柴油去发电我认了，但你们不能把我的油偷太多，好歹给我留一点，让我能开出去加油。这次可好，油都偷光了，我的车子也开不出去了。"

钟国辉赶紧向司机赔礼道歉，自己掏油钱补给了司机，又把麦麦提找来批评了他一通。看着麦麦提委屈的样子，他又觉得心里挺不是滋味。他盼着，高关长这次回北疆，能和财务部门沟通协调出一个好的结果，最好能一劳永逸地解决这个问题。否则，自己这小小的办公室主任，一个劲往里面贴工资也不是个事。那天他只是在电话里稍微提了一句自己贴钱买柴油的事，老婆就不乐意了："你这是图啥呢，在那鬼地方上班还要自己贴钱。不行，你必须赶紧回来！"

他被女人弄得有点恼火："你不懂，调动的事没那么简单，要等机会，你别没完没了地催我……"

"那好，你就说你老婆得了抑郁症，随时有跳楼危险。要是你不敢说，我去和你领导说！"谢春花索性将了他一军。

"行了行了，别胡闹了。"钟国辉又敷衍了她几句，心烦意乱地挂断了电话。

而高昕从北疆带回来的消息并没有令他心安。高昕很明确地告诉他，这次与财务处处长严强的沟通并不顺利，基本上他提出的资金需求都被挡了回来。钟国辉心里一凉，脸上掩饰不住失望的神色。他脱口而出，那我们的资金缺口怎么办？高昕没有接茬，呷了一口茶水，慢悠悠地说出了第二个消息。虽然那天严处长在资金拨付的问题上坚决不松口，但是对高昕力邀他带队来慕士塔格海关搞一次调研的要求，他总算是答应了。"这次他能答应来就不错了，我就有把握说服他。国辉，咱们一定要沉住气！"高昕显得胸有成竹，"我对你的要求就是，把这次调研组的接待工作做好！"

"是，我知道了——不过，我们关的条件太差了，会不会让严处长他们不满意？"钟国辉其实想说的是，万一调研组来，嫌这个嫌那个，这事可就黄了。

高昕笑了："国辉你真是个老实人，这个担心没必要，我们就是要'素面朝天'，给他们看看一个真实的边关。"

这边刚安排好财务处调研的事，高昕就接到了塔库县县长的电话，有五万头巴尔楚克羊（巴尔楚克羊是新疆喀什地区巴尔楚克城的优良地方品种，全身白毛无角）要从帕米尔口岸出口，这是当地首次出口这么多活畜，没有经验，希望海关能大力支持，加速通关。

五万头？高昕一听就头皮发麻，这么多头活羊是什么概念，光清点一遍就需要花几天时间，而且时间还不能拖延，如果拖延一天，羊只死亡的风险就高几分。现在，关里有一半同志在山下，临时抽调人员来不及。高昕立即召开关务会，除了保证日常运转的人员外，目前在关里的其他所有同志编成临时工作组，由克里木副关长带队，赶到活羊集结的牧场开展监管工作。

牧场离关里有100多公里，开车需要3至4个小时，需要在牧场待好几天，克里木提醒大家带上自己的洗漱用品。"克关长，那咱们住哪儿？"韩宇问。

"县政府给我们准备了一个'高级酒店'啊，同志们。"克里木眨眨眼睛，显得很神秘。

听关领导这么说，韩宇还有点小期待。收拾东西时，他想了想，把自己的蓝牙音箱和游戏手柄也塞进包里。中午吃过饭，关员们带着行李坐上租来的中巴车。古丽和李菁坐在一起，李菁小声问："古丽姐，你的身体能吃得消吗？"古丽微笑着说："没事，现在挺稳定的，那段时期过去了，我现在胃口还挺好的。"

　　出发前，高昕也来为他们送行。他叮嘱大家一定要注意安全，克里木拍着胸脯说："高关长请放心，我们一定做到一个不少、一个不倒！"

　　车子翻过了一个又一个达坂，把大家颠得七荤八素。刚出发时车里还是欢声笑语，过一会儿大家都没力气说话了。接近黄昏时，总算到达了塔合曼牧场。闭目打盹的关员们睁开眼睛，映入眼帘的是一片明绿如茵的草原，漫山遍野的羊群挤在一起悠闲地吃草喝水，静的时候像一床厚实的棉被覆盖在大地上，一旦动起来，又如同张开的巨型机翼从天空拂过。这壮观的场面，让大家都看呆了。

　　牧场海拔有4500米，比慕士塔格海关还要高。一下车，有人开始有头晕的反应了，韩宇倒还好。他的注意力主要集中在找那家"高级酒店"，结果看到的却是一排排帐篷。来迎接他们的村委会主任一个劲搓着手说："真对不起，这里条件差，我们临时搭了帐篷，海关同志们辛苦了！"

　　晚饭是村里送来的馕和一大锅羊肉汤，克里木左手拿着羊骨头，右手拿着馕，大口大口吃得很香。看到韩宇，他也不忘打趣："怎么样，这个'酒店'棒不棒？"韩宇苦笑着说："是挺棒的，就是手机信号太差了。"克里木说："年轻人，不要整天抱着手机，对眼睛不好——没有手机，你会发现更多有意思的事，到晚上你可以试试。"

果然，克里木关长说得没错。晚上，因为刷不了手机，韩宇早早地就钻进睡袋进入了梦乡。然后，在夜半时分被冻醒了。虽然现在是初夏，高原的夜晚依旧温度很低，小风嗖嗖地从帐篷的缝隙中钻进来，即使他裹紧睡袋，也无济于事。他哆哆嗦嗦钻出睡袋，把带来的棉毛衫裤套上了。这下虽然暖和了，可是也睡不着了。旁边的胖子虞浩睡得很沉，还打着呼，鼾声毫无规律，一会儿轻一会儿重，时而低吟时而啸叫，韩宇脑中油然浮现上学时背熟的那两句诗："银瓶乍破水浆迸，铁骑突出刀枪鸣。"于是他干脆坐在帐篷门帘前，把头钻出帐篷，去看外面的夜景。

山高万里云为峰，不信人间有昆仑。

策马醉卧西天门，敢向高祖唱大风。

多年以后，韩宇每每回想起当时看到的情景，总会无限感慨。帕米尔高原的夜空啊，着实美到令人伤感。满天硕大的繁星闪烁，像无数双眼睛在眨，又像棋盘上散落的颗颗珍宝。如果静心屏气，渐渐地虞浩的呼噜声开始退却，世界充满了风吹过牧草的声音，冰川融化、雪水滴落在鹅卵石上的声音，羊群此起彼伏深深浅浅的呼吸声。闭上眼睛细听，似乎还能听到牦牛踩着树叶行进的哒哒声，破空而来的鹰笛吹奏声，以及……克里木副关长的声音。

"小子，你怎么把头伸出来了？"

韩宇睁开眼睛，发现克里木站在帐篷外，俯下身子看他。他吐了吐舌头，不好意思地笑了："报告领导，我给冻醒了，醒了就睡不着了，胖子呼噜声也太吵了——领导，你也没睡啊。"

克里木指了指自己的左边胸口："老毛病了，胸口疼，起来活动活动。"他又向韩宇招招手说："你出来，我这有好东西，嘿嘿。"一听有好东西，韩宇立马兴冲冲地钻出帐篷。两人坐在不远处的草垛上，克里木从身后摸出自己的专属酒壶，拧下壶嘴倒了一杯酒，递给韩宇。"喏，这是我自己的酒，喝一口你马上就不冷了。"

韩宇接过这杯酒，一仰脖子喝了。可能喝得有点急，呛了一下，他忍不住咳嗽起来。"克关，不好意思，我酒量有限。以前只会喝点啤酒，白酒没怎么沾过。"韩宇抹了抹嘴角残留的酒液。

"看到你啊，就想起30多年前的我了。"克里木对着壶嘴抿了一口酒，感慨地说："那时候我刚从上海海关学校毕业，像你一样被分到了慕士塔格海关。当时的海关在明铁盖山口，位于中国与巴基斯坦边境附近，海拔5000米，上面没有房子，我们都住在帐篷里。"

"啊，海关人都住在帐篷里，这么原始啊。"

"是啊，那时候的慕士塔格海关是不折不扣的帐篷海关。住帐篷的滋味真不好受，半夜大风刮过来会把帐篷吹倒，睡得好好的，下大雪就把帐篷压垮了，有时候早上醒来，我们的被子和帐篷都冻在了一起。龙吉克你知道吧？前任关长，他比我要早来几年，曾经是我的科长，当年他也是一个小鲜肉，可惜走得太早了……"

"风吹石头跑，氧气吃不饱，终年冰雪盖，四季穿棉袄。"这几句民谣就是高原的写照。一年365天都要生火取暖，冬天高原上常常是零下三四十度的低温，龙吉克带着克里木拉着水车，去几公里外的冰雪融泉刨冰取雪，水花溅到衣裤上，结成了一绺绺冰凌。夏天，他们出去漫山遍野地搜集生活用的燃料，枯草、牛粪都是搜索目标，这是冬季用于烧水、做饭和取暖的重要"能源"。

"这就是我们当时的日常工作，你能想象得出来吗？"克里木目光炯炯地看着小伙子，"我这么一说，你是不是觉得，现在我们要幸福多了？"

韩宇举起酒壶盖，激动地说："您再给我倒一杯，我敬您！"

在另一顶帐篷里，古丽也睁大了眼睛，没有睡着。李菁这个小姑娘很有心，准备了不少暖宝宝，也送了一些给古丽，古丽的心里热乎乎的。看着她睡着时安静无邪的脸，古丽突然很羡慕这个女孩。虽然她平时总是自嘲没人要，但和她相比，自己的个人生活实在是一团糟，整个人如同沉没在深海中，无法畅快呼吸。

来之前，古丽接到母亲的电话，艾尔肯的案子已经审理结束，马上要由法院提起公诉。按照他贪污的数额，很大可能判处3年左右的有期徒刑。母亲在电话里反复告诫她："你也不小了，不能再那么冲动那么幼稚。如果你坚持把小孩生下来，对我们整个家族都是一场灾难。而且，生下来就没有父亲的孩子，一辈子都不会被安拉祝福的！"古丽没有回复母亲，只有保持沉默。

意外终究还是发生了。

五万只羊的出口持续了一个月，慕士塔格海关的关员也在这临时搭建的帐篷里熬过了一个月。白天，他们钻在羊群里查验清点。晚上，回到四面透风的帐篷里清理单证。直到监管最后一批羊出境时，关员们都已经筋疲力尽，体力透支到了极限。

那天下午，天空彤云密布，一场罕见的冰雹伴随着狂风，突如其来地砸向塔合曼牧场。几个牧民气喘吁吁地跑过来，用手拢成喇叭状朝正在牧场上查验的关员喊："快走开，快走开！"可是已经来不及了，乒乓球大小的冰雹如同冰河决堤一般倾泻下来，受到惊吓的羊群骚动起来，它们嚎叫着，开始左突右冲，四下奔跑。古丽正好蹲在羊群中清点数量，猝不及防地被几只高大的公羊踢翻在地。她立刻感到一股热流从体内一波接一波奔涌而出，锥心的痛楚从下腹迅速蔓延。她踉踉跄跄地挣扎着站了起来，看见一旁的李菁用手指着她，惊恐地大叫："血，血，古丽姐你流血了！"

在倒下的那一瞬间，古丽释然地想："好了好了，这下我谁都不欠了。"

飞雪吞没荒草，马蹄踏碎斜阳。天风浩荡走大荒，惊起昆仑雪浪。

脚踏葱岭古道，胸揽汉唐文章。黄沙穿甲又何妨，博个英名还乡！

第十八章

关员们从塔合曼牧场返回后，高昕罕见地发了一通脾气。

他压抑着心中的无名火，脸色铁青，对自己的副手说："克里木同志，作为带队领导，这次发生的事情你要负主要责任！我在出发前是怎么说的，你是怎么答应我的？"

克里木垂下头，绞着自己的双手，后悔不已："对不起高关长，是我没有尽到管理责任，我要是早点预见冰雹就好了，没想到天气变化那么快……"

高昕突然想起了什么，打断了他的话："听说你还带了酒去，这就有点出格了吧。我们的制度规定工作期间不能饮酒，这可是一条铁的纪律。"

克里木连忙矢口否认："关长，我只是晚上喝点酒，主要是为了御寒，我可没在工作时间喝。我在海关干了这么多年，这个规矩我是知道的，我也从来没有因为喝酒误过事。"

"不怕一万，就怕万一！老克，你这个认识有问题。领导干部要以身作则，你成天这样醉醺醺的，怎么带队伍？"

听高昕这么一说，克里木的倔脾气也上来了，他脖子一梗："哎，这话可不是这么说的，我哪有成天醉醺醺，我怎么没有以身作则？"

"我是为你好，你这个毛病不改，以后会犯大错。"

"为我好？谢谢你了，哼！"

对话一时陷入僵局，办公室里的空气像凝固了一样。克里木倏地站起身，拉开办公室的门气呼呼地走出去，差点和站在门口的钟国辉撞到一起。钟国辉在门外已经站了好半天，听到里面两位关领导争执声音挺大，觉得气氛不对，不敢敲门进来。

高昕见到钟国辉，招招手叫他进来。他迅速调整了一下情绪，吩咐了一件事："这次牧场发生的事，涉及古丽同志的个人隐私。我们也不开会说了，你想办法通过合适的方式告诉关里所有同志，要保密，不要搞得沸沸扬扬。"

"这个您放心，大家不会对外面乱说的。"

"古丽这两天还好吗？"

"她昨天出院了，这周调休，在宿舍休息。"

古丽意外流产，是高昕怎么也没有想到的。那天下午，同事们七手八脚把她送到县医院，医生一看这个样子，立刻为她做了引产手术。看到古丽躺在手术台上紧闭着眼，脸色嘴唇煞白，一副生无可恋的样子，李菁吓坏了。她连忙向高昕汇报了关于古丽的一些情况，自己哭得稀里哗啦。高昕十分震惊，他之所以那么生气，其中还含有一丝自责，如果早知道她是这种情况，他当时就应该好好和她谈谈，劝阻她来帕米尔高原。思来想去，高昕决定给罗平安打个电话，请人事处考虑把古丽调回北疆关。谁知道他的电话还没打过去，罗平安的电话来了。

"高昕，你在关里吧，最近那边情况还好吗？"一接通电话，罗平安就急切地问。

"嗯，挺好的，没事。"高昕心里莫名敲起了鼓。

"那就好……是这样的，我听到一些传言，和你有关，我想提醒你注意点。"

罗平安告诉高昕，现在有人在北疆关散播谣言，说他和女关员古丽关系暧昧，女方在北疆关办公室待得好好的，非跟着他"比翼双飞"上高原。更离谱的是，盛传这个大龄未婚女青年居然为他流产了，说得有鼻子有眼。"我知道你不是这种人，不过人言可畏，传开了对你不好。你还在试用期内，少惹麻烦，尽量不要给人口实——那个什么古丽，过段时间我把她调回北疆关。"

高昕惊出一身冷汗。

紧接着，北疆关原来的同事也陆续打电话过来，或直接或含蓄地向他求证传言的真伪。丁志远在电话里大笑，把话筒都震得"嗡嗡"响："哎呀老同学，没想到你也与时俱进，开始有绯闻啦……"当然，所有人最后都表示坚决信任高昕的为人，绝对不信谣不传谣。

他暗地思忖，应该提前和妻子打个招呼，免得她受到传言的影响。梅华没接电话，估计是在上课。他琢磨了一下，发了一条短信，其他话都没说，只写了两句诗："洛阳亲友如相问，一片冰心在玉壶"。

让他头疼的是，古丽居然拒绝调回去，因为她不想面对熟悉的环境。"高关长，能不能让我在慕士塔格海关待下去，我想静一静。"她恳求道。

高昕差点脱口而出"你也要为我的名声考虑考虑"，但看古丽一脸无辜的表情，似乎并不知道这些传言，他硬生生又把这句话咽了下去。他想，这只不过是捕风捉影的谣言，清者自清，如果刻意回避，倒有点此地无银三百两了。

"中学课文里，有鲁迅先生说过的一句话：我向来不惮以最坏的恶意来推测国人。我也这样认为，但我还是有点高估了人性。"高昕苦笑着对我说，"那段日子，是我在慕士塔格海关最低迷的日子。我甚至有点神经过敏，只要看到有人窃窃私语，我都怀疑是不是在说我的事。"

高昕期待很久的财务处调研总算敲定了行程。

办公室接到了北疆关的传真电报，告知他们，严强处长带两个财务处科员明天将到达慕士塔格海关。为了这趟调研，钟国辉做了充分的准备，从撰写汇报材料到安排来宾的住宿就餐，制订了一个详细方案。高昕亲自审核方案，他看得很仔细，指出一些细节要完善，比如严强颈椎不好，枕头要稍微硬一点。严强喜欢吃鱼，让吐尔地去河里抓几条高山冷水鱼来烧。

对汇报材料，钟国辉有点拿不定主意："关长，这个材料里要写几个存在的问题，是不是都要写？另外，对遇到的困难要写到什么程度？"

高昕沉吟了一下说："先不写，我私下沟通。"

按照原定的出发时间，调研组应该在下午两点左右就能到达，高昕早早地就来到院子大门外准备迎接。可是到了点，却不见车子的身影。钟国辉举着手机朝他跑过来，大声喊："关长，关长，不好了！"高昕的心一沉，脑中迅速闪过一个念头，该不会是翻车出事故了吧。

还好，严处长的车没事，只是在路上遇到了泥石流。高昕接过手机"喂喂"了半天，终于在一片嘈杂的人声喇叭声中听到严强焦急的声音："高昕啊，我们现在前后都是车，没法前进，也没法掉头返回。据说是泥石流下来把路冲垮了。路上堵的车有几公里长，这可怎么办啊？"

每年7到9月，是帕米尔高原泥石流高发期。由于雨水比较多，加上气温急剧攀升，加速冰雪融化，很容易引发泥石流。高昕一边安慰他说："你们不要着急，我马上来想办法！"一边转身对钟国辉下指令："国辉，你现在就带一辆车去接严处长他们。你和卡斯木一起去，他熟悉情况没有语言障碍——我们现在只有找塔吉克老乡帮忙了。"钟国辉不敢怠慢，立刻找到卡斯木，两人带着车出发了。

又过了几个小时，在天色刚擦黑的时候，调研组乘坐慕士塔格海关的车抵达门前。一下车，高昕和克里木就迎上去，与严强紧紧地握手拥抱："欢迎欢迎，热烈欢迎，总算等到你们了！"颠簸了一下午又遭遇泥石流，严强看上去还是心有余悸，连声说："好险，好险，真是蜀道难，难于上青天啊！"

大家一起往院子里走，严强问："高昕，你们是不是聘用了塔吉克协管员？"

"没有啊——哦，你是不是说今天去接你们的塔吉克老乡，那就是当地的牧民啊！"高昕笑了。

原来，就在严强一筹莫展的时候，阿布拉提的儿子库尔班带着几个塔吉克男人骑着牦牛，就像是从天而降，来到他们车前。这几个汉子一个个高大强壮，轻轻松松地背起严强他们三个人，跨过泥石流旁边的山坡，又拿着绳子把他们一个个放下去。年轻的会计小金吓得双眼紧闭，攥着绳子在高原上滚了好几下才站住。钟国辉的车子已经在那里等候多时了。

高昕领着调研组在院子里参观。鸽舍、铁皮荷花、水泥仙鹤……一路看过来。还没走到池塘，一群鸭子听到有动静，快乐地扑腾着翅膀，"呱呱呱呱"地叫起来。钟国辉提前开了蔬菜大棚的门，把灯点得亮堂堂的，照着碧绿的菜畦一片生机勃勃。小金眼尖，指着前方欢快地叫着："快看，那是西瓜吗？这么大啊！"在藤蔓上结了两个又圆又大的西瓜，闪着诱人的光泽。高昕咧嘴乐了："嘿嘿，这是我们今年种出来的第一个西瓜，种子是县农科所给的。今晚就是我们的餐后水果！"

　　蔬菜大棚里辟出一小块区域，撑起了一把沙滩伞，伞下摆着一套深褐色的藤制桌椅。高昕特意请严强坐在藤椅上感受一下："严处长，这是我们打造的一个休闲角，可以在这看看书聊聊天，假装在三亚。这里也是我们的一个吸氧区，大棚里的氧气比外面多啊！"

　　严强点点头说："高关长，你挺会捯饬的啊。"

　　走进办公楼，迎面的墙上挂满琳琅满目的照片。"这是我们慕士塔格海关的文化墙，这里有丝路古道人物墙、世界海关徽标墙，还有小院美食图片墙，都是我们关员自己设计的。"高昕介绍说。

　　严强的目光停留在墙上一幅飘逸秀丽的书法作品上，他一个字一个字地念着："把高原踩在脚下，把事业托上蓝天。艰苦只能赢得同情，有为才会得到尊重——这几句话很不错啊，是你的作品？"

　　"这话是我想的，不过这字可不是我写的，我的字登不了大雅之堂，"高昕自豪地说，"这是我们关的门卫写的，你别看这是个小关，真是藏龙卧虎哦。"

"高关长，那是什么地方？"小金指着旁边的一个小门。门是普普通通的白漆木门，关键是也贴着一副手书的长对联，上面写着："进得此门静坐片刻四大皆空无烦恼，离开斯地轻松自在逍遥快活成神仙。"

"哦，那是我们的厕所。"高昕伸手做出一个"请"的姿势，"怎么样，想不想进去参观一下？"

大家都笑了，严强也乐了："好一个逍遥自在快活成神仙，高昕啊，我看你是乐不思蜀了！"

第二天上午，高昕陪着调研组特地去参观国门和慕士塔格海关的旧址。车沿着中巴友谊路，在"之"字形的路上七拐八拐开了几个小时，最后来到了海拔5300米的帕米尔达坂。这里的气温比塔库县至少低了10度，一下车，寒风飕飕刮过来，大家不约而同纷纷喊冷。高昕看严强脸色不太好，嘴唇有点发紫，关切地问："严处，你可能有高反了。要不，你还是上车休息吧。"严强摇了摇头："我主要是颈椎不好，没事。既然都来了，我不能半途而废，走吧。"

从前方的山坳口望过去，就是庄严的国境线。在那里耸立着国门，整个建筑如同古代的宝鼎，显得非常庄严大气，国门上一杆鲜红的国旗迎风飘扬。穿过国门大约30多米，竖立着一座两米高的界碑，上面刻着两个红色大字"中国"，镶嵌着中华人民共和国国徽，在银装素裹的雪山映衬下格外鲜明。大家驻足在界碑前，纷纷拍照留念。

"你们知道这块界碑是怎么建成的吗？"

高昕给客人们说起自己听到的故事。海拔5300米的点位确定后，制式界碑因为太重无法运送上来，边防战士每次巡逻时都在挎包里装上3公斤水泥运到山顶，在垒起的石头上，一点一点制作起了这座界碑。边防战士每一次巡逻到这里，都要用随身携带的红色油漆为国门描红，这已经成了边防站的一个传统。

离开了国门，高昕、克里木带着调研组又来到了水布浪沟的海关旧址。

水布浪沟海拔4800多米，比国门要低一些，这里是慕士塔格海关的前身。水布浪沟这个名字里，又有"水"又有"浪"，听上去还以为是一块水量充沛的湿地，实际上这里只有一望无边的乱石和高耸入云的达坂。当年，龙吉克他们完全是靠自己设计、自己施工盖起了海关办公生活用房。没有砖，关员们自己拉水和泥打土块；没有屋顶，关员们就牵着骆驼、牦牛，徒步100多公里割芦苇。经过三个春秋寒暑，终于在水布浪沟建起了200多平方米的属于海关自己的房屋。尽管这个房子没水没电，但至少可以不用再担心半夜风雪袭击压倒帐篷了。

如今，这里几乎是一片废墟。

十年前慕士塔格海关再次搬迁到塔库县，原地只留下这座简易平房。经过这么多年的风吹日晒，房屋早已风化。屋顶已经坍塌了，只留下4面石墙还顽强地站立着。严强环顾着旧址周围的环境，突然想起了一个和自己工作领域有关的问题："对了，我看这附近也不像有银行的样子，那征收的关税是怎么保管的？"

高昕被问住了，他望向克里木。克里木立刻明白，回答道："那时这里确实没有银行，我们自己开税单，自己收钱，自己兑换外汇，一个星期派人到塔库县的银行送一次钱。当时，一天最多征收人民币五十多万元，美金七八万元。这些几万几十万的现钞，还有一元一元的小面值钞票，都用报纸包着，麻袋装着，全压在枕头下，堆在床底下……"

严强觉得不可思议："什么，税金都压在枕头底下？会不会丢啊？"

克里木信心满满地说："严处你放心，当时我们经手过那么多现金，从来没有少过一分钱！"

高昕陪着调研组边说边绕着旧址转了一圈。山风从空荡荡的梁柱缝隙中穿过，吹动着地上的积雪在半空中飞舞，又纷纷扑簌簌地落下来。突然，高昕看到在一面布满尘土和瓦砾的墙上，依稀可辨用毛笔涂抹出几个歪歪斜斜的字："孤独！寂寞！"凑近一看，旁边还有用铅笔画出的一行浅浅的字：

"妈妈，我想家……"

从字的这个高度来看，应该是靠近床头的地方。

那些字究竟是哪个老海关人留下的，已经无从知晓。唯一可以断定的是，这是在大雪封山与世隔绝的那些日子里，一个年轻人，忍受着无尽的孤独，一笔一画地写下的自己的心声，也刻进了岁月的年轮。

看到墙上的这两行字，大家都沉默了，小金低低地啜泣起来。

雪崩山裂放悲声，冷月惊涛阻归程。

山下亲友如相问，昆仑山中唱大风。

第十九章

　　回到慕士塔格海关，严强赶紧借了件防寒服穿上。他来之前以为7月份是炎炎夏日，高原上不会冷到哪儿去，所以没有带冬季御寒的衣服。结果今天这一趟国门之旅，把他冻得够呛。他一连打了好几个喷嚏，只有裹在厚厚的防寒服里，才感觉暖和一点。

　　等到吃晚饭的时候，严强发现食堂里的关员们都在大厅里，桌上摆了满满一桌子的菜。他皱了皱眉头，小声对高昕说："高关，这可超标了。我们调研要遵守接待规定，吃个工作餐就行了。"

　　高昕说："忘了告诉你了，今天晚上有点特殊，我们有个关员过生日。他是今年才分到这里的新关员，按慕士塔格海关的规矩，在关里的第一个生日，我们要给这位同志庆祝一下。这顿饭啊，我买单。"

　　大家说说笑笑纷纷落座。韩宇被特意安排坐在中间，他很局促不安，几次要站起来换座："别，别，我不能坐这儿。"高昕一把按住他的肩："今天你最大，你别谦虚了。来来来，大家先把杯子都满上，这可是克关长自己的酒啊！"克里木正给身边的严强倒酒，严强赶紧捂住杯子，一再声明自己酒量不行，喝水就好。高昕从他背后绕过来，拿过克里木手中的壶，自己给严强倒了一小杯："老哥，今晚你就喝这么多，我们总量控制。"

"注意注意，蛋糕来咯！"厨师吐尔地小心翼翼地捧着一个盘子走进大厅，一下就吸引了所有人的目光。盘子上是一个巨大的花里胡哨的"蛋糕"，堆满了桃红鹅黄靛蓝深紫的奶油花朵，活像一个打翻了颜料的调色板。"这是我从网上学着做的，第一次尝试，不知道味道怎么样，你们多提意见。"吐尔地在一旁搓着手，很谦虚地说道。大家异口同声赞叹道，没想到啊没想到，吐尔地师傅你居然连西点都会做了，真是厉害了。孙玉圣突然发现一个问题，他指着蛋糕说："哎，这怎么没有蜡烛？你忘记放生日蜡烛了。"吐尔地微微一笑，点上打火机，将火苗凑到插在蛋糕中间的一朵大花上，花瓣"啪嗒"一声全部打开，露出裹在其中的花蕊，花蕊像灯芯一样立刻点燃，跳动起一簇小小的火焰，"祝你生日快乐"的音符飘满整个大厅。这下，所有人都热烈地鼓起了掌，跟着一起唱起《生日快乐歌》。

"快快快，许个愿吧！"李菁一个劲地催促韩宇。

"是啊，快祈祷自己找到一个漂亮的女朋友！""不，还是祈祷早点离开慕士塔格海关吧。"几个同事在一边挤眉弄眼地起哄。

韩宇将十指交叉握在一起，低头闭上了眼睛。

他仿佛看到自己浑身发抖地问高关长："我还能不能回家看到我的妈妈？"卡斯木举着残缺的左手："好在是我的左手，也不影响工作。"克里木抿了一口酒说："你是不是觉得，现在我们要幸福多了？"高昕俯下身子吻着脚下的土地："无限风光在险峰，从今天起，我们就是帕米尔高原的孩子了。"宿舍写字台上的奥特曼对他挥舞着拳头呐喊："直到最后都不放弃，将不可能转化为可能，这就是奥特曼。"关史室里的墙上写着："如果你恨他，让他去高原，因为那里是生命禁区；如果你爱他，也让他去高原，因为那里足以磨炼人生。"

22岁，是一个少年的终点，也是一个成年男人的起点。那一瞬间，韩宇觉得自己的22岁在这片高寒之地萌发出了新的枝芽。

一颗硕大的泪珠从他紧闭的眼角滑落。

高昕察觉到他的异样神情，大声招呼其他人："小韩的愿望也许好了，我们开始吃蛋糕吧，这可是大厨的处女作啊！吐尔地，蛋糕你已经攻克下来了，下一步要试着开发一下必胜客的比萨啊，哈哈！"

生日宴会进入了高潮。关员们一首接一首开始歌曲大联唱。也不知道是谁提议，大家都接力赛一样唱起自己家乡的歌谣。这边唱起："人说山西好风光，地肥水美五谷香，左手一指太行山，右手一指是吕梁。"那边来一段："跑马溜溜的山上，一朵溜溜的云呦，端端正正地照在，康定溜溜的城呦。"轮到孙玉圣，他憋了半天憋得脸通红，愣是想不起来唱啥。大家取笑他："你看你，都忘了自己是哪里人了？"他一着急，突然扯着嗓子唱起了京剧《沙家浜》选段："想当初，老子的队伍才开张，总共才有十几个人七八条枪，遇皇军追得我晕头转向——哎你们别笑，我妈老家就在江苏常熟沙家浜！"

高昕端起自己的杯子对严强真诚表示："老哥，你这次来我特别高兴，你是第一个到山上来看我的总关领导——我干了，你随意！"

严强小心地喝了面前的半杯酒："高昕，你当时要到这里来，还真要下大决心，关里的同志们都说看不懂，不就是一个副处级干部吗……"

"看不懂？"高昕狡黠地笑，"实不相瞒，我的想法很单纯，老哥你应该理解我。"然后，他凑到严强的耳边，半开玩笑半认真地说道："我啊就是想，当了处长以后，出差坐飞机可以报销机票，这火车坐得我实在没招了，哈哈！"

严强被他逗笑了："你这个家伙，没个正形……"

"严处长，你知道吗，我来了以后发现这里有个奇怪的现象，"高昕忽然收住笑容，变得一本正经，"我把它称为'三高'现象。"

"三高，哪三高？"

高昕没接他的话茬，而是站起身，拍拍手，示意大家安静下来："都别闹了，听我说，"他停顿了一会儿，环顾了一下大厅里的人，然后大声说，"下面，没孩子的同志请举手！"

立刻有七八个人举起了手。高昕点了点人数，回过头对严强说："除了小韩、小李这些年轻人，我们这还有不少结婚好多年没孩子的，吃药打针都试过，还是怀不上。"严强若有所思地点着头。

"好，把手放下。下面，离过婚的同志请举手！"高昕数了数，又是七八个人。其中最搞笑的是孙玉圣，他高高地举起双手，嘴里还说："关长，我就两只手，举不过来了。"大家一阵哄笑。

高昕也笑了："孙玉圣，你是特殊情况，可以把脚算上——好，下面，有高血压、心室肥大、肺气肿的同志请举手！"

这下，在场的关员"呼啦啦"几乎全都举起了手，密密麻麻得像一片森林。"老哥，这就是我说的慕士塔格海关的'三高'——无孩率高、离婚率高、得高原病的比例高。"高昕嗓子眼里像塞了一团棉花，声音也变得哽咽了。克里木见气氛有点低沉，忙打趣道："这不，高关长来了，我们三高多了一高，变四高了！"

严强二话不说，拿过一个玻璃杯子，"咣咣咣"倒了满满一杯酒，站起来说："大家辛苦了，我用这一杯酒，向战斗在帕米尔高原上的'高人'们致敬！"话音未落，他就一饮而尽，顺势悄悄抹去眼中噙着的泪花。

在一片叫好声中，几名塔吉克关员离席跳起富有民族特色的鹰舞，旁边的人找来手鼓为他们打拍子。男子一只手臂在胸前高举，一只手臂在身后低垂，双肩耸动，步法矫健舒展。女子双手高举，随着鼓点旋转，动作轻盈柔和。他们翩翩起舞的动作，像雄鹰盘旋在雪山之巅，时而搏击长空，时而又俯冲山谷，高潮迭起，让人迷醉。不少关员也情绪高涨，情不自禁地加入到舞蹈的行列。在高昕的盛情邀请下，严强也站起来和大家一起跳。他开始还有点拘谨，渐渐地被其乐融融的欢乐气氛所感染，放下了身段，跳得像模像样。他一边跳，一边喘着气对高昕说："你们关的氛围实在是太好了，把我这个舞盲也'拉下水'了，这可是我第一次跳舞，还是在3000多米的高原上！"

欢宴一直持续到午夜。鉴于第二天要上班，高昕果断宣布结束。他回到房间，换下了被汗浸湿的衣服，胡乱地擦了一把身子，像散了架一样倒在床上。今天晚上又是唱又是跳，他显得很亢奋，其实是想借这个场合释放一下这几天郁闷的情绪。

他习惯性地拿起手机一条条翻看，什么也没有，来电和短信都没有妻子的记录。前两天给梅华发的那条短信，像石沉大海一样没有回应。他开始担心，梅华会不会被这传言所影响。如果现在是在家里，他很有自信，梅华一定会对这种流言蜚语不屑一顾。可是隔了这么远的距离，让两个人的沟通变得很困难。到底会出现什么结果，他确实一点把握都没有。

故人西行走大荒，边关屋漏志未老。

大棚种羊博一笑，梦醒已过八里桥。

第二十章

第二天早晨，严强没有按时吃早饭，这是一件很不寻常的事情。他是那种典型的财务工作者，做事有板有眼，作息特别规律，动不动就拿制度来说事，迟到早退这种事绝不可能发生在他身上。

高昕在食堂里嚼着馕，心里越想越不对劲，昨晚生日宴上严强喝了不少酒，已经超出他平时的酒量，毕竟也是50多岁的人了。他放下馕，叫钟国辉到严强住的房间敲门，提醒他起床吃早饭。过了一会儿，他接到钟国辉打来的电话："严处长病了！"

令人担心的事还是发生了。

严强病倒了。他躺在床上，脸色发白，嘴唇发紫，整个人显得特别虚弱无力，这是典型的高原病的症状。高昕一下就慌神了，他努力保持镇定，先叫人拿来吸氧包让严强吸氧缓解一下，然后让办公室准备车子，把他送到塔库县医院。但是，严强压根就站不起来，想把他从床上扶起身，他瘫软如泥，头一歪吐了一大摊东西。克里木摇摇头说这样不行，还是得找县医院的医生上门来看。等到医生火速赶到时，严强已经口吐白沫，浑身抽搐，情况相当危险。医生当场给他测了心跳和血压，然后神情严肃告诉高昕他们："病人的情况不好，生命指征微弱，可能有脑水肿——你们要做好思想准备。"

众人如同五雷轰顶，都吓傻了。高昕绝望地想，这下完了，财务处长要是倒在我这里，我怎么向郑关长交代。"大夫，你一定要想想办法，拜托了！"他向医生恳求道。

"他还有基础病，颈椎有问题，影响供血。这个并发症是最棘手的，我们只能尽力了。"医生无奈地说。

突然，躺在床上的严强睁开了眼，他颤巍巍地举起手，向高昕招了招。高昕走过去蹲下来，他贴着高昕的耳朵说："你让其他人都出去，我有话和你说。"高昕点了点头，用眼神示意大家都先出去。

"高昕，我要交代你一个事。"严强从枕头底下摸出来一个信封。"如果我挺不过去了，拜托你两件事，一是把这个信封袋子交给我老婆，这个袋子里有我的银行卡，还有密码，我写在纸上了，第二个就是在帕米尔高原给我找个地方，把我就埋在这里吧。"

高昕又急又心酸："哎呀，老哥啊，你千万不要这么说，不至于到这个地步，你会好起来的。"

走出房间，钟国辉迎上来焦急地询问。听完高昕的转述，他急得几乎要哭出来了："关长，这怎么办，严处长要是真有事的话，我就辞职了！"

"冷静点，如果出了事，第一个辞职的人是我！"高昕定定神，吩咐钟国辉做两手准备，一方面还是要送严强下山，到喀什医院去救治，那边医院条件好。但是这个得等他情况稳定一下再动身。另外要做最坏的打算……去找一块墓地，准备处理后事。

高昕面色凝重地说："这件事要怪就都怪我，我是一把手，要负主要责任。郑关长那边我去汇报，到时候卷铺盖走人的也是我，和你们没关系。"

整整折腾了一天，严强吃了医生带来的药之后，情况稍微稳定了。第二天一早，大家用担架把他抬上车，风驰电掣赶往喀什。医院一看，二话不说就把他送进了高压氧舱。说也奇怪，不知道是平原海拔低，还是高压氧舱发挥奇效。一到喀什，严强就好转了很多。他前前后后在氧舱里治疗了五天，总算抢救过来了，高昕心里的一块石头也落了地。

一周后，高昕专程下山去看他。严强靠在床头，脸色已经恢复正常。他拉着高昕的手，感激地说："这次多亏了你，不然我就永远留在帕米尔高原上了。"

"你看，我不是说了吗，你不会有事的。先别着急出院，把身体养好再说。"

"好，听你安排，"严强忽然凑近来，小声说："对了，你把我给你的信封袋还给我，你带来了吗？"

高昕笑了，从兜里掏出了那个信封递给他："这么重要的东西我能忘了吗？你看，这信封的口子我都没拆开，密码什么的，我可都不知道哦！"

严强面露羞赧之色："谢谢你……不过，千万不要告诉我老婆。"

高昕忍着笑说："我懂，老哥。我才不会说呢，这里面一定都是你的私房钱，哪敢让嫂子知道。"

这次接待如同坐过山车，虽然过程惊险刺激，好在结果平稳安全。更重要的是，严强对慕士塔格海关有了深刻印象。临走前，他紧紧握着高昕的手，坦诚地说："过去，我对你们关有一些认识误区。我觉得你们没什么业务量，花钱却不少，整天要钱。这次我体会到了你们工作和生活的难处，在真正的生死考验面前，一切都轻若鸿毛！"

调研结束后不久，严强将整个调研情况和对慕士塔格海关后勤保障的建议举措，一并提交给北疆关关领导，很快，长期困扰慕士塔格海关的几个难题都得到了妥善解决。大棚建设资金、柴油费、弥散式制氧设备购置……接到经费下拨文件的那些天，钟国辉的嘴巴都乐得合不拢。他发现，办公室主任这么当才硬气。

他由衷地佩服高关长："关长，您真厉害，这次的事情办得太完美了，把我们的老大难问题都解决了，真要好好向您学习！"

高昕笑了笑说："每个人考虑问题总是从自己的角度出发。财务处严格把关也没错，大家将心比心，理解万岁嘛。"

钟国辉连声称是。

"对了，这次经费下来之后，我还想为牧民们做几件事。"

"您说什么事，我们去落实。"

从达尔齐曼村回来后，高昕一直在考虑为村民做点实事。夏娜的父亲告诉他，这里的农牧民世世代代饮用"涝坝水"，人畜共用，水质很差，严重影响着他们的生产生活。"你见过那双打馕的手吗？"高昕向钟国辉讲起夏娜母亲用一双黧黑的手为他们做馕的情景，"你知道吗，夏娜一家平时用的水，得从5公里外的地方背回来。因为缺水，他们村子的卫生状况实在堪忧。"

还有，村里附近没有学校，孩子们只能用骆驼和马作为交通工具，翻山越岭去离家100多公里的县城上学。像夏娜的弟弟迪卡，因为残疾行动不便，只能辍学在家。

"塔吉克人非常善良，重情重义。每次我们海关有需要，他们都给予我们很大支持，你看这次如果没有他们的援手，严处长就被泥石流困在路上了。"

钟国辉点点头，他也和高昕说了一件事。慕士塔格海关今年趁着建蔬菜大棚，除了养鸡养鸭之外，还养了一群羊。可是没有足够的草料喂养，偶然发现进出境货车运输过程中散落在路边的松子，就把羊放到那边去吃。当地的塔吉克装卸工看到这个情况，在扛麻袋的时候就有意地把麻袋扒开个口子，让松子撒落在地上，这样可以让海关的羊吃得饱一点，长得肥一点，着实让人感动。

"关长，您放心，这两件事交给我们去办吧。"

"好。这两件事不要着急，该怎么办要做好论证。上面的经费既然拨下来了，你们先把盖大棚欠的钱给人家，另外，买制氧机请克里木副关长牵头，要多方比较，选质量最好效果最佳的，要把好事办好。"高昕叮嘱道。

钟国辉转身要走，高昕忽然想起了什么，纳闷地问他："对了，有件事我没闹明白。这次严处长他们来，我们养的那群鸭子怎么叫得那么欢，平时好像没听到它们叫唤啊。"

"呵呵，您可能不知道。在他们来之前，我们已经饿了那群鸭子一个星期了，"钟国辉狡黠地笑笑说，"就想让财务处长感受一下，我们慕士塔格海关的热情！"

高昕又好气又好笑："如果下次郑关长来，你们最好提前一个月不要喂食，让他感受一下我们的冲天热情！"

高原寻梦，云飞涛。驾长风，再闯天际。一勾新月，几载浪迹。品红关美，红关醉，红关痴。

笑傲群山，西天逐日。挚友情，寒夜常忆。墨舞芳菲，灞柳拂堤，悟昆仑情，昆仑韵，昆仑思。

第二十一章

离本次轮休下山的日子越来越近了，这些天大家的心情都特别好，除了古丽。

那天，她躺在医院给母亲打了电话，简单地告诉她，自己流产了。电话里听到母亲很明显地松了一口气，语气也轻快了许多："我的小公主，这样也好，别太在意，长痛不如短痛啊！"。母亲又说准备马上来塔库县看看她，古丽拒绝了："您还是不要来了，现在路上泥石流多得很，不安全。有同事陪我，没事的。"放下电话，她自嘲地笑笑，和自己的感受相比，母亲更看重的还是她们的面子。

目前这个阶段，她不愿意回北疆，不想回到原来的生活圈子里，所以她也没有答应高昕。直到某一天，自己原来所在部门的一个小姐妹突然联系她，然后吞吞吐吐地复述了一遍有关她和高昕的流言，她这才发现事情并没有想象中那么简单。

夜里睡觉的时候，她会突然惊醒，然后捂着枕头无声地哭泣。她整个人迅速消瘦下去，颧骨高耸，眼窝深陷。除了办公室和宿舍，她哪儿也不去，连吃饭也是自己拿饭盒打好了，带到宿舍里一个人吃。有时，在走廊或院子里看到高关长迎面走来，她会紧急转换路线躲开。就连韩宇过生日那天，李菁来喊她参加，她也以身体不舒服为由婉拒，早早躺到床上。她越来越害怕出现在人多的场合。"难道我抑郁了？"古丽忐忑不安地想。

古丽的郁郁寡欢引起了大家的注意，大厨吐尔地尤其敏感。他发现古丽到食堂的次数明显减少，有时甚至不吃晚饭。他不清楚到底发生了什么事，以为是吃不惯自己做的饭菜。他也曾拽住李菁问古丽不开心的原因，问了半天也没问出所以然。想来想去，他笃定这个维吾尔族女孩就是想家了。

一次，有个牧民来关里办事，把自己的小毛驴拴在院子里。临近中午，毛驴大概是饿了，四处张望，不时仰起脖子鸣叫。吐尔地看到古丽从办公室那边匆匆走来，赶紧叫住她，指着那头毛驴说："古丽姑娘，你别看这头小毛驴寂寞得很，其实它可以听懂人话，能回答问题呢！"

古丽脸上露出狐疑的神情。"太荒诞了吧，你是吐尔地，又不是阿凡提，我也不是小孩子。"

吐尔地不急不躁，笑眯眯地说："你应该相信我，我家以前就养过小毛驴。你不是总担心自己会得高原病吗？我来问问这头小毛驴，你会不会得高原病？"说完，他走到小毛驴身边，扯起小毛驴的长耳朵，嘀嘀咕咕说了一大堆话，像是在念咒语。小毛驴突然摇起头来，没有停下来的意思。

吐尔地哈哈大笑，回头对古丽说："你看，小毛驴一直在摇头。放心吧，你的身体永远不会有问题！"

古丽这次是真的惊讶了。她看了看吐尔地，学着他的样子，蹑手蹑脚靠近小毛驴的耳朵边，大声问："我会得高原病吗？"小毛驴却瞪着铜铃样的大眼睛，无动于衷地看着她。古丽觉得自己像个傻瓜，她摇摇头打算离开，被吐尔地拉住了。

吐尔地一本正经地说："这是塔吉克人的小毛驴，它听不懂你说的话，我把你的话翻译成塔吉克语才行。"果然，吐尔地凑到毛驴耳朵上，将刚才的问题翻译成塔吉克语又问了一遍，小毛驴又是一阵拼命摇头。

古丽忍不住扑哧一声笑了，心情似乎一下好了许多。

后来古丽从别人那里知道了其中的奥秘。原来那天，吐尔地趁古丽不注意，一边说话，一边向小毛驴的耳朵里吐口水。小毛驴觉得耳朵痒，当然会拼命摇头。

除了大厨，将古丽情绪比较消沉看在眼里的还有高昕。他想来想去，决定给她布置一点事情，转移她的注意力。于是，他交给了古丽一项特别任务——组建慕士塔格海关舞蹈队。

"古丽，上次韩宇生日宴会你没有来真可惜，那天可热闹了，大家又是唱又是跳。当时我就有一个念头，我们关为什么不组织一个舞蹈队呢？你看，关里的同志有的是维吾尔族的、有的是塔吉克族的，还有的是柯尔克孜族的，都能歌善舞，有这个基础。"高昕越说越激动，"这在整个北疆关还是第一个，既能丰富大家的业余生活，又能展示我们慕士塔格海关人的风采，咱们要打出个品牌来。"

"高关，你看我行吗？"古丽不是很自信。

"怎么不行，你的能力我知道，我看好你！"高昕坚定表示。

"那……咱们这个舞蹈队叫什么名字呢？"

高昕想了想说："要不就叫'7546'舞蹈队吧，这是慕士塔格峰的海拔高度，也是我们这个帕米尔高原舞蹈队追求的目标！"

冰峰作笔山为砚，雪原铺纸云泼墨。

半缕青丝托鸿雁，一阕大风报平安。

第二十二章

下山轮休前，虞浩找科长卡斯木批假，这次下山他要完成人生中的一件大事：结婚。卡斯木只瞟了一眼他的请假单，顺手就给他签了，同时戏谑地问他："这次你们是来真的吗？"

虞浩尴尬地笑笑："是，是真的。"

虞浩的婚礼，在慕士塔格海关已经成了好事多磨的代名词。类似的请假单他已经提交过两次了，前两次都作废了。也就是说，他筹备了两次有始无终的婚礼。事不过三，这次必须要修成正果，虞浩很不甘心。

虞浩是在单身30年之后，才遇到了现在的未婚妻桑露。之前，他的情感道路可以说是一波三折。虞浩的个性憨厚纯良，或许是在高原待的时间久了，他不太懂得与女孩的相处之道。比如女孩在商场专柜前问你："这两件我穿哪件好看一点？"这可不是让你帮她作出选择，她真正的意思是这两件她都很喜欢无法割舍，必须都拿下，而虞浩非常认真地思索之后回答："我觉得都一般。"到了吃饭时间，女孩说随便吧，她的意思并不是真的随便吃点，是希望你明白她的喜好并准确提出建议，而虞浩果然就老老实实地带她去吃自己想吃的烧烤，女孩勉为其难吃了一串羊腰子，就放下筷子说："不好意思，我已经饱了。"虞浩说："那可不能浪费，咱打包回去吃。"他忙着叫店家拿打包盒，一转身发现对面的座位已经空了。

介绍人气得把他好一顿数落："人家女孩说你既小气抠门又大男子主义，像你这样怎么找得到老婆？"

第一个进行到谈婚论嫁阶段的女孩在银行工作，比虞浩大两岁，很善解人意，也挺会照顾人，各方面条件都不错。从一开始她就表现出非常强烈的结婚欲，刚见面没几次就和虞浩讨论起结婚的事情，要在哪个酒店办婚宴，要拍什么样风格的婚纱照，要把婚房放在什么学区，她安排得明明白白。"我们都不算小了，我不想再浪费时间和精力，如果你觉得合适，我们就结婚，不行的话，那就再见。"她直截了当地说。虞浩很诧异，但是也没往其他地方想。反正恋爱最后的目的都是结婚，结果比过程更重要，而且有人操心这些烦琐杂事，不是挺好的吗？他乐呵呵地通知了所有同事和朋友。然而当他们准备去民政局领证的那天，女孩突然打来电话，说自己不想去了。虞浩又惊又怒，追问之下才知道，原来女孩的前任留学结束回国，又来找她，两人旧情重燃。更可怕的是，她在和虞浩交往的时候，还对前任念念不忘。女孩在电话里痛哭流涕，对虞浩说非常抱歉，自己之所以想那么快结婚，就是想赶紧忘掉前任开始新的生活，但终究还是骗不了自己。虞浩恍然大悟，原来自己只是个备胎，差点还成了婚姻里的替身。他长叹一声，狠狠地捶了自己一拳。

第二个想要结婚的对象是一个护士，长得娇俏可爱，特别能激发男人的保护欲。她在家里排行最小，很得父母的宠爱，凡事都听父母的，自己没什么主见。虞浩比她大6岁，和她在一起没有什么压力。护士女友很喜欢虞浩的魁梧身材，喜欢虞浩穿制服的样子，说让自己很有安全感。这一次，虞浩非常渴望把婚事定下来。女友告诉了自己的父母，两位老人决定要考察一下未来女婿工作的地方。他们来的前一天，虞浩紧张得几乎整晚没睡。第二天，女友一家开着车沿着喀喇昆仑公路上了高原。不料刚过了盖孜边检站就遇到了泥石流，滚滚而来的泥石流把道路瞬间封死，也把他们一家人给吓坏了。女友和家人最后折腾了半天，还是决定原路下山。之后，老人就托介绍人捎话过来："小虞的工作环境太差了，有生命危险。如果不能调换单位的话，这门亲事就算了吧。"老人强调，我们女儿还年轻，是家里的掌上明珠，从小到大没吃过苦，承担不了这么大的风险。虞浩问女友："你怎么想？"护士为难地说："我爸妈说得对啊，你就不能为我考虑考虑吗？"

有段时间，虞浩非常消沉。他想干脆打光棍算了，一个人过也好，他已经被感情的事伤得千疮百孔。直到他遇到桑露，这个充满活力的女人像一束阳光照亮了他的人生。桑露在北疆市经营一家花店，有一阵子，虞浩经常到她的店里来买花，一来二去成了熟客。让桑露诧异的是，虞浩每次来买的花都不一样。比如这段时间买的是粉色蝴蝶兰，过段时间又改成了紫色郁金香，再过一段时间，他问桑露有没有办法弄到白色的鸢尾花。桑露好奇地问他为什么变来变去，虞浩害羞地说："都是女朋友指定的。"

"你的女朋友也太善变了吧。"

"嘿嘿，她们喜好不一样。"

"没看出来你还挺抢手的。"桑露忍不住调侃道。

"我马上就要结婚了，到时候可能还需要更多的鸢尾花。"

可以看出，幸福都要溢出他的脸庞了。

因为要鸢尾花的人不多，店里也没有多备货。于是隔天她就有意进了很多鸢尾花，结果虞浩再也没来过店里。这家伙怎么了，八成又换了一个女朋友吧，桑露一边给花喷水一边漫无边际地猜想。他们再次相遇是在半年后，那天桑露很不顺，早上房东通知她，租赁合同到期之后店铺的租金要涨，涨的幅度还不小。下午店里又来了一拨难缠的女顾客，先是用了差不多半个小时的时间，挑挑拣拣选了各种花做捧花，然后又嫌搭配不好看，包装纸不高档，叽叽喳喳地说了一大通，话里话外的意思就是这个捧花的价格太贵了。桑露不想再做这单生意，解开包装纸，重新把花一枝枝插回到花桶中。其中一个中年女人突然发飙，夺过花束就往地上扔。桑露上前阻拦，两个人扭打起来，中年女人揪着桑露的头发一推，桑露的身体碰翻了置物架，一排大大小小的花盆容器叮叮当当掉落下来，花土、营养液和花草撒落一地，店里一片狼藉。

虞浩走进店里看到的就是这样一幅场景，桑露正蹲在地上，一边流泪，一边收拾着乱糟糟的花盆花草。见到虞浩进来，桑露赶紧别过脸，用袖子擦掉脸上的泪痕，低声说："不好意思，今天店里出了点事，搞得这么狼狈——你是来买花吗？"

"哦，我是来买康乃馨的，"虞浩说，"我妈明天过生日。"

桑露飞快地包好了一束康乃馨递给他，声明不要钱。虞浩不肯，坚持要付钱。桑露嗔怪道："好了好了，别推来推去的。你要是过意不去，就帮我搭把手。"虞浩二话不说，立刻卷起袖子，和她一起收拾起来。桑露装作不经意地悄声问："对了，那天你说要鸢尾花，我进了不少，你还需要吗？"

"不需要了。"虞浩的眼神变得黯淡下来。"呵呵，结婚没戏了，她嫌弃我。"

"怎么会呢，你在海关工作，多体面啊！"

"我工作的海关可不在海边，是在山上，在海拔3000多米的帕米尔高原上。"

"那你们在那么高的地方干吗？"桑露很好奇，这已经超出了她对海关的认知。在她看来，海关关员是和外国人打交道的公务员，一身制服很神气，待遇也一定很好。"听说你们的工资是按美元发的？"

虞浩一愣，然后哈哈大笑："桑老板，你这是从哪听来的传闻，真离谱——当然，可能是我们平时太低调，很少宣传自己，大家都不了解我们的工作。"

花店打烊了，桑露邀请虞浩留下来，在店里吃点东西，虞浩愉快地接受了邀请。后来他总是开桑露的玩笑："那天是你别有用心，对我有所企图。"桑露抿着嘴笑道："你想得美，我是打算向你推销卖不掉的鸢尾花。"

店里的白色羽毛灯光晕柔和地洒下来，两人被一束束深蓝色和浅紫色鸢尾花包围着，空气中暗香浮动，有一丝丝的甜蜜。那天基本上是虞浩在说。桑露静静听他说着关于慕士塔格海关的事，一边用自己收藏的镶金边景泰蓝酒杯，斟上自己酿的青稞酒递给他。

虞浩发现自己也挺能说的，没那么笨嘴拙舌。他用自己所能想到的美好词汇，绘声绘色地讲述那个"半亩江南"的海关院子，院子里的铁皮荷花和水泥仙鹤，每天早晨都"咕咕咕"唱歌的鸽子们，关员们每个人都领养了一块"私人农场"。说起自己上山后的第一天晚上，睡着后就流鼻血，当时还以为自己要死了，吓得半夜哇哇大叫。说到山上气压低，煮面条都要用高压锅来煮，厨师第一次用高压锅没有经验，面条漂浮起来堵住了排气阀，结果高压锅爆炸了，面条飞上了天花板，厨房里像爆发了一场小型战争。说到冬季值班的时候，关里的小司机看着电视里的印度歌舞片，里面跳舞的美女曼妙多姿，他不由自主整个人慢慢凑到电视机屏幕前，想去亲吻屏幕。"他那个怂样，简直太好玩了，当时我们好几个人还在旁边打牌，都笑疯了。"说完，虞浩自己忍不住先乐了，却发现桑露双手托着腮帮，听得入了神，眼眶中似乎有晶莹的泪珠在打转。

"你怎么了？"

"不知道，就是觉得心疼。"

"不好意思，我今天的话太多了。"

"没事，我爱听……如果有机会，能带我去你们那看看吗？"

"行啊！"

一激动，虞浩握住了桑露的手。桑露试图把手抽回去，但没有成功。她感受着虞浩粗糙的掌心传递过来的温度，像被炽热阳光晒得滚烫的沙砾，暖暖的。虽然她没喝酒，但那一刻还是有点眩晕。上一次握住自己的手的成年男人，还是自己的父亲。那年患肝癌的父亲已经到了弥留之际，躺在病床上，紧紧地拉着小桑露的手不放开，好像有千言万语，却一个字也说不出来，握着桑露的手越来越冷。父亲走了以后，她们家就剩下三个女人，失去儿子的奶奶，失去丈夫的母亲，还有一个失去父亲的桑露。"你知道吗，我们家可好玩了，三个女人一台戏，我奶奶是那种事事精细要求很高的老太太，我妈偏偏是粗枝大叶型的女人，两个人经常为一些小事闹别扭，最后都需要我来调解。最后我想了一个招，都给我领着去跳广场舞了。"桑露得意地说，"现在她们每天的交流内容，就是相互切磋舞技，互帮互学互相打气，变得可励志了，哈哈。"

桑露告诉他，在刚开始开花店的时候，她没有经验，被人骗走了一万块钱的货款，口袋里就剩下几百块钱，她心里很惶恐无助，但她没有和妈妈奶奶说过。她的解压方式就是去夜跑，去戈壁大学的操场跑个十圈八圈。

"那么晚，你一个人跑步不害怕？"

"才不会呢，戈大晚上有很多大学生在跑跑跳跳，还有踢球的，整个操场很热闹，"桑露笑着说，"和他们在一起，我感觉心情也好了很多。对了，还有男生以为我也是同校的，凑上来一个劲献殷勤。看来，我在大学校园还有广阔的市场。"

桑露捂着嘴，乐得眼睛眯成了月牙儿。

虞浩感觉桑露的身上有一种特质深深地吸引住了他。她前一秒钟的悲伤和愤懑，很快就变成水汽蒸发了，带着泪痕的脸依旧鲜亮明艳，黑得透亮的眸子里也没有蒙上一丝忧郁的雾霾，仿佛她的字典里从来没有"含辛茹苦"这几个字。与她在一起，灵魂像洗了一个热水澡那么通透舒畅。

这一次，他觉得自己真的遇到了爱情。

很快，虞浩轮休结束回到慕士塔格海关，两个人一个在山上，一个在山下，隔着3000多米的落差谈起了恋爱。这段恋爱被桑露称为"山地恋"。

她发短信叮嘱他："好好保护自己，少抽点烟，喝酒也要适量。"有时候，傻傻地问："山中一日，世上千年，回来后你会不会不认识我了？我会变成一个老太婆的。"有时候又会突发奇想："要不，我把花店关了吧。我想上山，在慕士塔格海关对面租个房子，我来帮你们关里养花种菜，是不是挺好的？"更多的时候，她像一个揪着七色花瓣的小女孩，对着心中的神许愿："让浩子先生早点回到我身边，我要和他红尘做伴策马奔腾，共享人世繁华。"

"浩子，你想我吗？我想你，真的。"

山上的网络信号不是很好，经常一连好几天收不到桑露的短信。有时候甚至两人打着打着电话，突然电话里就没声音了。一听到手机异常，虞浩就赶紧冲出屋子，朝海关院子后面的山坡跑。他一边"吭哧吭哧"地爬坡，一边持续不断地大喊："喂——喂——喂，别挂啊露露，别挂啊，我这边信号快满格了……"。站在光秃秃的山坡上，他累得弯下腰直喘粗气。孙玉圣和几个男关员也跟着虞浩跑出来，他们将双手握成传声筒，放到嘴边一起大叫："浩子，把胳膊举起来，把胳膊举起来！"

虞浩老老实实地举起另一只胳膊，整个人笔直地竖立在坡上，看上去像一个大号避雷针。"怎么样？露露你听到我的声音了吗？"虞浩急切地说，"我架上天线了！"

"架什么天线？"桑露疑惑地问。

"嘿嘿，我这左边胳膊举着呢，举得高高的，"虞浩有点得意，"怎么样，听声音更清楚了吧？"

过了好半天，桑露才明白过来是怎么回事，笑得前仰后合："你呀，这么傻……"心里却是甜丝丝的。

桑露的梦想是有一个属于自己的浪漫婚礼。

由于开花店的缘故，经常为新人的婚礼提供鲜花服务，她参加过很多婚礼。让她印象最深的是，有一次她带着虞浩一起参加闺蜜的婚礼。整个婚礼现场布置成阿拉伯风情的宫殿，中间搭起一座洁白的帐篷，新娘藏身其中。主持人念完开场词，站在舞台上的新郎手一挥，一顶轻盈的婚纱如同离弦的箭一样从舞台飞向新娘，然后在一个精准的位置翩然落下，瞬间将新娘整个裹住，这时大厅里回响起张信哲的清亮歌声："拨开天空的乌云，像蓝丝绒一样美丽，我为你翻山越岭，却无心看风景……爱就一个字，我只说一次，任时光飞逝，搜索你的影子，让你幸福我愿意试……"目睹此情此景，台下的桑露和台上的新娘几乎同时热泪盈眶。

虞浩胸脯一拍，自信地说："包在我身上，我要给你一个比这个还梦幻的婚礼。"

桑露举起小拇指要和他拉钩："你说话一定要算话哦！"

葱岭天外，春似锦，多少知音如幻。

此去经年，望君安，曾是握瑜怀瑾。

薰笼玉枕，昨日一梦，灞桥凭栏问，长空归雁，犹忆华发苍颜？！

第二十三章

虞浩热恋的消息很快就传遍了全关。作为婚姻经验丰富的老同志，孙玉圣觉得自己很有必要指点一下虞浩。算上孙玉圣现在的这个老婆，他是第3次结婚了。用他的话来说，第一次的婚姻失败完全是因为"初恋时的我们不懂爱情"，他和首任妻子是青梅竹马的高中同学，因为彼此熟悉而走到一起，又因为其实还没真正熟悉而分开，成了最熟悉的陌生人。第二任是慕士塔格海关曾经的"一枝花"，成为双职工其实风险很大，上班下班都在一起，特别容易审美疲劳，好的时候总想着避嫌，一旦分开就连同事也做不成了。"一枝花"没能和他走到最后，后来干脆辞职离开了海关。没多久，孙玉圣马不停蹄地又结婚了，这次是一段传奇的网恋。对方比他小10岁，是个貌美如花的音乐老师。认识他之后，从四川千里迢迢来到新疆，在喀什找了份工作留了下来。所有人都惊呼，这才是真爱。孙玉圣很自豪，觉得自己已然成了榜样，所以他觉得虞浩应该要听听他这个"过来人"的金玉良言。

"小虞，你们两个谈多久了？"

"时间不长，也才一年工夫。"

"什么叫'才'一年，这么长时间还没谈好？你可真沉得住气。"孙玉圣一脸不可思议的样子。

"我是打算等条件成熟再考虑……到明年结婚吧，我的新房还没装好。"

"按照塔吉克人的习俗，你们最好在秋天成家。今年秋天举行婚礼最合适！"孙玉圣说，"你听我的，秋天办婚礼。冬天嘛，那是'造人'的时候。你们两个都不小了，要抓紧生，不然就来不及了。"

虞浩脸一红："师傅，我还没想那么远，想过几年二人世界再要孩子。"

孙玉圣一反常态正色道："我可没和你开玩笑。告诉你，男人在山上待久了，长期缺氧，你那玩意就会越来越不好用，娃也不好生了。你看看我，就是最现实的例子。"

"师傅，你……"虞浩想起来，孙玉圣虽然结了这么多次婚，可到现在还没有孩子。他心中陡然产生了"时不我待"的紧迫感，和桑露商量着立刻筹办婚事。可是说也奇怪，自打他们确定了婚期之后，就发生了一连串的事情，婚礼请柬上的日期改了又改。先是塔库县有五万头羊要出口，海关监管工作量太大，关里的人基本都上阵，虞浩也被抽调到工作组里，前后忙活了1个月。

"亲爱的，等我一个月，就一个月。"

"嗯，你先忙你的，我来和酒店说吧。"

谁知道刚刚结束监管任务，这边又接到缉私情报，有人利用深夜运送走私猎隼。虞浩赶紧又和桑露商量把婚期往后推。

"那这次定在什么时候呢？"桑露问他。

虞浩犹豫了一下说："这个难讲了，不一定……这样吧，你先和酒店那边说，推迟半个月。"

孙玉圣带着虞浩在孔道边埋伏了一个星期，白天趴在地沟里，紧张地注视着进入监控区的每个人每辆车，晚上寒风凛冽，两个人轮流在执法车上打开发动机取暖。一旦发现远处有车辆灯光，就赶紧熄火重新埋伏。最后在第七天夜里截住了一辆"黑灯"车，在车后备厢里查到了大约10只猎隼。这些酷似老鹰的鸟，体型强健壮硕，是牧民捕猎的好帮手，当地卖3000块，在国外要卖到几十万美元一只，利润空间巨大，属于国家二级保护动物……

"所以，你说吧，我们到底定在哪天？"桑露打断虞浩兴奋的表述，语气中透露出一丝委屈。

"等过两天我就轮休下山，定在周五吧。"

"你能确定吗？已经改了两次了……"

"确定，百分之百确定！"虞浩斩钉截铁地说，"我已经和关里请了婚假了，天上下刀子我也回去，你放心吧。"

这次轮休已经错过正常的轮班，下山的只有虞浩一个人。高昕关长听说这个"高龄"小伙子要下山完成结婚大事，也很重视，特地派了麦麦提开了关里最好的那辆大切诺基，送虞浩下山。办公室主任钟国辉作为关领导代表，也陪着虞浩一起回去，准备在婚礼上当证婚人。同行的还有韩宇，他的任务是当伴郎。一路上，虞浩忙着和桑露通着电话，遥控指挥婚礼的准备工作：喜糖要有巧克力，酒水要有红酒、白酒和雪碧，婚礼上的小提琴手要演奏《月亮代表我的心》……突然，韩宇警觉地说："你们听，这是什么声音？"

三个人都停下了手中的动作，侧耳倾听。"轰隆隆、轰隆隆"的沉闷吼声由远及近传来，像有巨兽吼叫着跺着沉重的脚步一步步朝这边走来，地皮也在跟着颤抖。前方的车辆纷纷减速，麦麦提也跟着降低了车速，他回头告诉车上的人，泥石流来了。三个人面面相觑，虞浩愣住了，还在通话中的手机滑落到座位上，能听到手机里传来桑露的声音："喂喂喂，你说话啊，怎么了，那边什么声音……"

公路上车辆已经堵成一团，人们三三两两地从车上下来，爬到旁边的山坡上向前方眺望。褐色的泥浆瀑布夹杂着巨大的石块，从山谷中倾泻而下，迅速漫过公路，瞬间形成了一道巨石横陈的石头阵。司机很有经验地判断，这路一堵至少要堵上八九个小时，还好车上带着馕和水，至少对付一下饿不着。

"可是我怎么办？明天一早还要去接新娘。"虞浩苦笑着说，"就算是好事多磨，老天爷也不能这么折磨我啊！"说着说着，这个一米八的汉子蹲在地上，咧开嘴，不顾形象地哭了。钟国辉和韩宇都在一旁极力安慰他，不行就推迟吧。他一听，哭得声音更大了："我都改三次了，结个婚怎么这么难啊，呜呜呜……"

桑露呆呆地坐在床边，手中下意识地一遍遍抚摸着明天要戴的头纱。刚才还热闹非凡的房间，一下安静下来。几个闺密停止说笑，围拢到她身边，你一言我一语地开导她："露露，别难过，天公不作美，这是谁都没法预测的。""没关系，我们就再等一天呗。""该来的都会来，说不定这是对你们的考验……"

桑露忽然站了起来，面对落地穿衣镜里的自己。她想象着穿着婚纱的样子，两只手拈起并不存在的裙裾左右摆动了一下，嘴角上扬出一个优美的弧度。她迅速作出一个决定，然后转身对着一屋子里的人大声宣布："姐妹们，我要上山！"

黄昏降临，夕阳一点点融入洒金的云层中，山谷里的风渐渐大了。麦麦提劝大家回到车上休息，顺便把晚饭给解决掉。虞浩一上车就靠在椅背上，无力地闭上眼睛，他毫无食欲，压根不想吃晚饭。另外三个人见劝说无果，只好自己吃了。突然，虞浩的手机响了。他睁开眼一看是桑露的来电，心里想是不是要催我，连忙先接通"喂"了一声。

"浩子，你在干吗？"

"我们还在路上等，道路救援一会儿就要到了，你别担心……"

"我不担心，"桑露用轻快的口吻说，"按照我的指令做，现在请你下车。"

"你说什么？要我下车干吗？"虞浩举着手机，一边说着一边走下了车，他隐隐约约地感觉到了什么，心里突然燃起了希望。钟国辉和韩宇对视了一眼，也跟着一起下了车。

"好的，现在一直往前走。对，一直走。"

虞浩慢慢地走着，越过了堵在前面的车辆，走到了被阻断的车流最前面。终于，在泥石流的另一边公路上，他看到了他的新娘——桑露。

虞浩使劲揉了揉自己的眼睛。没错，是桑露，穿着洁白婚纱的桑露，笑吟吟地向他挥手，头上的白色头纱在风中轻盈飘扬。"嗨，你怎么跑上山了——"虞浩激动得不知道说什么好。

"你没想到吧，你的新娘自己上山来了，嘻嘻。"桑露在手机里俏皮地问。

这时，桑露的伴娘们从身后齐齐涌上来，她们不知道从哪里变出了一个扩音喇叭，如同一群百灵鸟欢快地叫着："虞浩，你爱桑露吗？"

当着那么多人的面，虞浩脸红了，但他还是毫不犹豫地说："爱！"

"虞浩，你愿意娶桑露为妻吗？无论贫穷还是富有，年轻还是衰老。你愿意吗？"

虞浩用尽全身的力气大喊："我——愿——意！"

围观的人群中爆发出一阵欢呼声和鼓掌声。这个场面实在是太奇特了，一个穿着雪白婚纱的新娘站在泥石流的旁边，和她的新郎遥遥相望，仿佛被一条滔滔银河隔开的牛郎织女。

虞浩朝自己的新娘挥着手："桑露，你别动啊，我来接你！"然后他三下五除二挽起裤子，心一横，打算就这样蹚过还在流淌的泥石流。钟国辉赶紧一把抓住他的胳膊："哎，不行啊，你这样太危险了！"虞浩急得团团转："那怎么办，怎么办……"

突然，在一边的韩宇指着旁边的山坡大叫："浩哥，你看，库尔班！"话音没落，就听到了夏娜的声音在喊："哎，新郎官你别急啊，我们来了！"

库尔班带着夏娜还有几个村民，又一次如同天降神兵出现在路边的山顶。库尔班把一根粗绳子绑在自己的腰间，然后将另一端放下去。桑露也没有犹豫，将婚纱的下摆掖了掖，抓住绳子就往上攀。夏娜在一旁为她拍手打气："加油，加油！"

桑露紧紧地攥住绳子，像握住了自己的命运。此刻她顾不了许多，虽然头发散了，胸花掉了，样子很狼狈，但她暗自庆幸，还好自己平时锻炼得不错，关键时刻不会掉链子。在场的观众瞠目结舌，这个画面实在难得一见，一个穿着洁白婚纱的女子竟然赤手空拳在攀岩。虞浩张开双臂，迎接自己的新娘从半空中直接跌落到他的怀抱，两人紧紧拥抱在一起，似乎没有什么力量能将他们分开。

钟国辉拍了拍看傻了眼的韩宇："别看热闹了，我们赶紧通知关里，马上准备一下，在关里迎接新人啦！"

"谢谢你，给了我这么一个特别的婚礼。"桑露伏在虞浩耳边喃喃自语。

大梦初醒顾苍茫，云绕膝下驻天堂。

丝路古道寄肝胆，青丝如梦发如霜。

第二十四章

一场喜事从天而降，慕士塔格海关沸腾了。

高昕喜出望外。他接到钟国辉的电话之后，亲自指挥众人，在最短的时间内，把虞浩的宿舍布置成了一间新房，古丽和李菁飞快地剪出红双喜图案的窗花，卡斯木拿出压箱底的红色毛毯铺在床上。高昕让吐尔地把食堂仓库里存的各种罐头拿出来，置办一桌像样的宴席。等到虞浩的车刚刚驶入院子，克里木副关长迎上前去，将一撮白色的面粉撒到新郎新娘的肩膀上。"在我们塔吉克人的眼里，面粉是幸福的象征，祝你们白头偕老，早生贵子！"

食堂大厅里挂起了一串串过节用的红灯笼，非常喜庆。话筒和音箱是从会议室临时搬过来的，古丽也临时客串了一把主持人："各位同事，各位来宾，欢迎大家莅临虞浩先生和……"她突然忘了新娘的名字，赶紧小声问虞浩："新娘叫啥——哦，欢迎各位莅临虞浩先生和桑露女士的婚礼现场。下面，首先请今晚的证婚人高昕关长致辞，大家欢迎！"

高昕笑呵呵地站起身，从古丽手中接过话筒，感慨地说道："今天，对慕士塔格海关来说是一个难忘的日子。我们第一次在这里举办关员的婚礼。钟国辉打电话问我能不能办，我说没问题，不光要办，而且要热热闹闹地办，要体体面面地办。虽然我们关的条件有限，但是大家特别开心，像过年一样。虞浩是海关优秀的业务骨干，桑露是一位美丽的'花仙子'，他们俩结合在一起就是一片灿烂夺目充满生机的'花海'。希望在这片'花海'中孕育出海关的下一代。来，让我们共同举杯，祝福两位新人！"

还没等高关长说完，孙玉圣就"咚咚咚"给自己倒了满满一大杯酒，和大家一起举起了杯子。卡斯木扯了扯他的袖子，示意他悠着点，孙玉圣没搭理，一仰脖就把这杯酒干掉了。"老孙，今天又不是你结婚，你少喝点！"卡斯木皱着眉头说。

孙玉圣斜眼看了他一眼："你是饱汉子不知饿汉子饥啊！"他站起来，歪歪扭扭地向新人走过去。拍了拍虞浩的肩膀说："老弟，我敬你一杯，记住哥哥的话。"虞浩连忙叫上桑露一起，端起饮料碰了碰他的杯子。孙玉圣显然不太满意，摇着头说："你们喝的这是什么啊？换酒换酒……"

桑露一脸为难，虞浩抓过孙玉圣的酒杯，想替她代一杯，被孙玉圣伸出胳膊往旁边一拨拉，差点摔倒。卡斯木见状立刻上前，往他们中间一站，一边大声说："来来来，孙大侠，我陪你喝！"一边拉扯着这家伙就往外走。眼尖的李菁给古丽使个眼色，古丽心领神会，拉了拉夏娜的手，招呼了几个"7546"舞蹈队队员，齐刷刷地站成一排，跳起了赛乃姆舞，食堂大厅里音响突然启动，流淌出奔放欢快的乐曲：

马队簇拥着帕米尔的新娘

她是冰山的雪莲花

串串珍珠颈上绕

闪闪银链鬓边挂

众人簇拥着帕米尔的新娘

她是美丽的雪莲花

鹰笛悠扬迎远客

手鼓声声传佳话

亲人怀抱着帕米尔的新娘

她是心上的雪莲花

她是圣洁的雪莲花……

（此歌曲系词作家赵香城作词、著名老作曲家若屏作曲
的《帕米尔新娘》）

音乐响起，仿佛是一声发令号角，大家再也坐不住了，纷纷起身，围绕着两位新人跳起舞来，很快大厅里就变成一片欢乐的海洋。高昕想了想，还是不太放心。他穿过舞动的人群，走到餐厅门外。只见台阶下，孙玉圣还在一个劲地挥舞着两只手，嘴里含混不清地说着什么。"孙玉圣，你搞什么名堂！"高昕沉下脸，压低声音说道："不要在这闹了，赶紧回宿舍休息。"

"我不，就不，我没喝多，不信你闻……我要去跳舞……"孙玉圣满脸通红，拼命声明自己脑子是清醒的。高昕没有理会，让卡斯木把他带回宿舍。孙玉圣非常抗拒，像条黄鳝一样扭动着身子，脚底下坚决不挪窝。"关长大人，你们别欺负我！"他委屈地冲高昕嚷嚷，"我是个老实人，我也有人格……"他的声音听上去颤巍巍的，像是要哭了。

"哎，你倒说说看，我们怎么就欺负你了？"听到这番胡话，高昕觉得又好气又好笑。他寻思着，这家伙今晚为什么表现这么古怪？平时他虽然外表一副吊儿郎当的样子，但做事情还是有分寸的，不至于如此失态。

"别以为我不知道，关里的人，你们每个人都看不起我，都在背后说我，"孙玉圣红着眼睛，把胸口拍得啪啪响，"你们说我是个窝囊废，我孙玉圣好歹也是他妈的一条汉子，是站得直行得端的硬汉子，我也有人格——"

"够了够了，越说越不像话了！"卡斯木打断他的话头，再次拉起他的胳膊，试图把他拽走。孙玉圣突然全身发力，想把卡斯木一把推开。但军人出身的卡斯木身手非常敏捷，他本能地一闪身，一个反手擒拿，用胳膊肘将孙玉圣整个人扑倒在地，牢牢按住，使之动弹不得。高昕连忙赶过来，让卡斯木松手。卡斯木不好再发作，虎着脸，慢慢将手放开，拍了拍身上。

摔这一下，让孙玉圣的酒已经醒了大半，原本亢奋不已的脑子一下冷静了。他喘着粗气从地上爬起来，懊恼不已地说："我这是怎么了……对不起，对不起，我喝多了犯浑，您大人不计小人过啊！"

高昕拍了拍他的肩膀说："孙玉圣，这段时间你办案太辛苦，抓猎隼贩子埋伏了那么多天。该休息就休息，该调整就调整，回去收拾一下，明天准备下山。"

"关长，我能不能不下去？"孙玉圣表现出很不情愿的样子，嘴巴里嘟囔了一句。

"这么多天没回去，不惦记你老婆？"高昕尽量用轻松的语气，想和他开个玩笑。

孙玉圣神色黯然地说："老婆？呵呵，她不要我了……"

高昕和卡斯木面面相觑。孙玉圣结了三次婚，本以为这第三个老婆将是他的最终归宿。他也一直把这个网恋对象挂在嘴边，平时总是和别人炫耀自己的四川"小娇妻"，长得水灵性格又好，还做得一手地道的川菜，最主要的是对老公无限崇拜。有人很不服气地问孙玉圣，你何德何能，能把人家从四川"忽悠"到新疆来。孙玉圣自信满满地说："嘿嘿，这就是爱情的力量。"

然而爱情的力量到底有多大，只有他自己心里最清楚。在孙玉圣的内心深处，始终有一丝隐秘的烦恼像影子一样挥之不去，让他一触碰到就立刻惴惴不安起来。随着人到中年，要孩子的想法快把他逼疯了，他特别希望和老婆有一个孩子，不管男孩女孩，只要有一个就行。但他发现，作为男人他越来越力不从心了。他搜寻各种民间偏方，买来各种稀奇古怪的补药偷偷服用。如同一个勤劳的农夫，只要有机会，就在自己的一亩三分地里辛勤耕耘。他给女人准备了温度计，叮嘱她每天要测量体温，只要到了临界点，就立刻安排"造人"。有一阵，高昕发现孙玉圣的老婆几乎每个星期都要上山两三次，一上山就待上四五个小时。高昕好心劝她，这么频繁地上山下山不安全，万一遇到泥石流更危险。女人不好意思地低下头，扭捏了半天，才下定决心对高昕说："高关长，不瞒您说，我和老孙就是想要个娃。"高昕震惊得半天说不出话来。

孙玉圣的娇妻来了，大家都很知趣，不去打扰他们。而对于孙玉圣来说，两个人在一起的时刻慢慢变成了一种煎熬。经常是，孙玉圣努力很久，却没有起色。女人刚刚燃起的热情，一瞬间就跌入谷底。孙玉圣大口大口地喘着气，坐起来，摸索着点了根烟，吸了几口就掐掉，转身去拉女人的手。女人任他拉着，身子却一动也不动。

孙玉圣小心翼翼地问："再试一下好吗？"

女人叹了口气："别折腾了，睡吧，我好累，头疼。"

"那你吸点氧，缓解一下。"

"不是我缺氧——是谁的问题你自己清楚。"女人缓缓地说，"我问过医生，像你这种情况，就是高原缺氧造成的。"

"胡扯，我们单位能生的多了去，我们科长生了两个男孩，钟主任也生过一个男孩，我们前任关长两个娃，还是一男一女龙凤胎。"孙玉圣立刻举出好几个例子反驳，但底气明显不足，"我，我就是太累了……"

"你累，我不累吗？我从四川跑到新疆，真是脑壳子冲昏了。"女人气咻咻地说。

他沉默了一会儿，鼓起勇气提议："要不，我们去领养一个吧。"

"姓孙的，你这是在羞辱我！"女人踢开被子，蜷缩到床的另一边，"嘤嘤"地哭起来。为什么，为什么我想要个孩子这么难？孙玉圣颓然地倒下，一时悲从中来，无法自已。

他们躺在床的两边，中间好像隔了一条河。

孙玉圣开始变得对一切关于生育的话题十分敏感。蔬菜大棚里种上菜之后，由于海拔高没有蜂蝶昆虫，授粉成了难题。慕士塔格海关所有人都卷起袖子，一起上阵当"红娘"，手工给蔬菜们头碰头地授粉。虽然有点效果，但是工作量太大，根本忙不过来。于是高昕就想了个点子，派两个关员下山，到平地上去捉了一些蜜蜂，放进玻璃罐子里带上山，然后在大棚里放出来。那天傍晚，大家都挤在大棚里，欣赏着蜜蜂穿梭飞舞的繁忙景象，笑声差点把大棚的顶都掀翻了。韩宇表现得异常兴奋，一边挥着衣袖赶蜜蜂，一边咧开嘴唱起周华健的那首《亲亲我的宝贝》："亲亲的我的宝贝，我要越过高山，寻找那已失踪的太阳，寻找那已失踪的月亮，最后还要平安回来，回来告诉你那一切，亲亲我的宝贝，啦……啦……啦……"谁也没有注意到，此时孙玉圣的脸色突然变得很难看，他冲着韩宇一顿吼："小韩，你给我闭嘴，烦不烦啊你，啦什么啦，你是不是拉稀了！"然后，他气呼呼地摔门而去。韩宇被他弄得一脸蒙，过了一会儿才委屈地嘟哝了一句："莫名其妙，我唱歌关你什么事？"

孙玉圣的这些反常表现，并非没有引起高昕的注意。好几次高昕和他闲聊拉家常，想搞清楚他的实际情况。孙玉圣总是极力掩饰，或者把话题岔开。他像祥林嫂一样，一遍遍地强调老婆对他有多好有多依赖他，简直到了没有他就活不下去的地步。说的次数多了，他自己也几乎信以为真。而事实上，自从夏天结束后的那一周，女人下了山就再也没有来过。当时孙玉圣送她坐县里的大巴车走的时候，心里就隐隐约约有一种不好的预感。他告诉女人，再过段时间关里就要装弥散式制氧机了，下次再来就会感觉舒服多了。

"下次？我不知道还有没有力气上来了。"女人一把扯过自己的包，径直上了车，没有回头看他一眼。

"你们看，这是昨天她给我发的短信。"孙玉圣漠然地举起自己的手机给高昕和卡斯木看，屏幕上显示着一行字："我真的累了，我还年轻，放过我吧。"

食堂那边传来了一浪又一浪的音乐声、歌声和欢呼声，今晚的婚礼显然已经进入高潮。有人在喊："新郎新娘亲一个！""新郎新娘要生对双胞胎啊，海关事业后继有人！""对对对，生两个，一个叫高原，一个叫雪莲！"

如潮的幸福涌出食堂大厅，浮动在院子里这三个沉默的男人周围。帕米尔高原的夏天已经过去，一年中最好的季节将要过去了。深夜寒意从四面围拢过来，地上已经落了一层薄薄的初霜。蔬菜大棚的灯还亮着，凑近看，能发现那群从山下带来的蜜蜂，兀自"嗡嗡"飞着。它们这么勤奋，下一季大棚的收成应该有指望了。

孙玉圣被卡斯木搀扶着往宿舍走去，他的背影看起来那么落寞，这让高昕心里很不是滋味。来到慕士塔格海关后，他查看了慕士塔格海关人员的基本情况表，发现了一个令人惊讶的事实：关员们的个人生活都出现过或多或少的问题，单身和离异的比例偏高，没有孩子的家庭也不在少数。他向医生朋友咨询过，由于长期在高海拔地区生活，严重缺氧会导致男性机能受到影响。像孙玉圣这样的情况，就是陷入了生理和心理相互影响的双重恶性循环，他的前两次婚姻失败可能也和这个原因有关。

或许应该向北疆海关党组写报告提个建议，从关心基层关员的家庭幸福考虑，以后凡是没有结过婚的，没有生过孩子的关员，就不要安排上山了。这样想着，高昕打开了自己的电脑。

曾读寒窗圣贤书，孤城斜阳育桃李。

三尺讲坛勤作锄，两载授业丈丹心。

投笔泼墨玄奘路，携风踏雨边关情。

寂寞塞上秋满树，何时再育桃李香。

第二十五章

　　不过，眼下要抓紧做的还不是生孩子这事。前几天，夏娜的父亲阿布来提来关里了，他这次来的主要目的是商议修建引水渠的事。达尔齐曼村的村民长期缺水，生活用水都靠雪水。那次去夏娜家，夏娜母亲用一双黑乎乎的手揉搓雪白面团的画面，深深地刺痛了高昕。阿布来提唉声叹气地对高昕说："吃水靠肩挑，种地靠老天。关长同志，不是我们不讲卫生，实在是村里用水太困难了。"

　　"老哥莫急。我想好了，我们来为你们修条引水渠。"高昕紧紧地握住了阿布来提的手。

　　第二天，在全关大会上，高昕提出了这个想法，立即得到了全关上下的积极响应，大家纷纷捐款，你一百，我两百，共筹集了4万多元。关员们亲自动手挖渠，一条7公里长的引水渠很快修成了，塔什库尔干河的水"哗啦啦"地流进了小村庄。水渠建好的那天，牧民们从四面八方赶来，他们用牦牛车拉来了鹅卵石，在引水渠旁边的山坡上镶嵌出"海关扶贫工程"六个大字，离了好远都可以看到这道别致的景观。

我们还能为塔吉克老乡们做点什么呢？高昕又开了一次"头脑风暴会"，发动大家想办法。古丽建议，达尔齐曼村没有幼儿园，好多学龄前的孩子只能待在家里，过着"散养"的生活。可以利用关里基建工程拆下来的旧砖头、门窗，帮他们建一个幼儿园。

钟国辉也提出了一条合理化建议。村民的生活都比较拮据，除了放牧、种植，没有其他收入来源。海关监管查验货场进出的货物越来越多，可以让村委会把村民组织起来，成立一个装卸公司，专门给运输进出口货物的集装箱卡车装卸货物，也可以为他们增加一笔收入。

克里木副关长说起他了解到的一件事，村民长年累月吃的面粉质量太差。原因是村里唯一的一个水磨陈旧老化，磨出的面粉掺杂了许多石子和沙粒，放进去100公斤青稞，磨出来的往往是101公斤"面粉"。如果能为他们建一座面粉加工厂，就可以解决村民的"进口"问题了。克里木说："我就是农民出身，民以食为天，吃饭可是大问题哦！"

就这样，大家你一言我一语，一个助力达尔齐曼村发展的"春风行动"就这样诞生了。全关人都动起来了，有的去跑面粉厂的流程，找工商部门盖章，有的联系货运公司为塔吉克村民装卸队的业务"牵线搭桥"。幼儿园的房子盖好后，古丽在幼儿园教室的墙上，用油彩画了迪士尼动画片里一整个童话世界的景象，有呼扇着大耳朵的小飞象、调皮活泼的跳跳虎、大大咧咧的唐老鸭，还有森林小屋里的白雪公主和七个小矮人。这段时间，古丽只要一下班就到村里来画画，渐渐地，她的心情也好了很多。在高原纯净无瑕的蓝天下，她一笔一笔地专注地画着这些卡通人物，眼里只有这些美好可爱的形象，风从耳边吹过，引水渠传来"哗啦啦"的流水声。古丽觉得很安稳很踏实，好像外界所有的烦恼都离她远远的。夏娜站在旁边，用崇拜的眼神看着古丽创作，大气也不敢出。当看到白雪公主的头上居然戴着一顶精致的小花帽，她忍不住拍着手笑道："古丽姐姐，这个白雪公主是我们塔吉克族的姑娘啊！"忽然，她又指着古丽笑起来，"姐姐，你看看你的脸，像不像木偶皮诺丘，哈哈哈……"

古丽对着窗玻璃一看，自己不光罩衣上满是五彩斑斓的油彩，连鼻尖上都沾着红一块蓝一块的颜色，样子很滑稽，她也不好意思地笑了。

"7546"舞蹈队的排练也开始步入正轨，古丽找了一间平时堆杂物的房间，组织几个年轻人清理出来，并在墙上镶了一面大玻璃镜，安上一根长长的扶手，杂物间俨然变成一个舞蹈训练室。队员都是她打着高昕的旗号"软硬兼施"动员进来的，连平时不太爱动的李菁也被古丽拉进了舞蹈室。

"妹子，你太瘦了，长点肉才好看，跳舞会打开你的味蕾！"古丽半开玩笑半认真地说，"你看我们维吾尔族的男孩，喜欢的都是丰满的女孩。"

可是李菁却完全没自信，她几乎是用讨饶的口气对古丽说："姐，你看我真不是这块料，我的四肢根本不协调，从小连广播体操都跳不好，我有舞台恐惧症……"

古丽竖起指头"嘘"了一声，示意她看看夏娜，这个18岁的塔吉克女孩正随着乐曲在训练室的中央翩然起舞。她扬起头，露出天鹅颈一般细长的脖子，与侧面下颌连成了一道优美的线条。

她完全沉浸在音乐中，一举手一投足，都那么自然生动，丝毫没有凝滞。她的动作时快时慢，快是疾风席卷过山岗，慢是水珠从溶洞冰柱上缓缓滴落，她整个人似乎在发光。在旁边观摩的李菁看得入神，喃喃自语："天哪，她跳得好美……"古丽转过头对她说："你感受到舞蹈的力量了吧，这个舞叫鹰舞。塔吉克人对鹰的喜爱几乎是全方位的，鹰被视为民族的强者和英雄，这个鹰舞也刚刚被列入国家级非物质文化遗产。这位夏娜姑娘就是我专门请来教大家的小老师。"

一曲舞罢，围观的关员们不约而同地鼓起了掌。夏娜从刚才的舞蹈中回过神来，羞红了脸，向大家鞠了一躬，就跑到古丽的背后躲起来。

在高昕的带领下，慕士塔格海关和塔吉克牧民的关系越来越融洽，亲密度上升到一个新的高度。慕士塔格海关栽花种草、翻地施肥，村民会自发前来，和关员们一起劳动。夏娜帮关里排练舞蹈，也纯粹是免费的。他们说，海关的事情就是我们自己的事情。更有意思的是，他们将高昕亲切地称作"乔尼拜克"，在塔吉克语中就是"心肝宝贝"的意思。第一次知道这个名称的实际意思，高昕还有点不好意思。就算是自个的妈妈程抗美，也没这么宠溺地叫过他。

当然，令他哭笑不得的是，如果问村里的孩子，你的妈妈叫什么，孩子们的回答五花八门，什么"阿依古丽""古丽努尔""哈斯古丽"等各种古丽。可是一旦问他们，你爸爸叫什么，孩子们就会异口同声地回答：

"我的爸爸叫乔尼拜克！"

携风踏雨唱大风，乐在高原守边关。

月上柳枝人不寐，风敲冰山战鼓催。

第二十六章

大幕徐徐拉开，刚才还人声鼎沸的观众席立刻安静了。

脸蛋涂得红扑扑的主持人笑容可掬地走到台前说："亲爱的观众朋友们，国庆节就要到了！在举国欢庆祖国母亲生日的时刻，塔库县委宣传部联合文旅局，共同举办了这次高原金秋文化节，我们的演出马上就要开始了。首先登场的是慕士塔格海关舞蹈队，这个舞蹈队的名字很特别，叫'7546'舞蹈队，这个以慕士塔格峰高度为名的舞蹈队，是由海关关员组成的。今天，他们带来的舞蹈是《帕米尔之恋》，请大家欣赏！"

经过2个多月的训练，"7546"舞蹈队的舞蹈跳得像模像样了。古丽结合塔吉克鹰舞编了这支名为《帕米尔之恋》的舞蹈，这次在县里的舞台上是初次亮相。姑娘小伙们都是第一次登台表演，开始还有些紧张拘谨，慢慢适应之后渐入佳境。当瘦瘦小小的李菁最后被托举起来，身披鲜红的国旗，在空中谢幕的时候，台下传来一阵阵热烈的掌声。

"'7546'舞蹈队的同志们，请留步！"主持人提着话筒上台了，"我想问一下，这个舞蹈是你们自己编的吗？"

"当然了，我们都练了快两个月了。"队员们骄傲地说。

"那么最后这个舞蹈动作的含义是什么？"

大家把眼光齐刷刷地投向古丽。

"哦，我们想表达的意思是，虽然在海拔这么高的地方工作，条件十分艰苦，但我们依然深爱着这片土地，它在我们心目中是圣洁的，像慕士塔格峰上的冰雪一样。"

有一名北疆日报社的记者，不知道从什么渠道了解到这个名叫"7546"的舞蹈队的事情，专门上山到海关院子转了一圈，他对水泥仙鹤、鸽舍和泡菜坛子兴趣很大，最后又看了舞蹈队的演出。回到北疆后，他按捺不住激动的心情，连夜写了一篇通讯报道，还意犹未尽地加了一段充满感情的编者按：

"慕士塔格海关的关员们在付出的同时也收获着同样的感动，这样的情感积累下来，将生命坚持的快乐不断升级，永远鲜活荡漾。面对圣洁的雪山，面对高原海关人，我们都不妨扪心自问，你校正了自己生命高度的标尺了吗？"

又苍山万里，人月正圆，脚踏风涛，肩披星雨，有冰峰萦绕。天风浩浩，鹰笛常奏，达坂笑回首，俯视沃野：云在眉梢，比肩山高。

高昕看着这篇通讯，心里百感交集。到慕士塔格海关这些天来，自己的努力总算没白费，得到了一些小小的回报。最让他感到欣慰的是，虽然这里的空气依旧缺氧，但人的精气神没有缺失。

这篇通讯传到北疆海关，也引起了一些反响。好几个老同事包括老同学丁志远都打电话来，向他表示了慰问。丁志远还开玩笑说："你在山上干得不错啊，是不是不想回北疆了？要小心塔吉克的美女，把你勾跑了。"

一向关爱他的罗平安也打来电话，含蓄地提醒他："小高啊，宣传其实是一把双刃剑。每个人的理解程度和看文章的视角不一样，往往得出的结果就不一样，你要考虑到不同的结果。"

罗平安的话让他陷入了沉思。这时，他的手机又响了，屏幕上显示的是郑众关长的手机号码。高昕一接通，就听到老关长一口浓重的东北口音：

"高昕啊，我看了最近你们发的这些个新闻稿，又是种菜，又是跳舞，文化生活很丰富，舆论宣传搞得还不错嘛！"

"谢谢领导鼓励，我们做得还不够。"高昕松了一口气。

"你搞这些没问题，不过我也听到了一些同志的不同意见……"郑众话锋一转，口气越来越严厉，"大家一致的看法是，慕士塔格海关最近在业务上特别是缉私工作上没有起色，到现在为止还没有查到有影响的枪毒案件。你要记住，海关的职责就是为国把关。你们身处国门第一线，边境形势那么复杂，查不到大要案，这本身就是失职。唱歌跳舞不是不能搞，但不能本末倒置，忘记自己的主责主业！"

接听完电话，高昕的心像跌入了冰窖里。一连几天，高昕把自己关在办公室里，一直抱着地图在研究。

克里木发现他情绪有些低落。下班后，揣上酒壶去敲他宿舍的门，两个人就着一碟子花生米对饮起来。高昕略带歉意地对克里木说："老克，上次我不应该对你发火，尤其不应该当着下属的面发火，你别往心里去啊！"

克里木哈哈一笑："高关，你要是不说我都忘了——你批评得对，如果我是你，我也会这么说。一把手的责任最大，出了问题都得兜着，确实不敢怠慢。你放心，我工作这么多年了，不会连这个道理都不懂。"

高昕碰了碰他的杯子，干了这杯酒，然后抹了抹嘴角："不过，我还是想提醒你，一定要注意身体，这次体检结果怎么样？"

"没事，还和以前一样，心室肥大，老毛病了。"克里木放下酒杯，恳切地说："高关长，我求你一个事。我女儿今年考进海关了。我不想她留在平原，还是跟着你上高原吧。"

高昕不太相信自己的耳朵，瞪大了眼睛："让你女儿到这来干吗，她不是刚生完孩子才几个月，孩子咋办呢？"

"好办，让我女儿抱着孩子一起上山。"

"你还是跟你老伴再商量一下，几个月的孩子上高原，这个风险有点大。"

"这个不用操心，我把老伴的工作做通了，她答应提前退休。老伴提前退休以后可以上山照料孙子，女儿就可以专心在关里工作了，只要给我两间宿舍就行，我女儿和孙子一起，我和老伴一起。"

高昕挠了挠头说："老兄，你这么做是为了啥？"

"有句话说得好，跟着狼吃肉，跟着羊吃草。"克里木朝高昕竖起大拇指，"在我的心里，你就是这个，跟着你干，准没错！"

似匪若仙出山口，一身风沙半囊酒。

日暮黄昏惊回首，绿涛万里眼底收。

第二十七章

　　临近元旦的时候，钟国辉拿着闭关期间的人员值班表征求高昕的意见。

　　每年冬季高原上大雪封山，道路通行非常困难，从安全角度考虑，从元月一日到次年四月底是慕士塔格海关的闭关期。在这段时间，关里就要安排人员值班，这个值班的时间特别长，一个班要值满两个月，期间还会遇到春节假期，每次排班都令钟国辉头疼不已。高昕做了一个决定，今年的冬季闭关期值班，由他来承担。

　　他反复考虑了很多：虞浩还在新婚期，古丽需要好好休养，李菁很久没回家了，孙玉圣也要妥善解决他的个人问题，韩宇刚参加工作，钟国辉的孩子马上要中考了，克里木的身体始终让他担心，卡斯木今年国庆节就值班，这次无论如何不能让他继续值班了……所以想来想去，高昕还是决定自己留下来值班。

　　元旦那天，高原上下雪了。

　　一大早，高昕就被冻醒了。他掀起窗帘一角一看，外面已经是白茫茫的一片。透过院门，可以看到对面荒山山坡上，镶嵌着一面巨型国旗，鲜红的颜色被白雪映衬得分外耀眼，像跳动着的一团火焰。那是他带着关里的全体党员，花了半个月的时间，在山坡上用红色油漆描画出来的。在国旗的下面，排列着十二个金灿灿的大字："慕士塔格海关祝福祖国母亲！"

要下山的关员们已经在院子里排好了队。高昕和他们一个一个地握手、敬礼，同时也忘不了叮嘱几句。"回家好好休息，一定要睡到自然醒。""代我向你的家人问好，没事多陪陪老人。""去三亚玩一定要注意安全，下海游泳要带游泳圈。""不能和老婆顶嘴，勤快点，多干点活。""你小子给我记住，喝了酒绝对不能开车！"轮到虞浩，高昕捶了一下他的胸脯："悠着点，只有累死的牛，没有耕坏的田哦！"

出发的时刻到了。

"关长同志，慕士塔格海关全体人员集合完毕，请指示。"卡斯木向高昕敬礼，高昕回敬了一个礼，大声说："按计划回家！"

"一、二、三，预备——唱！"在卡斯木的指挥下，大家扯着嗓子吼起了关歌：

> 把关我们来到茫茫雪谷，
>
> 在帕米尔高原把雄关修筑。
>
> 高寒缺氧何所惧，
>
> 生命禁区青春永驻。
>
> 一年三百六十五，
>
> 我们与风雪冰山为伍，
>
> 为了国门坚强如铁，
>
> 爬冰卧雪也不觉得苦……

虽然不是第一次听到这首歌，但这次高昕的眼眶湿润了。他想起，之前和家里人都通了电话，告诉她们自己不能回家过年，要到年后再回家。梅华似乎有心理准备，她的第一反应是："哼，我早就料到了，你就是个操心的命——那就节后再说吧。"而且，她一再强调："高昕，你别想多了，不是我想你，是你妈和你闺女一天天地念叨你……"

女儿麦子偷偷告诉高昕："爸，过几天我的古筝要考级了，妈妈说考过十级就不学了，初中课程太多，没时间学，可我还想弹下去，我不会耽误学习的，向你保证——对了，我妈说她不想你，是假的。"

多情妻儿隔碧霄，尽随窗外柳枝摇。

玉皇许我做牛郎，定携织女搭天桥。

母亲在电话里"哦哦啊啊"了半天，高昕也没明白她的意思，只好对着话筒一个劲儿地说："对对对，好好好，行行行……妈，你一定要保重身体！"

在他快要挂断的时候，突然听到母亲程抗美从嘴里清晰地迸出几个字："二娃，你要好好的哦！"

下山过节的关员们一走，往日热闹的小院突然变得安静下来。高昕在院子里到处转转，检查一下报关厅的门有没有锁好，办公室的电脑有没有关掉，摸摸食堂后厨的煤气罐开关是不是关了，顺手把水池上没有拧紧的水龙头拧紧。在厨房的冰箱外面，厨师吐尔地贴了一张纸条，歪歪扭扭地写道："高关长，我给您包了好多饺子，是韭菜肉馅的，还有包子馒头和nang（馕），都放在冰相（箱）里。祝您新年快乐！"

　　检查完了，高昕回到自己的房间。手机上已经挤满了朋友同事的祝福短信，他一一回复，就这样一直弄到中午。他觉得头昏眼花，身子在沙发上一歪，就进入了梦乡。这一觉，他睡得无比香甜，很久都没有睡得这么沉了。他就这样一直睡到傍晚，还打起了鼾。等到他再次睁开眼的时候，窗外的雪已经停了，风也变小了，一缕金黄如麦穗的阳光透过窗户洒在他身上。有那么一瞬间，他恍惚以为自己已经睡了一夜，直接来到了第二天清晨。

　　高昕在山上的值班生活就这样开始了。

　　既然是值班，就得坐在值班室里。值班室设在院门口的门卫室，里面放了一张小板床，坐上去就吱吱嘎嘎地响。他个头高，睡在床上，两只脚就耷拉在床外，横过来竖过来都不行。高昕索性在床外面又凑了两把椅子，勉强可以放脚。

　　值班室里还有一台电视机。高昕一打开，屏幕上都是雪花点。他到屋外检查卫星接收器，原来风太大了，把天线刮得转了一个圈，电视信号没了。高昕灵机一动，想了个办法，他找来一个酒瓶挂在天线上，下面摆上石头，写上各个卫视台的名字，然后酒瓶转到这个位置，就确定是这个电视频道。卫星接收器在屋外，这活需要两个人配合。高昕就和门卫一起分工合作，一个人在里面看着电视屏幕，一个人在外面转天线，转到特定的位置，里面的人说"好了好了，停！"，外面的人就停下来，将天线固定好。他们两个人试验了半天，终于大功告成。

　　屏幕拼命挣扎了一下，跳出来了高昕最喜欢的歌唱家李谷一。电视里正播着春节联欢晚会，她穿着经典的蓬蓬裙，舞着一把折扇，声情并茂地唱着："我爷爷小的时候，曾在这里玩耍，高高的前门，仿佛挨着我的家……"

镜头一转，主持人倪萍拿着几张白纸，激动地向全国观众播报着来自四面八方的祝福："亲爱的观众朋友们，下面我们为您宣读一封来自帕米尔高原的慕士塔格海关的电报，他们是驻守在3500米高度的国门卫士，在这阖家团圆的时刻，向祖国人民致以新春的问候……"

欢呼声、掌声四起，从屏幕溢出，冲进窗外的皑皑白雪中，瞬间又消失得无影无踪。高昕看着墙上的时钟一格格地跳动着，滴答滴答，渐渐指向了十点，远处的塔库县城里响起一片"噼里啪啦"的鞭炮声。

不看电视的时候，高昕就看书。

他从北疆家里出发的时候，带了一箱子的书，其中不少是大部头的经典名著。他曾雄心勃勃地计划，要利用在外地交流的机会，把所有以前想看而没时间看的书都看完。可没承想，大半年过去了，他连一本书都没看完。各种工作琐事烦扰，让他根本静不下心来翻书。这下好了，突然拥有了大把的时间，他像一个流浪汉突然面对一桌丰盛的宴席，快乐得简直飞上了天，以至于纠结起来，不知道先从哪道菜动筷子。

想了半天，他还是选了肖洛霍夫的《静静的顿河》，煌煌四大部厚厚的巨著。他特别喜欢作家笔下的顿河，波浪翻滚鱼儿成群的顿河，恬静安逸的田园风光、一望无际的草原景色，顿河地区壮阔绮丽的场景令人无限神往，尤其契合他的审美趣味，总是看得他心潮澎湃。特别是小说里的主人公葛利高里、阿克西妮娅和娜达莉娅的身上体现出来的那种辛酸、苦楚、旺盛的原始生命力、对土地的眷恋，蛮性与善良交织的质朴本性，令他无比动容。高昕合上书页，闭上眼睛，仿佛听到在六月乳白色的暗光中，赤杨岭村田地里火堆旁传来的悠扬歌声：

> 哥萨克骑着铁青骏马
>
> 往辽远的异乡出发
>
> 永远离开了故乡
>
> 再也不能回自己的老家
>
> 他那年轻的妻子
>
> 我的亲爱的妈妈，要知道
>
> 并不是所有的人都会死在战场上

睡意又一次如潮水般袭来，高昕的手指停止了翻动书页，书缓缓地顺着被子滑落到地上。

一天早晨，高昕刚睁开眼，就听到门卫在外面说话："喂，你过来啊，我这有吃的！"

难道有人来了？他赶紧披上大衣出门看看，这一看他忍不住乐了。在院子门前，居然蹲着一条狗。浑身的毛都掉得差不多了，斑斑驳驳，像是一只野狗。它举起爪子朝高昕叫了几嗓子，好像在说，给我点吃的吧。高昕赶紧回屋，拿出一点昨晚吃剩下的面条，倒在一个盘子里，端过去放在小狗的面前。它是真的饿了，三下两下就吃光了，满意地摇着尾巴就走了。

从那之后，这只野狗每天都过来，按时蹲在院门前，高昕和它竟然产生了一种默契。高昕掐着表估算着它来的时间，有时，它早上来得稍微晚了一点，高昕反而会惴惴不安。荒原实在是太肃杀了，任何一点生命体都难以存活。难得这只小狗还坚强地活下来了，真算是奇迹。因为彼此越来越熟悉，小狗对高昕放下了戒备。高昕走到它面前，它会躺下来，举着四肢，把粉色的小肚皮亮出来，向他撒娇示好。这时候，不管是挠挠痒，还是摸摸头，小狗都会变得十分乖巧。闲暇时逗逗小狗，让高昕寂寞的值班生活平添了几分乐趣。

高昕暗地里给小狗取了一个名字：奇奇。奇迹的"奇"。

"奇奇，你来了！"

"奇奇，躺下！"

"奇奇，打个滚儿！"

"奇奇，你怎么还不来？"

让人担心的事还是发生了，可能是山上的冰雪太刺眼，奇奇的一只眼睛睁不开了。又过了几天，它的两只眼睛都睁不开了，变成了一只盲狗。最后，它消失了，再也没有出现。院门口重新变得空荡荡的，高昕的心里也变得空落落的。

奇迹并没有发生。小狗奇奇死了，而人的生活还得继续。

在山上的日子都是相似的。高昕每天重复着固定的路线，用脚丈量着自己住的地方。没多久，他就对慕士塔格海关的每一个角落都了如指掌。比如，值班室里从床到门口的距离是12步，从值班室到院门口的距离是86步。在宿舍二楼公共区域的书架下他还发现了一个糖果盒，盒子里装满了用吃剩下的糖果包装纸扎成的长裙女孩，八成是哪个心灵手巧的女关员的作品。

高昕自己有一盒牙签，他数了数，一共有190根。如果每天早中晚餐共用3根，大概能用2个月，正好用到值班结束。所以这盒牙签就成了他计算日子的标记物。用一根，少一根，意味着离回家的日子又近了一天。所以当他在交班前一天接到克里木的电话，说因为雪崩，泥石流把道路冲断了导致自己没法上山接班的时候，他失望得险些绷不住自己的情绪。

"真抱歉，高关长，这次的泥石流影响范围特别广……"克里木说着说着，突然感觉对方没有一点反应，赶紧"喂喂"几下，"高关长，您听得到我的声音吗？"

高昕突然发现自己的情绪有点不对劲，轻轻咳嗽了两声，努力用一种很轻松的口气说："我听着呢，没关系，老克啊，你这次别过来了，我干脆值到结束，也省事了。"

值班的最后一天，高昕和门卫把院子打扫得干干净净，积雪都铲掉，堆在树下。返岗的班车晚上才能到，高昕将办公楼里的每个房间的灯都打开了，让整个院子变得亮堂堂的。在无边的夜色中，慕士塔格海关变成了一座灯火通明的巨轮。

这样，大家第一时间就能看到海关的灯光，知道有人在等着他们回来，毕竟这也是我们的家，高昕想。

和克里木简单交代了一下情况，高昕总算可以放心离开海关，登上了下山的中巴车。车刚驶入北疆市近郊，高昕就被车窗外扑面而来的绿色搞得瞠目结舌。高原上还是一派严冬气象，而喀什已是春意盎然。整整4个月的时间，他已经看惯了荒芜山坡的铁灰色和棕褐色，突然一下子看到这么多绿色植物，像是饥渴了很久的骆驼在沙漠中发现了一眼清泉，恨不得立刻扑过去喝个够。

还没等车停稳，高昕就匆匆跳下来，跑向那片令他心驰神往的树林。到车站来接他的梅华莫名其妙，一时间不明白发生了什么事，跟在他后面追赶，一叠声地大喊："高昕，高昕，你快回来——"

等她气喘吁吁地追上自己的丈夫，赫然发现这样一幅景象：高昕的整张脸布满了红红的疙瘩，两只眼睛泛着赤红的血丝。他揪下一大把绿树叶放在嘴里大口大口地嚼着，吃得心满意足。她好像意识到了什么，又好气又心疼地说："你呀，真的变成一只傻骆驼了！"

"嘿嘿，好吃好吃，"高昕开心地笑了，"叶子真好吃……"

半壶浊酒醉星河，一杆大旗揽星月。

再问六月飞雪处，笑傲苍生唱九歌。

第二十八章

　　克里木没有食言。

　　开春后，他果然把自己的老伴、女儿和刚出世的外孙都带上了山。他们一家五口没有坐关里的班车，克里木一再说，自己的孙子、女婿还有老伴，他们都不是单位的人，一定不能坐公家的车子。于是他让女婿开着自家的车，拉着一车瓶瓶罐罐上了山。

　　从此，慕士塔格海关的小院里又多了一种声音——婴儿的啼哭声。这个才四个月大的婴儿，成了慕士塔格海关院子里最小的成员。有时天还没亮，克里木房间的灯光就亮了起来，传出孩子清脆的啼哭声；有时还能看到他老伴在窗前哄孙子的剪影，听到老两口在走廊里缓慢的脚步声。开始，克里木一家还担心孩子小不懂事，哭闹时会影响到大家。但是所有人都说，没关系，在荒凉的高原上，孩子的哭声就像天籁那么动听。

　　有人来了，也有人离开。

　　李菁对高原缺氧的反应一直很强烈，小姑娘瘦弱的身影让高昕牵挂不已。他想了很多办法，包括和山下的其他海关关长联系，想尽快帮她下山工作。终于在一年后，找到了接收她的单位。

高昕立即把李菁叫到办公室，对她说："我给你报个喜，你终于能离开慕士塔格海关了，你可以下高原了。"他觉得李菁知道了，应该会很高兴，但没想到小姑娘半天没吭声，突然冒出一句："高关长，是你把我赶走的。"

高昕一下子就愣了，赶紧声明："我没有赶你，是为了你的身体健康考虑。"

李菁咬着嘴唇，眼泪在眼眶里打转。她低下头，什么也没说，冲出了办公室。

第二天晚上，高昕想给她办一个告别会。正好碰上泥石流把山上唯一的电站冲毁了，关里停电。于是，高昕就找到阿布来提家，让他帮忙煮了一锅羊肉，给李菁送行。阿布来提很爽快地答应，而且死活不收高昕的钱，高昕只好把钱偷偷塞到炕桌下面。

那天晚上，屋子里点了26根蜡烛，因为李菁正好是26岁。大家都坐在炕上，在昏暗的烛光下，喝着烧酒吃着羊肉，谈着李菁到关里后发生的一些趣事，时而开怀大笑，时而又心酸落泪。李菁整个晚上都有点闷闷不乐的样子，眼眶也是红红的，高昕知道，她一定不止哭过一次。克里木拍了拍手示意大家安静一下，然后对李菁说："你走啦，咱们关里的五朵金花就剩四朵了，你说点啥吧。"算上李菁和古丽，慕士塔格海关一共就五个女关员。

她好像等了这句话很久，从炕上站起来，把那套被紫外线照射得发白的查验服穿上。小小的个子陷在一件肥大的查验服里，显得有点好笑。

她说："说实话，到山上来的时候我就在想，如果有一天，我要离开这里，该乐成什么样。我要像山下的姑娘一样，下班就去逛街，想逛到多晚都没关系，逛累了渴了，随手就能买一杯可乐。我还想过一个真正的夏天，可以穿上我的裙子。我有好多裙子，可从来没在这里穿过，我只穿了我的查验服……"

她用力地吸了一下鼻子，继续说："我幻想过好多次，离开慕士塔格海关，回到伊犁的家里。在家里，我有一张很舒服的床，睡在上面不会失眠，也不会头疼……可当这一天真的到了，我不知道怎么了，突然好难过。"她的声音颤抖起来，肩膀一耸一耸。古丽站起来，环抱住她的肩膀。她拍了拍古丽的手，仰起脸努力地笑了笑说："古丽姐，我说过今晚不哭，你放心——那种感觉怎么说呢，就像是有什么东西从我的身上剥离了撕掉了，好疼好疼。我知道，在慕士塔格海关的这些年，已经刻进我的骨子里了，成了我生命的一部分了。"

最后她说："我不太会唱歌，还是给大家唱个关歌吧。"

在摇曳的烛光里，大家跟着李菁一起，流着眼泪，敲着碗筷，打着节拍，一起高声唱道："把关我们来到茫茫雪谷，在帕米尔高原把雄关修筑，高寒缺氧何所惧，生命禁区青春永驻……"

梦里几度边关路，七彩高原醉天边。

京华雨雪问飞天，多少花魂系荒原。

告别聚会结束后，高昕带着大家深一脚、浅一脚地走在黑黢黢的山路上。韩宇走在他身边，提醒他注意脚下的沟壑。高昕心里一动，问他："小韩，你现在是不是也想下山？"

"关长，我要在慕士塔格海关干下去，我觉得我离不开它。"韩宇对高昕一字一句地说，"这是我的真心话！"

时隔多年后，高昕对我说起那晚的心情："当时，我想到了郑众关长对我说过的那句话，我印象里是改编电视剧《北京人在纽约》的台词——如果你恨他，让他到帕米尔来，因为这里是生命禁区；如果你爱他，也让他到帕米尔来，因为这里足以磨炼你的人生。"

"那么，你到底是爱它还是恨它？"我盯着他的眼睛，试图从他的眼神中找到答案。

"嗯，我想大概是这样一种感情。因为爱，我们登上高原，被高原折磨得没有一点脾气。怕上山，上了山，又急着想下山，日子久了，就变成了恨。因为恨，我们又深爱这片冰冷的热土，恨不得贡献出自己的一切，甚至是生命和后代。恨又变成了延续生命、绵绵不断的爱。这种爱恨交加的感情，只有去过帕米尔的人才能理解。我这样说，你能明白吗？"

李菁的离开，在另一个女孩的心里引起了震荡，19岁的夏娜那天晚上失眠了。

夏娜高中毕业没有考上大学，回到家里当了牧民，其实她的内心并不情愿。在喀什读高中时，三年她都住在学校宿舍里，早已习惯了城市的便利和烟火气。刚回到村里时，她觉得方方面面都不习惯。洗不上热水澡，没有商场可以逛，买不到汉堡和鸡翅，生活安静单调得可怕。已经有媒人上门提亲了，可以预见的是，过两年，找一个老实巴交的丈夫嫁掉，再生上一堆孩子，和自己的阿诺（意为母亲）一样，然后一天天老去，波澜不惊地走完一个女人一生的路。

夏娜越想越害怕，把头埋进枕头里，不出声地哭了。

她打算告诉母亲，自己现在不想找对象，将来也不想留在村里。结果还没有说完就被母亲打断了："你的脑子里是不是钻进了魔鬼，怎么会有那么奇怪的想法？你要是再胡思乱想，我就要告诉你父亲，让他好好说说你！"

夏娜沉默了。平时爱说爱笑的她，突然变得非常消沉。每天晚上，她把自己的郁闷和不解全部写到日记里。夏娜母亲以为她已经平静下来了，没想到在一个早晨发现了夏娜留给家人的一封辞别信，她在信中说自己不想留在高原上，要到山下去闯一闯。在信里夏娜没有说自己要去哪里，也没有留下联系方式。

女儿不见了，阿布来提急得团团转，只好来找高昕求助。听着老人的分析，夏娜应该是去了喀什，毕竟这是她上学的地方，多多少少熟悉一些。"这孩子太单纯，长得又漂亮，我真怕她会遇到骗子和坏人！"阿布来提一筹莫展，急得声调都变了。高昕一边安慰老人，一边派卡斯木带上几个在喀什轮休的关员，和夏娜的哥哥库尔班一起寻找这个塔吉克少女。夏娜在喀什还有一些高中同学，在他们的指点下，关员们在喀什古城里辗转找到了一家饭店。

进了饭店，他们向前台打听，前台服务员指点他们来到一个包厢。一进去，果然看到了夏娜。她穿着服务员的制式旗袍，化着浓妆，端着盘子，正在为一桌酒足饭饱的客人送水果。那桌人可能是喝多了，拉着夏娜要跳舞。有两个男人正围着小姑娘，色眯眯地伸出手去摸夏娜的屁股，夏娜吓得尖叫起来。库尔班一看就急了，冲上去将那两个人推开。旁边同桌的男人气势汹汹地赶过来，将库尔班狠狠地往旁边扒拉："你是干什么的？"

"我是她哥哥！"

"切，你喝多了吧，我还是她爹呢！"几个人不怀好意地哄笑起来。卡斯木忙上前劝阻，韩宇挡在前面，把夏娜保护在身后。突然，有人把包厢门关起来，大喊道："你们他妈的是从哪来的，给我打，一个也别落下！"话音未落，密集的拳脚就朝关员们身上招呼，不知道从哪个角落甩出一个酒瓶，直直地朝卡斯木砸过来。被卡斯木敏捷地躲过，酒瓶砸在墙上"啪"地摔个粉碎。卡斯木大怒，顺手将旁边一个躁动不安的胖子摁住，厉声呵斥："别乱来，都给我老实点！"

其他关员一拥而上，和这桌客人扭打在一起，拳头像雨点一样向那几个男人挥去，几下就把对方打得"嗷嗷"叫。有个穿西装的小个子男人见状不妙，溜到门边想跑出去，被虞浩一把揪住，他吓得声音发颤，语无伦次："你你你，你别动我哦，我是广州商会的……我报警了！"

包厢外突然警笛大作，门被拍得震山响。

此时已经是深夜了，高昕刚上床准备休息。得到消息后，他简单和克里木交代了几句，急忙连夜坐车赶往喀什。大约是凌晨3点钟，在派出所的拘押室里，他见到了自己的几个下属。卡斯木、虞浩和韩宇一个个衣着不整，头发凌乱，库尔班的脸上还挂着被抓的血痕，样子很狼狈。

"你们啊，怎么这么冲动？"高昕虎着脸责问道，"你们说，是谁先动手的？"

"高关，是他们先动手的，当时情况紧急……"虞浩不服气地嘟囔。

"紧急？别跟我来这套，"高昕怒气冲冲地打断他的辩解，"你们下手也太重了，把人家的肋骨都打断了。你们知道他们是什么人吗？他们是市里请来的客商，是来谈项目投资的。你们这一拳头，造成的影响太恶劣了！"

高昕扭过脸对卡斯木说："还有你，卡斯木，我让你带队，你是怎么带的？！回去后给我好好写检查！"

他正在怒不可遏地训斥着下属，派出所所长从门外走进来，对高昕说："你是慕士塔格海关的领导吧？"

"是，我是慕士塔格海关关长高昕，您是？"

"哦，我是派出所所长张瑞。你们单位的这几个人要拘留，你过来办一下手续。"

"张所长，他们能不能办取保候审？"高昕对所长赔着笑脸说。

"医院出了伤情鉴定，现在对方属于一级伤害。对不起，我没有这个权力放了他们。"张瑞所长面无表情地说，"你也是领导干部，请理解和支持我们的工作。"

高昕沉吟了一下，毅然说："要不这样，他们几个手头都有急事，你把我一个人留下吧。"卡斯木他们几个人一听，大惊失色，连声劝阻："不行啊，高关长，不能这么做！"

高昕摆摆手，制止他们往下说："就这么定了，我在这待几天。"他转过头对张所长平静地说："让他们走，我留下。"

张所长显然也没有遇到过这种情况，他感到有些棘手。如果扣下关长，似乎说不过去，但如果把海关的人都放了，对方不依不饶。他想了一会儿，先出去和其他人商量了一下，又返回拘押室，对高昕说："那对不起了，高关长，暂时先委屈您在我们办公室待几天了。按照规定，您必须把手机和贵重物品交给我们保管。"

高昕没有犹豫，将手机递给一旁的民警。看着耷拉着脑袋没精打采的卡斯木等几个人，高昕又忍不住气不打一处来："你看看你们，一个个垂头丧气的，像什么样子。是高原男人，就给我挺起胸来，拿出点豪气来！"

　　就这样，高昕在派出所的办公室里住了下来。

　　白天他在房间里来回溜达当健身，晚上就和衣睡在沙发上。每天三餐是关里做好送过来的，吐尔地自告奋勇给高昕送饭。一见到高昕，吐尔地眼眶都湿了，鼻子一抽一抽的，好像马上就要哭出来，高昕只好反过来一个劲安慰他。

　　高昕想，自己进派出所的消息一定会不胫而走。郑关长可能会大发雷霆，说不定已经开了党组会，免了自己的职务。免了就免了吧，相比较而言，他更担心的是，如果卡斯木他们几个被立了案，恐怕会对他们的个人前途有很大影响。他自愿进来，其实是一种施压，希望能更快促成问题的解决。来之前，他交代克里木去找市领导沟通调解。这些年，慕士塔格海关也为当地外贸发展做了不少实事，更何况，这件事情的起因，主要责任在对方，达尔齐曼村的群众也会站在他们这一边，高昕心里十分笃定。

　　有时候，高昕会从梦中惊醒。他扪心自问，这次自己是不是也有点冲动，会不会将自己后半生的前途都搭上，上山前的雄心壮志，突然变得那么可笑。到头来还是灰溜溜地回北疆关，让那些揶揄他的人再次看笑话，这样的想法令他沮丧不已。然而转念一想，如果能再做一次选择，他应该还是会这么做，在保全自己和保护下属之间，他遵从自己的本心，承担作为主官的责任，无可推脱。这是他做人的原则问题，绝不含糊。

　　可是梅华，她会怎么想？一想到梅华，高昕的心突然变得柔软了，家人是他心底最脆弱的部分。

借着窗外模糊的光线，可以看到这间办公室的墙上有一面镜子。高昕爬起来，走到镜子前，端详着镜子里这个中年男人。镜子里的男人皮肤黝黑，面容憔悴，胡茬密密麻麻地爬满了腮帮子，一下子就像老了十岁。唯有那双眼睛，如同猎隼，闪着敏锐灼热的光。高昕你要挺住，一定要挺住，没有什么是过不去的坎。他默默地在心里对自己说。

在派出所里待了三天之后，张所长通知高昕可以离开了。在市领导的调解下，被打的客商撤回了民事诉讼的请求，表示不再追究。

三天时间，对他来说就像三年那么长，以至于当他走出大门，被室外的阳光一照都觉得特别晃眼，头发晕。派出所外面站满了人，似乎整个慕士塔格海关的人都来了，达尔齐曼村的村民也都来了，夏娜一家站在最前面。一见到高昕的身影，所有人都欢呼雀跃，纷纷鼓起掌来，有人还兴奋地吹起了口哨，场面热闹非凡。高昕意外地看到罗平安也在人群中。他赶紧上前，紧紧握住罗平安的手，惊喜地说："罗处你怎么来了？"

"哼，我怎么来了？我是代表郑关长来的。"罗平安盯着他的眼睛说。

"对不起，我给组织上添麻烦了。是我的错，没有带好队伍，我愿意接受任何处理。"高昕羞愧地低下头。

"高昕啊高昕，你真能折腾。你来之前我是怎么告诫你的？要安全第一，稳定第一！你倒好，折腾出这么大动静。"罗平安忍不住责备他，但看到高昕整个人都蔫了，又转了方向："幸好，你手下这些兵都跑到关里帮你叫冤，村里的群众也集体来帮你求情，把郑关长都说得掉了眼泪——不然的话，就要好好收拾你小子！"

高昕一阵激动："我，我要给郑关长打电话！"

"得得得，你先别打电话，领导还在闹心呢，等等再说。"

说话间，关里的几个小伙子笑嘻嘻地跑过来，高昕还没明白怎么回事，就被他们七手八脚地抬起来，齐刷刷地喊着："一二三！"将他高高地抛起来接住，然后再抛起来，再接住。

蓝天忽远忽近，忽上忽下。高昕整个人晕晕乎乎的，不由自主地闭上了眼睛，双耳灌满了风声和笑声，其中还夹杂着罗平安的声音："小伙子们别疯了，注意别把你们关长的腰给闪了！"

大漠风涛，梦里吴越，四海为家常离别。

情深无语乱敲诗，葱岭遥寄梨花雪。

第二十九章

在欢迎的人群中，高昕没有看到克里木的身影。当时，他也没在意，可能是忙着手上的工作走不开吧。等到坐上车，在回慕士塔格海关的路上，钟国辉悄悄地告诉他一个不好的消息：克里木副关长心脏病发作，现在躺在医院里急救，情况不是很好……

高昕心一沉，立刻指示司机马上调头，将车开到医院去。他一直担心的事还是发生了，安装了5个支架被克里木自称"五星级"的心脏，已经不堪重负。钟国辉说，就在高昕从派出所出来的前一天晚上，克里木突然出现腹痛恶心、手脚冰凉的状况。他开始没当回事，还以为是吃了什么不干净的东西引起胃疼，就找了点助消化的药吃下去。可是吃了药也不管用，胸口绞痛越来越厉害。等到他老伴呼救，大家急忙赶过来，发现克里木已经倒在地上，全身痛苦地蜷缩着，冷汗不断顺着额头滴下来。众人一看情况不妙，连忙找来车把他送到了县医院。

"这可不是一般的肚子疼，是心梗啊！"高昕皱着眉头说。

"是啊，我们一开始也搞错了，看他捂着肚子喊疼，还以为是食物中毒。到医院里，大夫说这就是心肌梗死的症状。"

克里木躺在病床上，嘴里吸着氧，双眼紧闭，面色苍白，才两天工夫他就好像缩水了一样，整个人小了一圈。他老伴和女儿守在床边，愁云满脸。看到高昕进来，两人一齐站起来，强忍着泪水向高昕打招呼。高昕伏在病床旁边，轻声地呼唤着："老克，老克，你怎么样了？"

克里木睁开眼，开始没认出来，辨认了好一会儿，发现是高昕，咧开嘴说："高关长啊，你怎么胡子拉碴的，我都没认出来……"

"嘿嘿，我这不刚从'号子'里出来吗，这几天辛苦你了。"

"你说哪去了，我也没做啥。倒是你，在里面吃苦了，哎，我这个不争气的身体啊……"克里木想从床上欠起身子，被高昕按住了。

"你别动，好好躺着。我已经回来了，关里的事你别操心了。"

"高关长，你过来一点，我想和你说几句话。"克里木现在说话显得很困难，每说一句都要喘一下。

高昕连忙将耳朵凑近他的嘴，克里木像是用尽全身力气，一个字一个字往外蹦："这一次，恐怕我过不去了。我有一个小小的要求，能不能，把我埋在咱们上山下山的路边……"高昕急忙制止他，不让他说下去："你不要胡思乱想，你休息几天，很快就会好的。"

"我的病，我心里清楚，这次看样子，我是撑不过去了，"克里木无力地摇了摇头，笑了笑，"我只有这一个要求，就让我在路边，看着你们平平安安上山，平平安安下山。"

听到这里，高昕再也无法控制自己的情绪，无声哽咽起来。

慕士塔格海关副关长拉齐尼·克里木，塔吉克族，在高原上工作了近30年，在这条崎岖险峻的山路上也跋涉了将近30年。他躲过了一次次雪崩和泥石流，在临近退休的时候，却没能躲过高原心脏病的折磨。

克里木的葬礼，尊重他本人和家人的意见，按照塔吉克传统习俗，在他的老家举行。这里离慕士塔格海关有几百公里。高昕和海关同事开了整整一天，总算是在傍晚时分赶到了。呈现在他们眼前的，是一幅令人震撼的场景。

克里木老宅的院子里，黑压压地站满了男人，他们将房子围了一圈，靠在墙根下垂头哭泣，哭声低沉浑厚。而戴着白纱的女人们则聚集在房间里哭，嘴里呜咽着，含糊不清地诉说着什么，哭声沿用一种固定的声调，却很有韵律。因为悲伤而显得断断续续，忽高忽低，时而像轰鸣，时而又像低语，犹如一张无边的网轻轻地包裹着每一个人。那是献给逝者的挽歌，倾诉的是对他在世时业绩的赞誉，寄托着无限哀思。挽歌以一个女人为主导，她的声音高亢明亮，穿云裂帛，在她歌哭的每一句结尾，所有女人齐声唱和道："愿你的安息之地成为天堂，愿你不朽的灵魂得到安宁。"

克里木的身上盖着一块刺绣的"凯先干（塔吉克族的裹尸布）"，头前和脚下各点着一盏灯。在他的身边还放着一个锡制酒壶，高昕一眼就认出那是克里木最爱的宝贝，每次有了高兴的事，他都要拿出这个酒壶小酌几杯。听克里木老伴说，克里木原先滴酒不沾，就是到慕士塔格海关工作后，特别是得了心脏病之后，慢慢变得很馋酒。或许，这是他对抗高原反应和病痛的一种方式。毕竟，要在高原上工作将近30年，不是那么容易的事。高昕想起那次因为塔合曼牧场的事情，他将克里木狠狠批评了一顿，当时两人为此还争执了几句。现在想来，他觉得有点后悔。

挽歌进入高潮，忽然戛然而止。这时，男人不哭了，女人也不哭了。高昕发现，在他们眼睛里竟然没有一滴眼泪。他忍不住问身边的老者："自己的亲人去世，他们怎么都不流一滴眼泪？"

这位老者用手按着自己的胸口，平静地说："塔吉克民族对生死看得很淡，死亡无非是换一种方式继续活着。如果每一个人都哭得很伤心，眼泪会汇成一条大河，挡住去世者的灵魂上天堂的路"。

吊唁接近尾声，有年长的老人上前为死者诵经，然后村子中的8名壮年男子小心翼翼地用梯子抬起克里木的遗体，朝村外原野上的墓地走去，众人紧紧跟随其后，边走边诵读经文。每个塔吉克人都有自己固定的家族墓地，按照民族习惯，不管人逝于何地，最后都要葬在自家的墓地中。塔吉克人认为，如果埋在异地他乡，那里的土地不会接纳他，死者的灵魂也会不得安宁。很巧的是，在墓地不远处，就是高昕他们上上下下经过的中巴友谊路。

这辈子，克里木没有离开他工作过的地方。

一直阴云密布的天空，开始飘洒下纷纷扬扬的雪花，地上很快就变得一片白茫茫。轻盈的雪花，如蝴蝶一般停留在高昕的鼻尖、眉毛和嘴角，他的眼前渐渐迷离。来到帕米尔高原的第一年，就这样在漫天飞雪中渐行渐远了……

冰峰似海车如舟，万古冰川映黄昏。

笑挂云帆向天问，横刀立马闯昆仑。

第三十章

"如果——我是说如果啊，再让我选择一次的话，我可能不会到慕士塔格海关来。"高昕坦率地对我说，"你不知道，在一个那样的基层海关工作，太难了，第一年我几乎要打退堂鼓了，就想打报告回家！"

我打趣他："没有付出就没有收获，天将降大任于你，必先苦其心志劳乏其身啊。你离提拔的目标不是又前进了一步吗？"

他一听就急了："你咋把我看得这么功利，咱们同学这么多年，你还不了解我吗？"

20多年前，我们考上了戈壁大学中文系，在一个寝室"同居"了四年，我睡下铺，他睡上铺。我们寝室一共有7个人，大家都是性格开朗善良的人，相处得很融洽，开水瓶永远都是满的，卧谈会常常会持续到深夜，连上课都要一起行动，7个人齐刷刷地并肩走在路上，谈笑风生。刚从黑色七月的独木桥上冲过来，踏进大学后，被压抑的热情完全释放，文科的学习任务对我们来说，简直是小菜一碟。其他系的同学非常羡慕我们，因为中文系的作业不多，我们可以名正言顺地泡在图书馆里看大部头小说，看刚出炉的期刊，在系电教室欣赏最新的中外电影，美其名曰做作业。在学校里，高昕简直如鱼得水，他迅速地加入学生会和文学社团，一时风头甚健。他特别喜欢古诗词，床头堆着厚厚一大摞唐诗宋词，李白、杜甫、辛弃疾的名句张嘴就来。

一天晨练，我们看到他在操场一角踱着方步，身上裹着一件肥厚的蓝棉袄，口中念念有词地背诵："帝高阳之苗裔兮，朕皇考曰伯庸。摄提贞于孟陬兮，惟庚寅吾以降。皇览揆余初度兮，肇锡余以嘉名，名余曰正则兮，字余曰灵均……"在滴水成冰的冬天清晨，一团团热气从他嘴边呼出来，远远看去像是即将发动的火车头。

屈原的《离骚》，几乎是所有中文系学生的噩梦，用我们古汉语老师的话来说，不仅"佶屈聱牙"，而且"古奥艰深"，令人难以久读。高昕却兴致勃勃地向我们推荐，大加赞赏："你看，这首诗写得多好，雄浑瑰丽，大气磅礴，真乃神作也！"

在校外的烧烤摊吃夜宵，我们都喝了酒，高昕的脸因为酒精的作用变得通红，说到兴奋处，他忍不住挥舞着手中的肉串说道："长太息以掩涕兮，哀民生之多艰。余虽好修姱以鞿羁兮，謇朝谇而夕替，这几句说得多好——这种境界和胸怀可不是随便哪个诗人都有的！对了，你们知道'鞿羁'这两个字是怎么写的吗？"

"不知道，难道有四种写法吗？"有人揶揄道。

"嘿嘿，料你们也不会写，来来来，看老夫为你们展示一下。"高昕笑眯眯地环视了一圈人，然后拿指头蘸了一点酒，在桌子上一笔一画地写起来。众人先是静默，继而惊叹叫好，后来我们都管高昕叫"高夫子"。

我们学校是一所综合性大学，整个校园的氛围比专业院校更活跃。食堂前的海报栏，常常被五花八门的活动海报裱糊得满满当当，沙龙、研讨、话剧、讲座、比赛通知满天飞。高昕拎着一桶糨糊，踮着脚，奋力将一张白纸贴在海报栏最显眼的位置。他要办一场古诗词鉴赏讲座，为此他筹备了差不多一个月，从联系老师、申请教室到构思海报文案，几乎事事都亲力亲为。他甚至苦练了一个礼拜，准备在讲座上朗诵一首辛弃疾的词作。他老家是山东的，说普通话有点大舌头，听起来严肃中透着一点滑稽。在寝室里练习的时候，总被我们笑话，说他有一股杂粮大煎饼的味道。有时候我半夜起来上厕所，还能听到上铺蚊帐中传出他瓮声瓮气的声音："四十三年，望中犹记，烽火扬州路，可堪回首，佛狸祠下，一片神鸦社鼓……"

看他如此入迷，我私下里含蓄地提醒了他几次，不要对这个活动抱太大热情和期望，免得到时候失望。因为在我们入学的这个时期，正是上个世纪80年代，改革开放的浪潮刚刚打开曾经紧闭的国门，一时间大家的目光都热切地投向国外。大学校园里最流行的是西方现代文化，萨特、尼采、卡耐基和蛤蟆镜、喇叭裤一样，都是年轻学子的追捧对象。大家热衷在一起交流对后现代主义、魔幻现实主义、意识流的看法，女生则废寝忘食地传看着三毛、琼瑶的书。整个中文系里，几乎没人对中国古典文学感兴趣，高夫子的举动在众人的眼中显得十分老土，不合时宜。

果然，正式举办活动的当天场面很冷清。

讲座选的日子有点问题，那天正逢星期六，不少学生下课后都搭学校的班车，去北疆市区欢度周末了。更重要的是，当晚中央电视台还有一场亚洲杯足球赛的直播。所以，偌大的阶梯教室里，稀稀拉拉地坐着大概不到二十个人，其中有几对看上去明显是情侣，只想找一个安静的地方，借着学习名义眉目传情。我们寝室的7个人倒是齐刷刷到场，为高昕打气。高夫子乐呵呵地站在教室门口，像一个过分热情的销售员，招呼人们入座。转眼又跑到小卖部，搬来一箱格瓦斯，忙前忙后给听众们发。

被邀请来的中文系古汉语教授在黑板上写下讲座主题："从唐代边塞诗谈中国古典人文精神的传承与发展。"然后转过身，推了推鼻梁上的黑框眼镜，问我们：

"各位同学，当你们还是一名中学生的时候，一定读过'葡萄美酒夜光杯，欲饮琵琶马上催'，或者'轮台东门送君去，去时雪满天山路'吧？在距今一千多年前的唐朝，出现了一种主要描写边疆军旅生活和大漠风光的诗，这一诗歌流派被称为'边塞诗'，代表诗人有王昌龄、岑参、王之涣等，流传下来的共有2000多首作品。应该说，这些边塞诗大气磅礴的雄浑之美、质朴浓烈的浩然之气，深深影响着中国文化品格的塑造……"

突然，教室外突然传来一阵热烈的欢呼，夹杂着口哨声和掌声："哦哦哦，进球了，进球了！"这是从旁边的男生宿舍传过来的，看来球赛已经进入高潮。

教室里如同刮过一阵飓风，听讲的学生们明显兴奋起来，男生都忍不住纷纷扭头朝窗外看，老师停止了讲解，皱起了眉头。坐在教室后排的高昕像一颗出膛的子弹从座位上跳起来，扑到窗前，手忙脚乱地关着窗户，坐在离窗户比较近的一个女生也随即站起身，帮着他一起关。"谢谢谢谢，梅华。"他一边擦着额头上的汗，一边向女生一叠声地道谢，"你这个周末没回家？"梅华淡淡一笑，竖起指头靠近嘴巴示意他保持安静，然后独自走回座位。教室里重新安静下来，只听到天花板上的大吊扇一圈圈

"呼呼"的转动声。

整个讲座持续了将近2个小时，在即将结束的时候，老师提议："下面，我们欢迎中文系的高昕同学为我们朗诵一首边塞诗词的代表作。"我们寝室的兄弟们带头鼓起掌，高昕站起来，有点害羞地笑，脸颊微微泛红。

他走到讲台前正要张嘴，突然，屋顶的灯"刷"一下灭了，教室里一片漆黑，学生们不约而同低声惊呼起来。高昕呆呆地站在讲台上，不知所措。不知道是不是今晚球赛太火爆的原因——学校居然在周末晚上停电了，这场讲座真是命运多舛。

梅华从书包中掏出一根细细的蜡烛，点亮了灯芯。她小心翼翼地捧着，将这团微小的火焰递给了高昕。我们也突然明白过来，纷纷找出备用蜡烛，一根接一根点燃。晕黄的烛光让整个教室显得明亮而温暖。

在满室晃动的点点烛光中，高夫子用自己的山东普通话，抑扬顿挫地朗诵道："……沙场烽火连胡月，海畔云山拥蓟城。少小虽非投笔吏，论功还欲请长缨……"

月光下，学校的大运动场已经没有白日的喧闹，我们坐在高高的台阶上，看着空旷的球场草坪，跑道上只有几个精力旺盛的学生在一圈一圈跑着步。高昕自嘲道："也许你是对的，我的确有点傻，或者说是迂腐——我听到别人这么议论我。"

"别这么说，我觉得做自己就好，人各有志，你不可能要求所有人都和你一样。对了，你不是说过毕业后要干一番大事业吗？"我抬起头，发现天上的月亮又大又亮，猜想今天应该是阴历十五。

高昕缓缓地摇摇头，揪了一根麦草放进嘴里嚼着："大事业不敢想，能留校当个图书管理员就心满意足了。"

我扭过脸，有点不可思议地说："你想躲进小楼成一统了，太消极了吧……"

"那你觉得我能干啥？"

"像你这种刻进骨子里的浪漫主义者，注定不会甘心过一个平淡人生，"我直视着他的眼睛说，"因为你心里有一团火。"

高昕原本暗淡的眼神突然一亮："我和你说实话吧，真的，如果不是视力不好，我可能会报考军校，听说部队里什么都管，还管吃管穿……"。

"最好再发你一个老婆得了。"我抬起手，拍拍他的肩膀。

高昕瞅了我一眼，狡黠地笑了："不用操心，我已经锁定目标了。"见我满脸问号的表情，他赶紧补充一句："别问我，我现在是不会告诉你的——我困了，回去吧。"

跑道上已经没有人了，月亮开始向西沉去。

一纸将令战鼓催，五载冰天人难寐。

秋来踏歌过江东，春去圆梦惊风雷。

百行征雁致雄关，万里风涛共此杯。

莫怜昆仑人憔悴，西天南岸壮士归！

第三十一章

皮里克节到了。

阿布来提早早就邀请了高昕和慕士塔格海关的关员们，到达尔齐曼村过节。高昕还是头一次听说这个节日，感到很新鲜。

阿布来提告诉他，这个节设在回历8月，一般是两天。第一天，塔吉克人要全家围坐在一起，由家里的长辈将草烛（用浸过油的棉花，缠绕在干草棍上，可以像蜡烛一样点燃）插在盛着沙子的盘子里，一边叫着家里每个人的名字，一边为每个人插上两支草烛。然后其他人望向烛火，相互祝福。一般还会把自己家做的饭食送给邻居，互相祝贺节日。到了第二天下午，仪式转到墓地举行。大家将食物和为死者准备的草烛带到那里去，追思亲人。到了晚间，真正的高潮来了。每家要点燃特制的油火把，插在屋顶上，召唤吉祥。孩子们在野外燃起篝火，开心嬉戏。此时，山村里的万家灯火，光彩夺目，帕米尔高原的夜空被照耀得如同白昼。

这是一个纪念膜拜火的节日。

据说，这个节日的创始人是一个名叫甫香格的国王，有一次他在爬山时遇到了一条大蟒蛇，国王拿起一块大石头向蛇砸去。虽然没打中大蛇，但是石块撞击到岩石上迸溅出灿烂的火花，他歪打正着发现以石击石的方式可以获取火种。为了感恩上苍赐予人类火种，这一天就被定为皮里克节。

韩宇并不知道这些典故，他只是觉得，看到这些放肆跳动的火焰，让原本荒凉寂寞的高原多了浓浓的暖意。他特地带来了不少烟花，在夏娜家的门前山坡上，兴致勃勃地燃放起来。焰火一声声呼叫着钻入云霄，在夜空中遽然绽放，一瞬间满天都是星星点点的火树银花。夏娜看得着了迷，在一边拍着手，像个孩子一样欢呼雀跃。

"哎，夏娜，皮里克是什么意思啊？"

"是灯的意思，所以皮里克节也叫灯节。"夏娜突然想起来什么，说道："对了，我考上教师资格证了，可以去村里的幼儿园当老师了，天天和孩子们在一起。"

"那太好了，你能歌善舞，幼儿园老师这工作很适合你！"韩宇由衷地替她感到高兴。

夏娜真诚地说："韩宇哥，那年多亏了你们，不然我可能还会在那里端盘子呢，谢谢你！"

韩宇摸摸后脑勺，"嘿嘿嘿"地笑着没说话。

"走，我们去跳舞去，我哥哥他们在那边等我们。"夏娜拉起韩宇的手，朝院子外面跑去。

"哎哎哎，我不会啊！"韩宇大叫。他没想到这个塔吉克少女竟然主动牵起自己的手，他不好意思挣脱，脸一下红了，心里却喜出望外。虽然他平时在关里和同事说，自己在大学里号称

"少女杀手"，其实基本上是吹嘘的，实际上他腼腆得一次都没拉过女生的手。

"没关系，我教你！"夏娜调皮地朝他挤挤眼睛，韩宇的脑子已经开始有点发晕了。

村口的空地上燃起了熊熊篝火，村里的年轻人都聚在那里，在鹰笛、手鼓和热瓦甫的伴奏下，围着篝火跳起整齐划一的舞蹈。夏娜带着韩宇很快就融入舞蹈的行列中，韩宇一开始还放不开，渐渐地被这气氛所感染，胆子也大了，跳得越来越欢。在篝火边，库尔班推着一辆轮椅，夏娜的弟弟迪卡坐在轮椅上，火焰跳动下，映照出他乌溜溜的一双眼睛闪闪发亮。他亮开清亮的歌喉唱道：

> 是谁把那黑色眼睛藏在笑容里
> 是谁又让动人嘴唇说醉心话语
> 想起谁的挺拔身影久久不离去
> 思念谁的卷发浓密笑得孩子气
> 多少姑娘抛下头巾都为他美丽
> 送你一片我的树荫你可会留心
> 多少姑娘抛下头巾都为他美丽
> 送你一片我的树荫你可会留心
> 思念着那黑色眼睛白天和夜里
> 又怕相见对面眼神露心中秘密……
> （塔吉克民歌《路过的眼睛》）

高昕盘腿坐在阿布来提的土炕上，嚼着馕，和老汉拉着家常，心里却在盘算。时间过得很快，他到慕士塔格海关已经5年了。

这几年，关里的变化挺大，院子里的办公楼和宿舍楼陆续都翻新改造了，关员宿舍里的家具设施焕然一新，室内全部安装了弥散式制氧机，走到哪里都能吸到充足的氧气，舒适度提高了很多，不会再出现像李菁那样半夜昏厥的危险了。关里的人来来回回地也调整了不少，除了克里木离世，李菁调到山下的喀什海关，钟国辉也通过遴选，如愿以偿地回到北疆海关工作。

而最让高昕没有想到的是，古丽辞职离开了海关。她闷声不响地考上了英国利兹大学的传媒专业，出国留学去了。当她将辞职报告递交给高昕的时候，差点哭了："对不起高关长，是我当初要跟着您上山的，现在我当逃兵了。"高昕虽然意外，但他还是表现得很大度，反而安慰她："别这么想，你能去闯闯外面的世界，开阔自己的眼界，我不会拦着——希望你学成归来，成为一名媒体人，到时候别忘了多宣传宣传我们慕士塔格海关哦！"

唯一让他心中纠结的是，这几年来慕士塔格海关在缉私方面还是没有大的起色，特别是自主查发的缉毒案件方面还是空白。各种不靠谱的"参考消息"让他们四处出击又四处扑空，屡战屡败的结果，几乎动摇了他屡败屡战的信心。北疆海关机关职能部门里就流传出这样的说法：高昕这个人不务正业，一天到晚就知道搞思想政治工作，搞民生工程，从不在业务工作上下功夫云云。

他派卡斯木去兄弟海关跟班作业，学习查缉经验，也邀请丁志远带着调查局业务骨干到慕士塔格海关来举办讲座，传经送宝。和高昕渴望突破的迫切心情相比，丁志远显得云淡风轻：

"你急啥？这种大案都是可遇不可求的，不是不打，是时候未到，要耐住性子等待机会。"

转眼到了今年的中秋节前，事情似乎出现了转机。

策马西天，东南望，激情难歇。昆仑山，刺破青天，云开风裂。边关彻夜数寒星，磨剑数载伴孤月。提万里风云闯天涯，情何切!

嚼风沙，卧冰雪；拔剑起，毒枭灭。红关侠肝义胆总无缺。国门亮剑慰先辈，无愧汉唐英雄血。天地间，雪峰红旗掣，通京阙。

第三十二章

"高关长，我想跟你说个事儿。"中午吃饭的时候，孙玉圣捧着他的餐盘来找高昕，悄悄地说，显得神秘兮兮的。

高昕指了指对面的位子，让他坐下来。孙玉圣一偏腿，大大咧咧坐在他对面，声音里透着一股掩饰不住的兴奋："这回啊，我估摸着逮着一条大鱼了!"

"哦，什么情况，你跟我说说。"高昕放下了筷子。

孙玉圣嘿嘿一笑，厚着脸皮说："领导，给我根烟，我刚抽完。"

高昕从口袋掏出一包刚拆开的烟甩给他。孙玉圣如获至宝，抽出一根点着了，叼在嘴巴上，美美地吸了一口，然后才一五一十地告诉高昕他上午的发现。

就在今天早晨，孙玉圣像往常一样，在慕士塔格海关集中查验场内，验放进出境车辆货物，办完通关手续的出境车辆一辆接一辆地离开查验场地。一辆巴基斯坦籍进境大货车引起了他的注意。这辆货车是昨天夜里驶入慕士塔格海关监管场地的。现在，它醒目地停在查验库内，虽然车上沾满了长途跋涉的尘土，但是在耀眼的阳光下，车身新刷的油漆散发着幽幽蓝光。凑到近前查看，车子的侧面厢板上还留有风干的刷油漆时滚落的痕迹。

"我检查后发现这车有问题。"

"什么问题，就是因为新刷的油漆吗？"高昕不动声色。

"不止这个，除了这辆车的箱体油漆是新刷的，我还拿着石头敲了几下，在车厢厢体的一些部位，听上去明显存在空洞的回响。"孙玉圣目光炯炯。

当时，他把自己的疑惑告诉了科长卡斯木。凭着一名查验科长的敏锐，卡斯木立即放下手头的工作，与孙玉圣一起走向这辆大货车。他们两人重新在箱体四周敲击，确实，有一些部位明显发出"砼砼"的声响。再低下身子观察，擦去车子底盘上的泥土，新的焊点映入眼帘，这就让人的疑惑更大了。

这辆车是一辆普通的国际联运货车。入境的时候，并没有引起太多的注意。它从巴基斯坦入境，在中国过境后，最后将进入吉尔吉斯斯坦。国内段只负责对它的封志进行外观查验后就可以放行。听了孙玉圣的判断，高昕有些不置可否。前年，他们也曾经在"参考消息"的指引下，突击查过几回车，都一无所获，还差一点引起国际道路运输方面的纠纷。

高昕提醒他："我们已经不止一次查过过境车辆，不能再出纰漏了。刚才你说的那些，都不足以证明这个车有猫腻——还有没有其他可疑点？"

孙玉圣看他追问得紧，抓耳挠腮说不出话。这时，坐在旁边桌的卡斯木赶紧凑过来，红着脸对高昕说："关长，其实，是我提出怀疑的。只是我自己摆了无数次乌龙，都是查无所获，实在不好意思再开口了，就让老孙来向你汇报。"

"你这家伙还搞'垂帘听政'啊——好吧，你给我详细说说！"

卡斯木这次显得胸有成竹："高关长，有一个比较重要的疑点。"

就在半个小时前，一高一矮、一胖一瘦的两名巴基斯坦人走进他的办公室，要求办理那辆货车的通关手续。听到车牌号，卡斯木一惊，之后马上镇定下来。自发现这辆车存在异常起，他和孙玉圣就一直在等待着司机和货主的出现。他们想要立刻弄清楚这辆车到底从什么地方来，要到什么地方去，装的到底是什么货？卡斯木努力微笑着接过他们递过来的单证。翻开单证，疑点更多了。车上装的是大米，279包，6975公斤，货值1395美元，货物在巴基斯坦边境口岸起运，从帕米尔口岸进境，再通过南疆另一个口岸出境，最后运抵吉尔吉斯斯坦首都比什凯克市。

卡斯木决定不惊动司机，同他们拉家常一样，问了一些常规性的问题。闲聊中，他弄清楚了高个是司机，矮个是接车人，矮个子早就已经进境，这次是专程赶来接车的，在办完这里的通关手续后，还要护送高个子司机到出境口岸。在接受了他们的申报后，孙玉圣登记了他们的护照，应他们的要求，当面为他们联系了一家具备办理过境货物资质的中国报关公司，并告诉他们，报关员还在喀什市，明天才能赶到帕米尔口岸，等报关员一到就马上为他们办理通关手续。两人高兴地握着卡斯木的手，大声说：中国好，中巴友谊万岁！

卡斯木回想起与他们交谈时的情景，许多细节着实叫人难以捉摸。当他问到车内还有什么时，两个人的目光游移不定。为什么在十分轻松的气氛中司机的脸却一直绷着，难道这辆神秘的货车真的在上演一曲瞒天过海的大戏？

"我和老孙一起商议过。这辆车号称拉了近七吨大米，从巴基斯坦去吉尔吉斯斯坦，路上就要几千公里。大米总价才1500美元，就这么点量，运费却要超过4万元，哪来的利润，这本亏的，也太不划算了吧。而且，巴基斯坦生产的大米，也不合吉尔吉斯斯坦人的胃口啊。它到底图什么——明显不合理！"

听卡斯木这么一说，高昕觉得还真有点道理。或许，这次真的是条"大鱼"？

他略一思索，说道："这样吧，过一会儿，等监管场地车辆少了，我们再去检查一下。"

中午吃了饭，高昕和他们两人来到了监管场地，这时候场地几乎没有人。他们对车体外观进行了全面彻查，车体看不出一点曾经改装的痕迹。拿出刚刚配发的密度测试仪，没想到早就没电了，高海拔地区蓄电池的寿命十分有限。

孙玉圣一拍脑袋："对了，北疆关两只缉毒犬正在口岸，这两天在训练，我们借过来用一下。"他马上去找缉毒犬，牵着它们来到车边。但是这两个小家伙被高原海拔折磨得失魂落魄，东张西望，只嗅了一下轮胎，然后掉头就跑，拉都拉不回来。

正在一筹莫展之际，卡斯木从地上捡起一块石头，沿着箱体开始敲击。这是新疆农牧区特有的做法，旱情严重的时候，家家户户都需要买水。由于看不清卖水人的大铁桶里装了多少水，就用石头敲击桶壁通过声音来估摸铁桶里有多少水，值多少钱。

最原始的办法，发挥了意想不到的效果。卡斯木像绣花一样，一点一点、一寸一寸地有规律地对车厢的前部后部、上下左右边进行地毯式检测。果然，在车厢靠近驾驶室的部分，敲打的声音很闷，和敲打其他地方发出的声音明显不一样。卡斯木用便携式检测仪，对这个部位进行反复检测，测出了夹层的长、宽、高，画出了夹层的图样，确定了箱体内一定存在夹层，夹层中一定藏着东西，并且这些东西绝对不是大米。

卡斯木和高昕几乎是同时看了对方一眼，彼此都读懂了对方眼睛里要说的话："有戏！"

这辆货车装的货物属于"四国联运"货物，按照中国、巴基斯坦、吉尔吉斯斯坦和哈萨克斯坦四国政府签订的联合运输协议，四国任何一国的车辆装载货物过境其他三国，在没有可靠情报显示其装载有危险品或违禁品的情况下，过境国不能开箱查验。这时，高昕的脑中马上闪过一个念头，用电钻把箱体打穿，先确定里面是什么东西，再现场控制嫌疑人。当时，边境地区连续发生了多起暴恐案件。有消息称，境外塔利班大批人员要从口岸潜入境内进行破坏活动。还有情报说，境外敌对势力、恐怖分子与民族分裂分子勾结，企图将枪支弹药偷运进境。万一夹层里是炸药，打钻会不会很容易点燃炸药引信呢？一定要慎重。

孙玉圣开玩笑地说："没事没事，我们会注意的。如果万一真是炸弹，实在要炸了就炸了，我们就成英雄了……"高昕冷静下来，让卡斯木和孙玉圣不要冒险，先回关里再商议。他回到自己的宿舍房间，在床上和衣躺下，苦思冥想。

上个世纪末以来，帕米尔口岸曾经查获过多起毒品枪支炸药走私案，先后从脱毛霜、洗发香波、蜜枣中查获海洛因，还查获了罕见的化学制毒前体——醋酸酐（醋酸酐是制作海洛因的原料之一）。

帕米尔口岸已经安静了许多年了，这次会不会给他们一个意想不到的"惊喜"？

晚霞流瀑挂秋窗，葱岭古道射天狼。

冰峰无需愁白头，共醉昆仑古战场。

第三十三章

正当他在床上辗转反侧的时候，卡斯木和孙玉圣兴冲冲地拍响了门。一打开门。两人就迫不及待地挤进来，手里捧着毒品检测试剂，低声凑在他耳边，一叠声地说："关长，是毒品，毒品。"

原来，卡斯木看高昕有顾虑，在他离开现场后，自己从查验工具箱中找来了一个小电钻准备开钻。为了事后复原的方便，也为了复原后不被发现，他选择了直径最小的钻头。

打钻的工作马上就要开始了。卡斯木和孙玉圣挽起衣袖，会心地笑了笑。孙玉圣说："老卡，让我来吧，反正我是光棍一条，没啥好牵挂的。"卡斯木尽力平复激动的心情，故意板着脸说："你少废话，天塌下来我们一块儿扛着！"

卡斯木打开手钻开关，钻头高速旋转着冲向他们事先选定的位置。这一钻，他们选择夹层所在的货柜厢厢体侧面。因为侧面的厢板相对比较薄，容易击穿。费了九牛二虎之力，手钻打穿了厢板，但他们惊讶地发现，除了货柜车厢板之外，厢板里面还有一层铁板，那层铁板肯定是夹层的铁板，由于钻头长度不够，没有打穿这层铁板。这证实了他们事先的判断厢体内有暗格是正确的，更坚定了他们打出第二钻的决心和信心。随后，他们两人立即去塔库县城买了一个新的钻头。

第二钻，他们决定在汽车底盘上打眼。从第一钻的情况分析，车内的暗格肯定是独立的，可能是走私分子事先在货柜车外做好再塞进箱体，然后焊接固定的，暗格的底板肯定紧贴在汽车车厢底部，手钻一定能击穿。他们仰躺在地上，举着手钻艰难地一点一点向夹层内部深入。

一分钟过去了、五分钟过去了、十分钟过去了，汽车底盘的钢板顽强地阻挡着钻头前进的步伐。打，必须打穿，再难也要打穿。又过了五分钟，随着"扑哧"一声，暗格底板终于被打穿。就在打穿的一刹那，浓浓的醋酸酐的味道从暗格里散发出来。卡斯木拔出钻头，钻杆的丝槽里沾满了乳白色粉末。"海洛因！"他们不约而同地喊了出来。

"高关，这次真的是逮着了！"孙玉圣嘴巴差不多要咧到耳根了，双眼灼灼放光，"按照体积估算，至少是300公斤的海洛因，乖乖，真是大家伙啊！"

"你们辛苦了！"高昕紧紧地握住他们的手。

高昕立刻打电话给丁志远报告这个线索，丁志远也很兴奋，建议他们尝试采取"控制下交付"的方式进行长线经营。在电话里，丁志远再三强调："高昕，我们会派人在山下接应。你这方面没经验，一定要听我的，否则就会竹篮打水一场空哦！"放下电话，高昕心里觉得有点硌得慌。但是又不好说什么，毕竟人家是缉私专家，见得多了，经验丰富。

高昕在关里成立了专案组，将在岗的全体关员分成三组，全面进入战备状态。虽然一些人还不清楚发生了什么事，但没有人东问西问，大家在沉默中不折不扣地执行指令。被钻头打开的两个小洞被卡斯木用胶水混合泥土巧妙地堵上，货车已经完全恢复成原样。夜里，高昕破天荒地拿出了落满灰尘的自动麻将机，对卡斯木说："这一夜你们就不要睡觉了，你，还有孙玉圣、虞浩、韩宇，你们几个人通宵打麻将，给我盯着司机和车辆，不能出现任何闪失！"

第二天下午，那个来接车的矮胖子在报关员的陪同下，按照约定时间来到卡斯木办公室办理通关手续。是给他一份完整的手续，还是给他一份不完整的手续？为了避免节外生枝，卡斯木决定做一份不完整的手续给他。接车人也没在意，与卡斯木握了握手，就拿着没有转关申报单的关封离开了查验办公室。

高昕跟在他后面，再次来到查验货场。刚进大门，就发现那个高个子司机将车发动起来，自己从车上下来，蹲到卡斯木打钻眼的部位，死死地盯着车底。难道他发现了底盘下的秘密了吗？高昕的心脏"突突"地跳动着。就在这时，旁边突然有人对着司机大喊大叫，他回头一看，是那个上山接货的胖子，对着司机大喊大叫，不知道在说些什么。还一边说，一边向司机那边跑去。高昕第一感觉就是，车上打眼的事情已经被他们觉察到了。情况紧急，实在顾不了那么多，实在不行就放弃"控制下交付"，现场控制当事人。高昕开着一辆准备跟踪的越野车，轰大油门，从接货人和货车中间开过去，先把他们隔开，便于分开控制当事人。

看到那辆车从身边轰鸣而过，胖子不跑也不叫了。高个司机听到汽车的轰鸣，从车底下钻了出来，左顾右盼，神情十分淡然。终于，他坐进驾驶室，开着车缓缓地驶出了查验货场。高昕悬着的心放下了一半。

这辆大货车踏上了从进境的帕米尔口岸到出境口岸500公里的漫漫长路。而他们不知道的是，在前面的路上，海关跟踪车辆已经全部部署完毕，散落分布在下山途中的关键隘口。

就在车驶离现场2分钟后，卡斯木和孙玉圣一人操起一根防身的钢管，驾驶小车第一个悄悄跟了上去。

高昕正高度紧张地盯着那辆车的行踪，突然他的手机响了，是梅华的电话。她带来了一个不好的消息："高昕，不好了，妈出门走丢了！"梅华焦急地说。

"什么，你怎么回事，她出门的时候没人跟着吗？"高昕一听就急了。

"妈要出去到街心花园晒太阳，你嫂子陪她去的。就在你嫂子打电话那会工夫，老太太人就不见了。我下午有课不在家，又不是我没照看好她！"梅华好像是跑了一段路，有点上气不接下气。

高昕刚想再和她说两句，手中的对讲机又急促地叫起来。真是啥事都凑一起了，他连忙掐掉手机，接通了对讲机。原来是关里租来跟踪的皮卡车车主感到不对劲，怕威胁到自己安全，不论出多少钱也不干，坚决要求回家，掉头跑了。高昕怕他泄密，指示虞浩没收了他的手机，把他扣在关里。

谁来补上这个空当呢？高昕想了想，只好自己来了。门口只有一辆老旧的小捷达，高昕的个子又高，几乎是全躺着进到里面。他拿着一把借来的猎枪，押上子弹，带着两个关员出发了。

5分钟后，目标货车驶入一家修理厂。这是干什么，毒贩要卸货吗？两组人员想到了同一个问题，本来就敏感的神经立即绷得更紧。高昕立即命令卡斯木：选择有利位置盯紧，如果发生毒品交易，立即实施抓捕。从望远镜里，可以看到修理工和司机、接货人在有夹层的箱体边来回走动，看起来好像在讨论怎么割开车厢打开夹层的问题，大家的心都提到了嗓子眼。

高昕从对讲机呼叫孙玉圣，让他假扮成路人，马上进到修车店里。如果出现状况，先把人抓起来。孙玉圣一听要让他"抓人"，愣住了，赶忙说自己没有戴手铐，也没有证件……高昕不假思索地告诉他，车里有透明胶带，这就是你的"手铐"，贴住他的嘴，不让他说话，缠住他的双手，不让他乱动，这就叫"抓人"。

"孙玉圣，我可没叫你逮捕他，也没叫你拘留他，就是说，一旦有情况，把他给我控制住！"高昕再三强调。

15分钟后，货车离开了修理厂。事后，为了了解原因，卡斯木下车找到修理工询问，原来是货车的侧面厢板由于焊接时没有处理好，把油箱的加油口盖住了。高个司机让修理工切了两个半月形的口子，这样货车才能顺利加上油。

加满油后，货车离开了帕米尔口岸，朝着它的目的地狂奔。高个司机打电话给他的境外老板，告诉老板说他们已经顺利通过了海关检查，正驶往喀什。他觉得事情非常顺利，开心地吹起了口哨。他永远也不会想到，在他们即将经过的路上，慕士塔格海关和调查局有7个监控组在张网以待，只要一声令下，他们马上会成瓮中之鳖。

虎踞龙盘飞云度，冰山大川若坦途。

来生再约西王母，剑锋直逼黄龙府。

第三十四章

经过5个多小时的跋涉，次日凌晨2点，货车进入了喀什。帕米尔海关的车本来还想跟上去，就在这时，丁志远打来电话，指示他们立刻返程："老高，你们的任务已经完成，可以回去了。下面的事情，就交给我们了！"

"志远，我们还是应该留下来。现在还没到最后阶段收网，需要人手啊！"

"不不不，这里不需要你们，你们在这里多……"丁志远差点脱口而出"你们在这里多余"，可能觉得不妥，硬生生地吞回肚子里。

听这话，明显透着一股不信任甚至唯恐他们抢功劳的意思，高昕也不乐意了，顶了回去："丁处长，这个关键时刻我们怎么能走呢，等拿下嫌疑犯我们再回去！"

"这是关领导的意思，我只是通知你，"丁志远搬出了上级命令，"我们都得服从大局，你不要让我为难，可以吗？"

高昕气得挂掉电话，窝了一肚子火。考虑了一下，他最后还是让关员把车调头，回慕士塔格海关。但生气归生气，临走时他嘱咐卡斯木和孙玉圣那辆车留在喀什，继续完成既定行动。

回程的路上，高昕始终闷闷不乐。他非常郁闷，为什么丁志远突然之间像换了一个人，他刚才的口气明显是将高昕往外推。他转而又一想，或许是自己多心了，作为老同学，丁志远应该不会故意针对他的。都说职场上没有真正的友谊，但是他和丁志远平时的关系不错，有时也能说几句心里话。来到慕士塔格海关之后，丁志远对他还是比较关心的，也给他支过招。做人不能太小心眼，高昕摇摇头无奈地笑了笑。

突然，他想起昨天掐掉的梅华电话，狠狠一拍自己的大腿，连呼"糟了糟了"。他简直忙昏头了，竟然把老妈走失这事忘得一干二净，赶紧拨通梅华的手机。"喂，是我，妈妈找到了吗？"

"咦，你也脑子不好使吗，没看我给你发的短信吗？"梅华嗔怪道，"老太太已经回家了。是街坊大妈发现的，看她在路边发呆，就把她送回来了。"

高昕心里松了一口气，忙笑着赔不是："我这两天有事，没顾得上，实在抱歉了，老婆大人辛苦啦！"

"少来这一套，我可不是三岁小孩，要你哄。"梅华不为所动，气鼓鼓地说，"反正你没把我们放在心上，哼！"

整个白天，目标货车一直在喀什停留，矮胖子和高个司机找了一家宾馆住下，其间不断与喀什对接人员联络。第二天早上9点，这辆货车离开喀什市，一个半小时后，到达出境口岸。车一到，抓捕行动开始了。当场抓获巴基斯坦籍嫌疑人2人，中国籍嫌疑人3人。制作精良的钢铁夹层被打开，呈现在人们面前的是一面"毒品"墙，一包包四四方方被黄油纸包裹着的高纯度海洛因，袒露在灿烂的阳光下，所有人都忍不住欢呼鼓掌。

"乖乖，我从来没有一次性见到过那么多毒品。"一想到那天的情景，孙玉圣这个曾经查缉过不少涉毒案件的"老兵"也忍不住咋舌。所有的毒品被一点点搬下车，逐渐占满了大半个广场。大家初步点了一下，一共有115包，共计590公斤海洛因。这么大的量，应该是建国以来单次查获海洛因数量最多的一次。

消息传来，高昕也很开心。他立刻拨通了丁志远的电话，直截了当地说："志远，听说案子破了，太好了，呵呵——我，我想下山去看看缴获的毒品。"

"哦，是这样的，这批海洛因马上就要移交给公安部门。公安的同志说，现在案件还在保密阶段，恐怕你不方便过来。"

这下高昕再也忍不住了，他质问道："丁处长，这个案件明明是我们先发现的，怎么我连看一下的资格都没有吗？"

"高昕，你可不能这么说，"丁志远不紧不慢地回应道，"毒品是在出境口岸现场截获的，不能把功劳都算到你们头上，做人要厚道。"

"你什么意思，咱们到底谁不厚道。我第一时间向你报告线索，动员全关去抓捕，到头来你居然说我不厚道！"高昕有点恼火，声音越说越大。

"我现在不想跟你争，这边事情很多，马上郑关长，还有公安厅的领导要来，咱们下回聊。"说完丁志远就迅速挂断了电话。

高昕握着手机，发了一会儿呆。他觉得再也坐不住了，叫司机麦麦提备好车，送他下山去看看战利品。"高关长，现在时候不早了，赶到那边恐怕会很晚。"麦麦提不无担心地说。然而高昕决心已下。他内心纷乱，今晚如果不能见到那辆车和毒品，他觉得自己一晚上都无法安睡。就这样，还不到24小时，高昕来回跑了差不多一千多公里。当他赶到吐尔尕特口岸的时候，天果然已经黑了。

不远处，口岸餐厅里灯火通明，隐隐约约能听到碰杯欢呼的声音，可以想象得出来，大厅里一定是觥筹交错，笑语盈天。这应该是一场盛大的庆功宴，估计领导来了不少，毕竟这次的战果可谓格外辉煌。

没有人通知他，也没有人邀请他。高昕就这样孤独地站在风中，等着卡斯木和孙玉圣出来。案件中的那辆大货车就停在院子里，可是现在，近在咫尺却无法接近。看守车辆的保安说，没有领导的指令，任何人都不得靠近。

过了一会儿，卡斯木和孙玉圣来了。一见到高昕，他们就开始倒豆子一样诉苦："车辆交接后，我们两个就只有跟班的分了。从抓捕，切割，再到清点毒品，直至介绍案情，我们连说话的机会都没有。"

夜色中，他们无奈地相视一笑。

"听说后来在案件通报会上，也没有让你介绍情况，你是被当成透明人了吗？"我问道。

"是的，没有给我机会开口说话。他们都夸夸其谈，幸亏早就拿到了情报，我们才笃定有走私毒品。还有人说，这是缉毒犬大显神威。连后堂服务员都在说，我们拿出了最好的酒水饭菜，我们也有功劳。呵呵……"

会上，丁志远作为重点发言，侃侃而谈。在说到如何查发案件线索时，他对慕士塔格海关轻飘飘地一笔带过，花了大量时间谈的都是自己的处室如何很早就开展情报经营，在追捕过程中如何开展紧盯跟踪。高昕越听越不是滋味，心一点点往下沉。他满含怒气直愣愣地看着丁志远，但是对方根本没看他，飘忽的眼神从他的脸上一扫而过。

　　"虽然我和他年纪相仿，但是岗位经历和性质完全不同，所以压根不存在竞争。我不明白，为什么他在这件事上如此排斥我？"高昕至今依然耿耿于怀。

长亭酒烈，塞外飞雪，斩罢毒枭惊（金）星月。

酒酣依山问苍生，谁助汉唐兴霸业？

第三十五章

　　毕业多年后，我对很多同学的记忆渐渐变得模糊，唯独丁五八这个名字，让我记忆深刻。这个奇葩的名字，在大学四年期间，带给他无尽的困扰。

　　他来自南疆，父母亲早年从内地到新疆摘棉花，每年来一次，摘着摘着就喜欢上这里，在喀什地区下面的一个村子定居了。严格地说，"五八"这个名字还是有些来历的，一个是他的生日是五月八日，另一个是他生下来的体重，很巧的是五斤八两。但是我们这些年轻的促狭鬼们才不管这些，只要老师一点到他的名字，教室里就迸发出压抑不住的窃笑。这就使得他变得非常脆弱而敏感。班里稍有风吹草动，他就疑神疑鬼是在议论自己，因此有些郁郁寡欢。

　　草长莺飞的季节，整个校园萌动的情愫开始泛滥。班里已经流行谈恋爱，成双成对的消息不时地散播出来，像雨后春笋破土而出。所以，当我们知道高昕和梅华在一起的消息，大家并没有觉得很突兀。一个是团支部书记，一个是班长，强强联手，各方面都无可挑剔，一切都是那么顺理成章。

　　然而，丁五八同学并不这么想。

高昕和丁五八的关系一直很好。非常巧合的是，毕业之后，高昕进了海关，而丁五八进了公安局。90年代末，海关系统筹建调查局的时候，丁五八作为公安部门工作人员，被推荐参与北疆海关调查局筹建，后来顺理成章地进入海关，成了高昕的同事。当然，这个时候的丁五八早已改了名字。

现在，他叫丁志远。

"你知道他也追求过梅华吗？"

高昕不经意地笑了笑："呵呵，这说明他的审美还可以。"

"不过，我听说他后来变了。"我斟酌着自己的用语，不想说得太直白，"他可能一直在暗地里妒忌你，毕竟曾经极度自卑的人，会做出意想不到的事。"

"俗话说，老乡见老乡，两眼泪汪汪。可是，经过那件事后，我才知道，老乡害老乡，是一枪一个准啊！"。高昕意味深长地说。

那天案件通报会散会时，有几个人有意无意地闲聊，让高昕听到了："这下让慕士塔格海关好看了吧，让他们一天到晚在山上躺着，天天喊艰苦，天天搞党建搞扶贫，从来不查车……"

返回山上的时候，高昕几乎是整个人瘫软地躺在车后排的椅子上，萎靡不振，神情十分落寞。他脑海里像放电影一样，反复回放着这次的案情过程。突然有些后悔，或许不该那么保守，在山上就应该打开夹层抓捕嫌犯，或许不要请示调查局，自己直接决策就好了，这样也不会造成后面的局面。哎，我对不起山上这些弟兄们……

他从胸腔底部发出一声沉重的叹息。然后就莫名烦躁起来，头发根发痒，他抓抓头发，头皮屑像雪片似的飘下来。后背也痒得不行，他试图勾着手去抓挠，但是胳膊太僵硬，够不到预想的位置，于是身子在座位上扭来扭去。麦麦提从车内后视镜里注意到他的这些小动作，关切地问："高关长，您怎么了，没事吧？"

高昕赶紧坐直了，有点不好意思地说："嘿嘿，没事没事，就是身上痒。这些天太忙，好久都没洗澡了……"

麦麦提灵机一动："对了，高关，我带你去个地方。"

"啥地方？"

"您相信我，去了就知道了。"

车子继续向前开了大约二十分钟，然后一个右拐进了旁边的一条山道。驶过了这段山路，前面横亘着的一道山坡裂开了一条缝隙，中间凹下去的是一条狭窄的下山路。他们一直沿着这条路开下去，不一会儿，就停在了一个山洞前面。麦麦提和高昕下了车，猫着腰进到洞里去，一开始黑乎乎的，麦麦提打开手电筒照着。他们走了一会儿，前面一下子豁然开朗，洞顶上有一个圆形的开口，太阳光从那个开口处投射进来，斜斜的光柱投射在地上，有几块碧绿的水泊，水面上升腾起丝丝缕缕的热气，顺着光柱上下游动，那是高原上的温泉。泉水平静无波，如同镜面。旁边堆砌着的赭红色火山石，被曾经喷发的火山岩浆灼烤得张牙舞爪。

红色的岩石，碧绿的温泉水，氤氲的热气，这幅场景简直让人恍惚以为到了仙境。

麦麦提嘿嘿地笑着说："高关长，这个地方只有我知道，水可好了，你试试。"

高昕将身子慢慢埋进温泉水里。立刻，泉水从四面八方涌来，温柔地簇拥着他，水里带着一种石灰硫磺的尖锐气味，他不由得慢慢闭上眼睛，感受着泉水的温度，暖暖柔柔的，仿佛是母亲的怀抱，他觉得浑身每一个毛孔都张开了，这些日子以来累积的疲乏和郁闷似乎也渐渐消散了。

　　雾气朦胧中，他又看到了30年前的程抗美，梳着两条麻花辫的年轻的妈妈，把他搂在怀里，指着识图卡片上的字，一个字一个字地教他："二娃，跟我念。离离原上草，一岁一枯荣，野火烧不尽，春风吹又生……"

天涯古道东南望，再挂战袍射天狼。

剑指云开惊瀚海，马嘶风烈震大荒。

万丈葱岭驾长风，百川星斗共沧桑。

冰峰雪谷云路长，烟雨江南唤归航。

第三十六章

"高昕，是我啊，你现在在哪里？"

"啊，郑关长，您好！我在办公室。您找我？"

"这样，你今天从山上下来，到我家来一趟。"

"哦……到您家里？"高昕有点不敢相信自己的耳朵，他立刻反应过来，"好的，我马上动身。"

放下电话，高昕沉思良久。

这两天对于他而言，是非常特殊的日子。目前，他正陷入北疆关区舆论的漩涡中。这一切都要源于那天开完案情通报会后，他思索再三，最终忍不住满腔愤懑，连夜写了一篇关于缉毒案件的通讯报道，真实完整地叙述了这个大要案发生的全部经过，还原了案件的真相，然后发给了自己熟悉的一家报纸。这篇通讯稿刊登出来后，也引起了电视台的注意，从中央电视台到地方卫视，好几家媒体直接拿着稿子，来到慕士塔格海关做实地采访，在监管货场，高昕作为亲历者，在镜头前，对着主持人的话筒，神态自若地介绍着案件的全部经过，还亲自演示一遍他们是怎么拿电钻钻车厢的情景。

这事很快就在关区里掀起轩然大波。高昕从侧面了解到，北疆关内已经炸锅了，有领导非常恼火，认为高昕擅自对外发稿，宣传口径不一，违反了关区的新闻宣传纪律，强烈建议要"处分"高昕。他甚至听说，办公室已经将批评他个人的通报都拟好了，很快就要下发。高昕向罗平安打听消息，得到的回复是："你这次真捅娄子了！"

放下电话，高昕开始收拾自己的东西。

其实，他已经有思想准备，如果上级通报批评来了，接下来很可能的结果就是岗位调整，慕士塔格海关很可能是待不下去了。未来走向无非是两种结果，要么调整到北疆关区其他隶属海关当关长，要么免去关长实职改任调研员虚职。如果说他曾经非常在意这一点，那么现在的他已经想开了。从发出稿子的那一刻起，他觉得特别轻松，那些天极度困扰他的自责内疚突然消失了。他总算对得起自己手下那些可爱的关员们，这不仅是对他们的交代，也是对自己的一个交代。就像高尔基说的那样，让一切暴风雨来得更加猛烈一些吧。高昕的嘴角浮现出一丝坚毅的笑容。

从投出稿件那天之后，他晚上不再失眠了，睡得很香。

好些日子过去了，他并没有等到传说中的通报，反而今天郑众关长打来这么一个电话。难道是他老人家改主意了？还是说，领导班子决定从大局出发，不处理他？思来想去，高昕打定主意，不管郑关长怎么批评他，他都坦然接受。

高昕只去过一次郑关长的家，还是去送一份材料。所以他凭着记忆，在小区里找了半天，问了好几个人才找到。一踏进郑关长的家门，他就愣住了。客厅桌子上摆放着面团和一大盆肉馅，郑众罕见地套着一件花围裙，双手沾满了白色的面粉，在擀着饺子皮，他老伴在一边包饺子。

郑众爱人一见到高昕就招呼他："小高你来得正好，来帮个忙！"高昕赶紧到卫生间洗了手，卷起袖子，拿起擀面杖，自告奋勇地说："嫂子，我来擀皮子，这个我拿手。"

"呦呵，看不出来啊，你还会这手。"郑众把围裙脱下来，递给高昕，"好，我让贤了，我来包饺子。"

"郑关，我家以前都是我做饭，我老婆没我做得好吃，嘿嘿……"高昕起劲地擀着饺子皮，擀面杖在他的手中舞动得虎虎生风。

三个人联手，很快就将一盆韭菜肉馅都包完了。一排排胖乎乎的饺子，像鸽群一样整整齐齐地排列在笸箩中。趁着饺子下锅煮的工夫，郑众开了一瓶乌苏，给自己和高昕倒了满满两杯："来，饺子就酒，越喝越有！"

高昕一口气将满杯啤酒一饮而尽。或许是好久没这么喝啤酒了，他的头竟然有一点晕乎乎的。"谢谢，谢谢郑关长……"他擦了擦嘴角残留的酒沫，对着自己的顶头上司傻傻地笑。

郑众喝了半杯，晃了晃杯子里的酒，突然淡定地问他："我打电话给你，你是不是觉得很意外？"

"领导，我，我向您承认错误。"

"哼，你小子还知道错啊。"郑众板起脸，发出连珠炮似的诘问："我问你，你到底有没有规矩意识？有没有垂直领导意识？你眼里还有没有我？你怎么不向我报告，就擅自发那么一篇稿子？"

老伴瞅了一眼高昕，忙出来打圆场："老郑，你也真是的，吃饺子就吃饺子呗，怎么还扯工作上的事？来，小高啊，你多吃点！"

郑众没有理会老伴，继续说道："你知不知道你这么鲁莽造成多严重的后果，本来可以顺藤摸瓜乘胜追击扩大战果。这下好了，下线被打草惊蛇藏起来了，国外的货主也死了……"

高昕叹了一口气："领导，我确实没想到向您反映，当时我就是一股情绪冲动。我这个性格是要改改，您批评对！"

"还有，最近关里接到了关于你的好几个举报。你是不是未经批准就使用炸药爆破，是不是还偷货车司机的油，把人家油箱里的油都偷光了，接待财务处长是不是还上了野生保护动物……举报信上说的是不是属实？"

高昕愣住了，脸涨得通红，好半天才从牙缝里迸出三个字："有这事……"5年前的事，怎么又被翻出来，他感到自己像在冬天里被人兜头浇了一盆冷水，从里到外都凉透了。

"五年磨一剑，我知道你不容易，但这不是理由，"郑众看高昕垂下头非常沮丧，换了一种口气，"高昕，今天叫你来，我想把话给说开——你小子给我好好记住了，下不为例！"也许是酒精的作用，他的眼神变得柔和了很多。

他老伴咂咂嘴，转脸对高昕说："小高，有错改了就好。你知道不，这个老头子年轻时候，脾气就和你是一模一样的，啧啧，这么多年都没变。"

高昕破涕为笑，站起来举起杯子："我向领导保证，下不为例！"

这顿饺子酒喝到了半夜。高昕轻手轻脚地回到自己的家。他一打开客厅的灯，赫然发现梅华坐在沙发上，泪眼婆娑地看着自己。高昕吓了一跳，急忙上前抱住她问道："你怎么了，出什么事了？"梅华没说话，只是将头深深地埋进他的臂弯。她的手一松，从手中飘落下一张纸。

这是高昕离家上高原之前悄悄写下的遗书，纸上这样写着：

梅华，我亲爱的妻：

我不希望你发现这份东西。如果有一天你看到它，可能我已经离你们远去了。高原的环境复杂艰险，而我不能对你说得太多，我不愿你为我担心。

我的爱人，从你答应和我在一起的时候，我就暗暗发誓，要给你最好的生活。你还记得吗？上大学的时候，我们都喜欢那首《四月的纪念》。"我的肩膀虽然不够宽厚，可是我愿意为你撑起一片永远没有委屈的天空。"或许，今天你会埋怨我，埋怨我没有遵守自己的诺言。我想你终将会理解，为什么我要作出这样的选择。在人到中年的时候，闯入那片生命的禁区，我不后悔。经过苦难锤炼过的人生，必然有着不一样的精彩，在山上的日子，我一定会过得特别充实。

我们的宝贝麦子，当她长大成人的时候，我希望她会为她的父亲而骄傲。未来的那些重要时刻，我可能已经无法陪你们一一经历了，这也是我最大的遗憾，一想起来心就隐隐作痛。生命的价值不在于长度，而在于密度，能和你们拥有这样的一段时光，我知足，且感恩。

我的事情先不要告诉妈妈，她年纪大了，身体也不好。就说组织上派我去内地工作了。另外，你知道我的银行卡都在你那里，所以该怎么处理，你说了算。

　　祝一切安好！

　　高昕忍不住笑了："梅老师，你还真适合搞情报工作，这个东西你是从哪里翻出来的？"

　　"我刚刚在书房找书的时候发现的，你藏得还真隐蔽，"梅华挣脱了他的怀抱，坐直身子，抡起拳头使劲捶着他的胸口，"你真讨厌，写的这是什么跟什么啊——我警告你，不许你离开我和麦子，永远都不允许！"

　　"好好好，我们永远不分开！"高昕捧着她的脸，狠狠地亲了一口。

　　两口子哭哭笑笑地纠缠了好一阵。高昕提醒她说："别闹了，时间不早了，去看看麦子睡得怎么样，明天不是还要上学吗？"两个人轻轻推开女儿房间的门，这丫头睡得正香，圆圆的脸蛋红扑扑的，居然还打着小小的呼噜，夫妻俩相视一笑。

　　"你知道，我有时会胡思乱想。"高昕小声说。

　　"想什么？"

　　"我在想，咱这个宝贝丫头，将来会经受怎样的挫折，会不会顺利找到一个真正爱她的人，会不会遭遇背叛，甚至，会不会遇到战乱、灾荒和人祸……"

　　"好了好了，打住——"梅华用手捂住高昕的嘴巴，揶揄道，"没想到，你这个大男人还真是多愁善感呢。我相信我们的麦子会有好运气的，看她的脸，福气团团的，多好……"

　　突然，从高家大门外传来一阵急促的敲门声："咣、咣、咣……"在深夜显得特别震耳。高昕和梅华赶紧从麦子房间退出来，顺手把卧室门掩上。"谁啊？"梅华一边扬声问，一边走到了门边。然而一连问了几句，外面却无人应答。

梅华的右手本来已经落在门把手上，突然被高昕迅疾地一把按住。高昕用眼神示意她退后，然后慢慢凑近门上的猫眼，观察外面的动静。透过猫眼可以看到，楼道里的感应灯明晃晃的，空无一人，似乎没有任何异样。

"二娃，你这么晚才下班啊——"母亲程抗美披了件衣服，抖抖索索地从房间里出来，显然她也被敲门声惊醒了。高昕忙拉住老太太，搀着她往回走，一边笑着说："老妈，您快回去休息吧，没事没事——可能是有人认错门了。"

"奇怪，谁这么晚来我们家啊！"梅华嘟囔了一句。她下意识地打开了门，突然整个人呆住了，她脸色发白，手指着门外惊恐地叫起来，声音里带着哭腔："高昕，你看呀，那是什么鬼东西……"高昕顺着她的视线看过去，心猛然一沉。

在他的家门外，靠着墙根，赫然摆放着一个硕大的花圈。黄白色相间的菊花，在灯光下显得冰冷肃杀。花圈上垂下一条黑色飘带，上面用红色油漆歪歪扭扭地写着一行字："君子报仇，十年不晚"。

梅华惊魂未定，脸色发白。愣了一会儿，她突然想起了什么，说："我忘了告诉你，最近我看到阳台下好像总有人朝我们家这边看，等我走到阳台上，那个人就不见了，好诡异——哎，是不是你得罪了什么人？"

"没事的，你别担心，可能是个误会。"高昕尽量保持波澜不惊的语调，轻声安慰她，而大脑在飞速转动。

"误会？！这是在向我们家示威，太可恶了！"梅华的声音因为愤懑而颤抖起来。

高昕紧紧搂着她，试图让她平静下来。

"是不是和你们查获的毒品案有关？"梅华越想越不对劲，"那个人知道我们住的地方。不行，我们要赶紧想办法，不然一家老的老小的小，太危险了！"

高昕将花圈拎到楼下的垃圾站丢掉，然后把防盗门的保险栓扣好，又仔细检查了一遍。两口子相拥着，度过了一个辗转反侧的难眠之夜。梅华疲倦地靠在丈夫的肩头，却毫无睡意。黑暗中，她一直睁着两只眼睛，盯着天花板。

事情并没有结束，反而愈演愈烈。紧接着过了几天，梅华在学校里收到了一个寄给她的大信封，信封没有落款。打开来，里面也没有信件，只有一沓照片，都是麦子的各种照片，一看就是偷拍的：麦子放学走在马路上，麦子在小区健身器材区荡秋千，麦子在早点摊买包子，麦子背着书包走进学校大门……

很明显，这就是赤裸裸的威胁。

高昕立刻向郑众关长报告了这个情况。关党组临时召开碰头会，研究对策。大家分析后一致认为，这些骚扰行为很可能是特大毒品案的境内毒贩发出的报复信号。当下，必须要保证高昕一家的人身安全。关里立即向公安局报警，同时将高昕的爱人、孩子以及老人安置到海关招待所内住宿。

郑众亲自向总署领导反映，希望在总署的协调下，将在特大毒品案件中做出突出贡献的高昕同志调离原岗位，到内地工作。没过几天，总署领导作出专门批示，指示人教司办理，将高昕调整到南方海关任职。让高昕意外惊喜的是，这个地方是江南鱼米之乡，离梅华的老家宁波只有几百公里，这也算是圆了妻子的一个梦。

古道西域，磨铁砚，阅尽边关风物。雪浪冰峰眼底走，人在高原戈壁。北眺黄沙，南倚青藏，最美葱山雪，梨花千树，沉醉多少英杰。

两汉铁马金戈，蒙元霸气，梵音渡远沙，是非恩怨回首望，都被长风吹灭。万水千山，昆仑曾伴我，共守天涯。荡舟今夜，银河摘取明月。

第三十七章

高昕关长要离开慕士塔格海关的风声已经传出去了。关员们暗中观察着高关长日常工作中的情绪，试图从他细微的神态变化中发现一些端倪。阿布来提带着村里几位德高望重的老人，也专程到海关来，关切地询问高昕是不是要调走。

高昕犹豫半天，还是决定先不告诉他们实情。他努力微笑着说："大叔，我不走，我还没看够帕米尔高原的风景，没吃够你家的手把羊肉呢。"

孙玉圣跑到高昕的办公室，一屁股坐在他桌前的椅子上就不走了，一定要从高昕嘴里探听到真实消息。"高关长，你不是真的要调走吧？外面传得沸沸扬扬的。"

"呵呵，你这小子成天就是瞎琢磨，东家长西家短。不管我走不走，你都要给我好好干！"

"那不一样，你在这我才有底气。如果没有你，后面也不会有我的缉毒一等功了。真的，我就是你的伯乐，你就是我的千里马——啊呸，说反了说反了，您才是我的伯乐，我是您的千里马。你看我这罗圈嘴，话都说不利索了！"

两人都开怀大笑。

高昕还接到了李菁的电话，这个小姑娘在自己关里现在已经成了业务骨干。"高关，我马上就要当科长了，今天刚刚组织考察过了。"李菁兴冲冲地向高昕汇报自己的喜讯。

"太好了，祝贺祝贺！"听到这个消息，高昕比自己提拔还要开心，"好好干啊，科长是兵头将尾，自己要带头，手下的同志也要带好，和企业的关系也要处理好，可不能丢慕士塔格海关的脸哦，呵呵。"

"您放心，只要在慕士塔格海关干过，其他地方都是小意思了。对了高关，下个月我有几天调休假，我想回来看看你们。"

高昕拿着话筒，一时不知道该怎么回应，只好语焉不详地"哦哦"了两声。

离开的时刻说到就到了。在慕士塔格海关的最后一个夜晚，高昕已经将所有东西收拾好了。他将房间认真打扫了一遍，屋内的摆设还像5年前他来的时候那样，那把热瓦普还静静地挂在墙上，只是里面已经没有寄居的老鼠了。他走出自己的宿舍，先到办公楼走了一圈。报关厅外的文化墙上，有古丽设计的丝路古道人物，有卡斯木收集的世界海关徽标，有吐尔地师傅拍的美食图片……在这面墙上，慕士塔格海关每个人都拥有自己的一块小天地。

他走到院子中，看着蔬菜大棚、水泥仙鹤，听着水池里"扑通扑通"的鱼跃出水面的声音，鸽舍里"叽咕叽咕"的鸽子们交头接耳的低语。对面宿舍楼里，在每扇灯光明亮的窗户背后，他想象着那些朝夕相处了七年的同事们，此刻一定是在各自的灯光下看书、写字、绣十字绣、打牌、看电视……当然，更多的是在思念远在山下平地的家人们。

他不想打扰他们，也不忍看到分别的画面，所以索性悄悄地来，悄悄地走，像泰戈尔说的那样："天空没有留下翅膀的痕迹，但是我已经飞过。"是的，飞过了就满足了，天空虽然没有留下痕迹，心里自有一道抹不去的记忆。

他走到院子中央的升旗台前，只有一根旗杆伫立在那里，上面什么也没有。因为每天傍晚，门卫都要把国旗摇下来收藏好，第二天清晨再升上去。高昕从口袋里掏出一面崭新的国旗，抖开来，将国旗的两个角小心翼翼地系在绳子的两端，然后缓缓地拉动绳索，国旗一点点沿着旗杆上升，最终停留在旗杆的顶端，随即舒展开来。

恍惚间，他仿佛看到慕士塔格海关的关员们整整齐齐地列队站在那里，穿着整齐划一的黑色制服，戴着白色制服帽。卡斯木向他敬了一个礼，然后喊起口令："全体注意了，一、二、三！预备——唱！"高昕的目光从大家的脸上一一扫过，这些脸颊无一例外被高原的紫外线灼伤，皴裂脱皮，烙上黑红色的印记，被风一吹，裂出无数个渗血的小口子，结痂的嘴唇也往外渗着血丝。这个令他刻骨铭心的画面，在泪水中渐渐模糊起来……

高昕深吸一口气，微微张开嘴，小声唱起关歌：

> 把关我们来到茫茫雪谷，
> 在帕米尔高原把雄关修筑。
> 高寒缺氧何所惧，

生命禁区青春永驻。

一年三百六十五，

我们与风雪冰山为伍，

为了国门坚强如铁，

爬冰卧雪也不觉得苦……

苍穹浩瀚，星光满天，国旗在风中"扑啦啦"招展飞舞。

"这是慕士塔格海关的规矩，每一个离开的同志，都要升一次国旗，唱一次关歌，这是属于我们的仪式感。"高昕眼睛红红地对我说。

注视着国旗好一会儿，高昕转身离去。回到房间，拎着最后一只箱子，走到大门口登车出发。还是麦麦提开车送他，这个维吾尔族小伙子抓着方向盘，目光正视前方，眼睛里有亮晶晶的东西一闪一闪。

车沿着中巴友谊路飞驰向北。经过克里木的墓地时，高昕特意让麦麦提停下了车。他走到墓地，将库尔班送给他的鹰笛，摆在石碑前，深深鞠了一躬。

此刻，帕米尔的清冷夜空下，突然飘起了轻盈曼舞的雪花。高昕仿佛听到了远远的地方，传来男孩迪卡清脆悦耳的歌声。歌声划破了无垠的夜幕，如从冰川的身体里飞流而下的清泉，在寂寥广阔的荒原上蜿蜒流淌……

（全书终）

初稿写成于二〇二二年十一月四日凌晨

二稿改于二〇二二年十一月二十八日凌晨

三稿改于二〇二三年五月十三日凌晨

昆仑曾伴我，共守天涯

（代后记）

1992年秋天，在新疆塔城巴克图口岸，我第一次邂逅了"红其拉甫"，一篇名为《风雪高原把关人》的通讯，深深打动了我。极目黄沙，南眺昆仑，帕米尔高原上的红其拉甫海关人，像一组神奇的浮雕，深深刻印在我的脑海深处。

2008年春天，跨天山、越瀚海、登昆仑，我有幸成为红其拉甫海关的一员，在6年零9个月，2300多个日日夜夜里，脚踏苍山，肩披星雨，策马丝路古道，指点雪域风沙，提万里风云闯天涯。

在高寒缺氧、彻夜难眠的每一个夜晚，银河从我的枕边涌向天外，喀喇昆仑深处的我，经常一颗一颗地数着耳边永远数不清的星星，给每一颗星星安上一个红其拉甫海关关员的姓名，回忆和品味着他们一天、两天、一年、两年、十年、二十年，甚至几十年来，"把高原踩在脚下，将事业托上蓝天"的豪气；"缺氧不缺精神、艰苦不怕吃苦"的骨气；"荡舟今夜，银河摘取明月"的勇气；"古道边关倚长剑，阅尽昆仑十万山"的锐气；"莫道昆仑人憔悴，西天南岸壮士归"的霸气……于是，我找来尘封多年的秃笔，试图记录他们悲欢离合的故事、苦辣酸甜的心境、饱含酸楚的诙谐和幽默。

那些年、那些人、那些事，虽渐行渐远，却鲜活如初。拂去时间的灰尘，翻看过往的岁月，原来，当年我不经意间散落在冰川大漠、高原国门上的那些斑驳的记忆和文字，还有一点温度、一丝星火、一脉念想。

　　古道西域磨铁砚，阅尽边关风物，北眺黄沙，南倚青藏，最美葱山雪，梨花千树，沉醉多少英杰。

　　三十多年间，八千"公里"云和月，我先后在新疆、江西、湖北、安徽和江苏生活和工作，当过教师、纪检干部、"乡长"和海关"小吏"，无论身处何时何地，每当想起红其拉甫、说到红其拉甫，我都会思绪万千，对红其拉甫的感情，已经沉淀为一脉浓浓的"乡愁"。

　　茫茫丝绸路，悠悠边塞情……原来，我守护过的每一寸蜿蜒曲折的丝路古道，都让我感恩感叹；我跨越过的每一条日夜奔腾的冰川大河，都让我魂牵梦绕；我丈量过的每一座绵延起伏的冰峰雪岭，都让我高山仰止；还有，几代红关人散落在帕米尔高原上的那些故事，都让我铭心刻骨：豆蔻年华的小姑娘，把主动上山的申请交给我；初出茅庐的小伙子，离开海滨，西上高原跟着我；癌症晚期的老人，把唯一的儿子交给了我；已逾天命之年的"红一代"，辞去领导职务，放弃都市生活，带着女儿、襁褓中的孙子和提前退休的老伴，义无反顾地陪着我；还有，那一群因缉枪、缉毒而名震天山南北的一等功臣……我们一起，在空旷的雪原里，扯着嗓子吼唱《红其拉甫海关关歌》；我们一起，在自诩"万仞雪山，半亩江南"的蔬菜大棚里，盯着破土而出的菜苗，喜极而泣；我们一起，在查获590.96公斤海洛因的案发现场，品味"红关侠肝义胆总无缺，国门亮剑慰先辈，无愧汉唐英雄血"的自豪；我们一起，面对恣肆无忌、撼天动地的雪崩泥石流，默默给山下须发斑白的父母，留下"遗嘱"……

　　我们，一起，把生命中最美好的时光，献给了喀喇昆仑、献给了帕米尔高原、献给了红其拉甫海关。

如果从新疆师范大学的寒窗苦读算起，我与葱岭古道结缘已经40年了，如果从新疆塔城巴克图口岸的远山、近水、芦苇荡算起，我与红其拉甫结缘已经30年了，"缘分"酝酿久了，大概就会变成难以释怀的"情分"和催人奋进的"福分"。

于是，苟延残喘的"文学梦"突然悸动起来，在挚友亲朋的鼓励和帮助下，终于完成了这本书稿《霜雪满弓刀》。

书稿中所有的人物、情节和环境等，都与红其拉甫有关，又不局限于红其拉甫；都与我的亲身经历有关，又不局限于我个人的那点经历。

如果有些情节、有些人物与现实中的人和事有所雷同，纯属意外，恳请谅解。

如果有些词句、有些表述不能尽如人意，不能合乎平仄韵律，纯属我自己学习不好，恳请海涵。

需要感谢的人很多，恕不一一赘述。

需要铭记的事很多，恕不一一记录。

雪域边关的这种生活，你没有经历过，就不知道其中的艰辛；这种艰辛，你没有体验过，就不知道其中的快乐；这种快乐，你没有拥有过，就不知道其中的纯粹。

这种生活，就在帕米尔高原！就在喀喇昆仑山上！就在红其拉甫海关！

辛建民

2023年9月12日写于北京